マタニティ・グレイ

石田衣良

角川文庫
19555

目次

1

開かないガラス窓のむこうには、満天の星。

地上を埋め尽くすのは、その星よりもまぶしい灯《あか》りのカーペットだった。

真冬の空気は冷えびえと冴《さ》えて、すべての光を磨きあげている。そこは地上四十二階のフレンチレストラン。窓際のテーブルのうえには、アルコールランプのちいさな炎が揺れている。四回目の結婚記念日には最高のシチュエーションだ。星を浮かべたふたつのフルートグラスが近づき、澄んだ音を立て、そっとふれあった。

「こういうときはなんていうんだろうな。結婚おめでとうだと、他人事《ひとごと》みたいで変だし」

テーブルのむかいで、夫・高部《たかべ》一斗《かずと》が笑っていた。

「別にそれでいいんじゃないかな。だって、わたし、ほんとに一斗と結婚してよかったって思ってるし」

妻・千花子《ちかこ》の言葉に嘘はなかった。

一斗は料理が得意で、掃除も好きだ。顔のほうはあまりタイプではなかったが、全身のバランスはよく、話題も豊富だった。手がかからない男というのは、旧姓の二宮《にのみや》のまま仕事を続けている千花子には、なによりもうれしい条件だ。経済力は同世代のなかでは中の下だろう。これはフリーカメラマンという職業柄しかたないことだった。師匠のもとを離れ独立してから、まだ数年しかたっていない。

千花子はヴィンテージのシャンパンに口をつけた。妙に酸味が強く、舌に苦いあと味が残る。あれほどたいそうな値段で、この程度の味なのだろうか。このところ風邪気味で微熱があるため、自分の味覚がおかしいのだろうか。

「やったー！　すごいー！　空のうえだー！」

吹き抜けになった広いフロアで、幼稚園くらいの男の子が走りまわっていた。サスペンダーのついた半ズボンに、白いシャツとネクタイ。精いっぱいのおめかしをしている。超高層の夜景がめずらしく、興奮しているようだ。おおきな声でアニメの主題歌をがなっている。千花子は横目で男の子を眺め、冷たくいった。

「子どもって、嫌だなあ。なあにあのわがまま。こういうお店は、自分で稼いでる大人がくる場所なのに。ほんとにうるさい」

「まったくね」

一斗はさして関心もなさそうにあいづちを打った。

「でもさ、この一年はぼくたちもいろいろあったなあ」

千花子は前菜のホワイトアスパラガスに手をつけた。さくりとナイフがはいり、植物の茎の感触が指先に伝わってくる。新鮮な命の手ざわりだ。

「うん、わたしたちがマンション買うなんて、思ってもみなかった」

一斗がばくばくと高価な前菜を片づけていく。グラスもいつの間にか空になっていた。外国人のウエイターがうやうやしくやってきて、一斗のグラスを満たしてくれる。高級レストランはやはりこうでなくちゃ。いつも原稿を集めたり、校正したり、印刷チェックしたりと駆けまわっているのだ。こんな日くらいは、王族のようにあつかわれて当然だ。

「あのとき、ちょっとオープンルームを見学していこうって、千花子がいわなかったら、絶対に買ってなかったな、マンション」

一斗は遠い目をして、窓の外に広がる都心の夜景を見つめた。

それはちょうど一年まえ、世田谷《せたがや》公園に散歩にいった帰りだった。いつものように焚《た》き火をして焼き芋をつくり、近くにいた子どもたちにおすそ分けをした。一斗は火を熾《おこ》したり、芋を焼いたりするのが上手なのだ。ときにはフライパンをもっていき、ステーキサンドをつくることもある。

帰り道、公園わきの歩道に白い看板がでていた。

OPEN ROOM　お気軽にご内覧ください。

そのころふたりは、結婚するまえから千花子が借りていたマンションで同居中だった。五十平米ほどの1LDKである。それが手狭になったのは、一斗がフリーランスとして独立したせいだった。一斗は商業カメラマンだから、なんでも撮影する。カタログ用の商品を百点ももち帰り、一週間ほとんど睡眠をとらずに仕事を続けたこともあった。スタジオが借りられないくらい安いギャラだったので、そのときはすべての撮影を自宅のリビングでおこなったのである。

照明や撮影のさまざまな機材が部屋を埋め尽くし、休日の食事も睡眠まえの夫婦のひとときもほこりっぽいスタジオの片隅で済ませるような暮らしになった。そのことでふたりは、前日にも口げんかをしたばかりだった。

「別に見学するだけならただだもん、見ていこうよ」

千花子はすっと看板のでているマンションにはいっていった。外観はどこにでもある砂色のタイル張りのマンションだった。一斗はあわてて追いかけた。その部屋は六階の角部屋のようだ。

「ふーん、最上階のひとつしたかあ。眺めはいいけど、夏はそんなに暑くならない。悪くないなあ」

千花子はインターホンを押して、オートロックを開けてもらった。エレベーターでうえにあがると、玄関先に不動産会社の係員が待っていた。仕事のできそうな同世代の女性というのが、まず好印象だった。

「ちょっとお部屋を見せてください」

係員がスリッパをそろえてくれたが、誰がはいたのかわからないものを避けて玄関をあがり、千花子は中古マンションをひとまわりした。広さは九十平米を超える３ＬＤＫ

で、なによりも奥のリビングが素晴らしかった。広さは二十畳ほどあって、世田谷公園の緑の広がりを一望にできる。遠くのグラウンドで、休日の男たちが野球をやっている。一斗はカメラマンらしく、奥ゆきのあるバルコニーにでて光のぐあいを確かめていた。

「ここは自然光がよくはいって、なかなか光がいいなあ。仕事につかうにはもってこいだ。このバルコニーもちょっとしたバーベキューくらいできそうだな」

子どもでも住んでいたのだろうか、フローリングは傷だらけで、壁には落書きの跡が残っていたが、それは改装すればきれいになるだろう。千花子はつい質問した。

「ここ、一番長いローンを組んだら、月にいくらくらいになりますか」

待ってましたとばかりに、係員が書類を見せてくれた。それをひと目見て、千花子の声が跳ねあがった。

「この金額、間違ってませんか。ほかにもっと追加の費用があるとか、秘密の頭金があるとか、ボーナス月の加算がでたらめな額だとか」

係員の女性が笑っていった。

「いいえ、そういうものは一切ございません」

つぎの瞬間、千花子は宣言していた。

「わかりました。わたし、このマンション買います」

「おい、ちょっと待てよ。ほんとに買うのか」

叫び声をあげたのは、一斗だった。千花子は頬を上気させていった。

「だって、今借りてる部屋の賃貸料より、こっちのマンションのローンのほうが安いんだよ。このあたりは便利で暮らしやすいし、駅からもあまり遠くない。それに一斗さっきからにこにこしながらずっと黙っていたでしょう」

一斗は不思議そうな顔をした。

「それが、どうかしたのか」

「ほんとに気にいったとき、一斗はいつもそんな表情をするんだよ。ソファを買ったときも、クルマのときもそう」

ふたりの収入からすれば分不相応な買いものだった。イタリア製の白い革のソファに、ドイツ製のRVである。どちらもふたりのお気にいりなので、後悔はぜんぜんしていない。第一、子どもをつくらないと決めているふたりには、かなり経済的な余裕があった。余分な食費も、学費も、塾代も、おもちゃやゲームの代金も、その他二十年にもわたる膨大な費用がまったく必要ないのだ。子どもひとりを大学まで育てあげる費用は、このマンションの価格とトントンだった。千花子はぽんと胸をたたいた。

「だいじょうぶ。ローンはわたしがひとりで組むから。足りないときに助けてくれたら、一斗はそれでいいよ」

夫はひどく安心したようだった。フリーの収入は毎月確実にあてになるものではない。

「だったら、ぼくも賛成だ。このリビングはきっとすごくいいスタジオになるよ」

それから一斗はいきなり床に転がると、フローリングに頬を擦り寄せた。

「うわー、こんな広いマンションがおれたちのものになるのか。なんか信じられないなあ」

千花子は笑いながら、子犬のように転げまわる一斗を見つめていた。

改装はインテリア雑誌で働く友人に紹介してもらった若い建築家に頼んだ。子ども部屋はいらない。細かく仕切るのではなく、できるだけおおきな空間をつくってほしい。スタジオとして使用することもあるので、華美なデザインは排して、シンプルな造作にしてほしい。

去年の秋にできあがったのが、ふたりの自慢のマンションだった。入居するまえに雑誌の取材がはいったほどの仕上がりである。その雑誌は十冊以上買いこんで、親戚《しんせき》や友人に配った。壁はオフホワイトの珪藻土《けいそうど》、床はアメリカ産の無垢《むく》パイン材、天井ははがしてコンクリートをむきだしにしている。広々したフロアの一角に卵のような半円形の寝室が、かわいらしくひとつつきでて、あとはワンルームの広大な1LDKだった。建築家もよろこんでいた。子ども部屋をつくらなければ、これほど伸びのびとしたプランが可能なのだ。

あれから四カ月、千花子の仕事は順調だった。自分で立てた企画がつぎつぎと誌面を飾っていく。この雑誌不況のなか、「ENDLESS」はじりじりと部数を伸ばしていた。LOHASと自然を中心にした優しい編集方針が、時代に適していたのだろう。一斗のほうはフリーなので不景気の寒風をもろに受けているようだが、千花子さえしっかりと働いていれば、ふたりの生活は安全なはずだった。

「最近、カメラマン仲間から冷やかされるんだ」

高価なシャンパンを水のようにのんで、一斗がいった。

「へえ、なんて」

千花子は三十代になって、そろそろ体形が気になりだしていた。脂肪のすくない鹿肉のステーキを注文している。やわらかな赤身がおいしい。

「おれはラッキーだって。千花子に家とスタジオを買ってもらって、そこに居候してるようなもんだから。家賃も払わずにさ。ははは、考えてみると確かにそうだよな」

収入が妻より低いことを、からりと陽性に受け止められる。それも一斗の魅力だった。経済的な面では、男のほうが嫉妬《しっと》心は強いのだ。千花子はつい結婚記念日にふさわしくないことをきいてしまった。

「ねえ、去年の収入はどうだったの？」

さすがの一斗も和牛のサーロインをのどに詰まらせたようだった。

「今、それきくかねえ。いいよ、めしがまずくなってもしらないけど教えてやるよ。まえの年の四割減」

自分の給料が四十パーセントも落ちるところを想像してしまった。そんなことになれば住宅ローンも払えず、大好きなあのマンションも手放さなければならない。

「……それは、たいへんだったね」

一斗はあくまで明るい。そうでなければ来月の収入もわからないフリーランスではやっていけないのかもしれない。

「だいじょうぶ。この不景気だって、いつかは終わる。それまではなんとかしのいでいくさ」

千花子はうなずいていった。

「わかった。それまでは、わたしが仕事がんばるね」

「おれ、ほんとにいい奥さんもらったなあ。乾杯しよう」

再びグラスを重ねようとしたところで、最上階のレストランに泣き声が響きわたった。フロア全体が息をのんだように静まった。火災警報のような赤ん坊の泣き声だ。こんな高級な店にああいう迷惑なものを連れてくるのは、どこの誰だろう。ルール違反だ。千花子にはその泣き声は、ただひたすら自分の欲求だけを貫こうとするわがまま勝手な生きものが立てる騒音にしかきこえなかった。

「まったく、せっかくのいい雰囲気が台なしだなあ、なによ、あれ」

ドレスを着た母親が赤ん坊を抱いて、店の外に走りでていく。たぶん千花子と同じくらいの年齢だろう。静かになってせいせいした。千花子に若い母親への同情はかけらもない。

「まあ、そういうなよ。赤ん坊なんだから、しかたないだろ。じゃあ、もう一度、ぼくたちの結婚記念日に乾杯！」

「乾杯！」

千花子は妙に苦いシャンパンをのみほしながら考えていた。まだ熱があるようだ。胃の調子もよくない。明日は病院にいってみよう。

2

志《こころざし》パブリッシングは、渋谷《しぶや》・宮益坂《みやますざか》にあるちいさな出版社だった。

いちおう自社ビルだけれど、薄手の新書のような姿のペンシルビルである。千花子が働く「ＥＮＤＬＥＳＳ」の編集部は四階にあった。校了を終えたばかりの最初の編集会議は、具体的な企画内容の話ではなく、いつものようにただの雑談になった。

大谷信二《おおたにしんじ》は五十代初めで、お飾りの編集長だった。編集部門の専務を兼ねている。デニムのシャツに青いダウンベストを着こんで、襟元には赤いバンダナを巻いていた。さすがにＬＯＨＡＳな女性誌の編集長だけあっておしゃれだ。

「おまたせしました」

副編集長の芹澤菜央美《せりざわなおみ》がトレイをもってやってきた。四十代なかばだが、贅肉《ぜいにく》はまったくなかった。実質的な編集長で、この人のセンスがなければ、絶対に雑誌は今の好調を維持できないだろうと千花子は考えている。オーガニックコットンのシンプルだが高価な白シャツとイタリア製のデザイナージーンズ。足元は白と茶のコンビのウエスタンブーツだった。先輩の後藤未央《ごとうみお》がコップを受けとりながらいった。

「芹澤さんのロイヤルミルクティがないと、やっぱり編集会議の気分がでませんね」

副編集長は人まかせにせず、必ず自分で紅茶をいれる。確かにアカシアの蜂蜜《はちみつ》いりのミルクティは、そのへんの紅茶専門店顔負けの香りとこくがある。

「いや、ほんとにぼくもいつか結婚するなら、芹澤さんみたいにお茶をいれるのがうまい人がいいなあ。彼女ができたら教えてやってくださいよ」

本村俊彦《もとむらとしひこ》は年下の編集者だった。当人は気づいていないのだが、いつもその場の雰囲気を壊すようなお世辞をいう癖があった。だいたい結婚相手に紅茶をいれさせるなど、こいつには百年早いのだ。千花子のところでは、各自のみたいときに自分でつくっている。

「本村くん、家事はやらないの？　そんなことだとお婿のもらい手がなくなるよ」

つい千花子がいってしまった。芹澤は苦笑している。編集長一、副編集長一、ヒラの編集部員三、ここまでが志パブリッシングの正社員だった。それに契約の社外スタッフがさらに三名加わって、月刊誌はまわっていく。

千花子は先輩の後藤の視線に気づいた。応援してくれという空気で、軽くうなずきかけてくる。きっと自分でやりたい新しいアイディアがあるのだろう。

「あの、お茶をのみながらでいいからきいてもらえますか、四月号の新企画なんですけど、最近ブームになっている出産はどうでしょうか。わたしのまわりで駆けこみ出産がすごく多くて、友人たちからもいわれているんです。『ENDLESS』では妊娠出産の特集はやらないのって」

千花子は仕事ができる先輩を驚きの目で見ていた。自分と同じように子どもはいらない派だと思っていたのだ。結婚して五年以上たつけれど、後藤夫妻に子どもはいなかった。普段仕事をしていても、めったに子どもの話をしたことがない。千花子の三歳上なので、後藤未央は三十五歳になる。そういえば三十五歳までに初産をするのが、よりリスクのすくない出産のひとつの目安だときいたことがあった。人によって相違はあるが、三十代前半までは生殖機能が良好で、女性ホルモンがもっとも安定して分泌される時期だという。

副編集長が紅茶をのみながら、目を細めた。

「そうね、確かに出産ブームがきているのかもしれない。時代の風が厳しくなると、頼るのは最後は血のつながった家族ということになるのかな」

そういう芹澤はまだ独身だった。華やかな恋の噂をときどき耳にすることがあるけれど、実際のプライベートは謎だった。編集長が襟元のバンダナの先をいじりながら、のんびりといった。

「おいおい、だいじょうぶか。昔から女性誌では妊娠出産の特集をすると編集部の誰かが実際に妊娠するっていうジンクスがあるんだぞ。みんな、気をつけてくれよ。うちは戦力ぎりぎりで闘ってるから、誰かが抜けたら毎月雑誌がだせなくなる」

大谷は冗談のつもりなのだろう。だが、一番働かないお飾りの編集長にそんなことをいわれたくはなかった。千花子はいった。

「大谷さん、それセクハラですよ。だいたいうちの女性陣は、赤ちゃんなんてぜんぜんほしくないですから、心配いりません。わたし個人の好みはともかく、妊娠出産の企画は今の時代の潮流にあっていると思います」

「いや、ぼくもそう思います」

本村がすぐ話にのってきた。先輩の女性編集者ふたりが協同でつくる企画なら、とりあえず賛同しておく。一流大学を卒業しているのだが、この二十代の男にはそもそも編集センスがあまりないのだ。いつも間の抜けた企画ばかりあげてくる。

「ああ、わかった。その妊娠出産特集というのをうちなりの方法でトライしてみよう。オーガニックな出産とか、サステイナブルな育児とか、なにかおもしろい切り口があるだろう。芹澤さん、よろしく頼みます」

編集長も芹澤にだけはていねいだった。どんなに平凡な企画でも、芹澤にかかればきちんと読むに堪えるテーマに仕上がるし、読者からの反響もいいとわかっているのだ。だいたい編集会議の半分ほどに出席するだけで、実際の編集業務にはほとんど携わっていない。あとはすべて副編とヒラの編集部員まかせだ。

千花子は困ったなあと内心で思っていた。若い女性のあいだで妊娠出産が何年まえからかブームになっていることはわかっていた。けれど個人的にまえのめりになれるほど、気乗りがするテーマでもない。これだけたくさんの物や文化やおたのしみがあふれる世界なのだ。なぜ、あれほど痛い思いをして、みな赤ん坊など産みたがるのだろうか。子どもなどいなくとも、十分に充実した人生を送れるではないか。そろそろ会議もお開きだろう。徹夜続きの校了を終えたあとである。午後はほとんど開店休業のようなものだ。

千花子はいった。

「すみません、ちょっと熱があるみたいなので、今日は早退して、病院にいってきます」

大谷がうなずいていった。

「泊まりこみで冷えたのかな。みんなもあんまりお腹を冷やしちゃダメだぞ」

編集長は本村のほうをむいて、にやりと笑った。

「男は逆に冷やしたほうがいいんだけどな。元気な赤ん坊をつくるには」

千花子はあきれて、香り高いロイヤルミルクティをのみほした。おしゃれでLOHASな女性誌といっても、現場はこんなものだ。オフィスは資料と原稿の山で殺風景だし、編集長は見かけ倒しのセクハラおやじ。さっさと早退して、家でごろごろすることにしよう。床暖房をいれた無垢《むく》材のフローリングは、寝転がって本を読むには最高だ。

3

千花子のいきつけの診療所は、三軒茶屋《さんげんぢゃや》の駅まえだった。ごく普通の内科と小児科の病院である。さすがに二月のなかばで、待合室にはマスクをかけた親子連れが目立っていた。インフルエンザの季節なのだ。

「高部さん」

名前を呼ばれても、千花子はぼんやりしていた。なぜ健康保険証の姓は夫のものをつかわなければいけないのだろうか。仕事場でも、友人たちのあいだでも、千花子は旧姓の二宮で呼ばれている。

診察室は二畳ほどの広さだった。千花子のマンションの床材と同じ節目の残った米松をつかっていた。ビルのなかなのに自然にかこまれている安心感がある。奥のドアが開いて、医師がやってきた。四十代だが白衣のしたにミニスカートをはいた元気な女性医師だ。かかりつけにここを選んだのは、医師が同性だという理由もある。

「はい、今日はどうしましたか？」

「ずっと微熱が続いているみたいで、身体もだるいんです」

「そうですか、じゃあ、ちょっと見てみましょう。口を開けてください」

ペンシルライトで照らしながら、のどの奥をのぞきこまれた。なんだか恥ずかしい。

「別にのどは腫《は》れてないみたいですね。はい、上着をめくってもらえますか」

厚手のセーターを胸まであげた。冷たい聴診器がひやりと肌にあたる。

「では、背中も見てみましょう」

同じように何カ所か背中の音をきくと、カルテになにか書きこみ、女性医師がいった。

「うーん、のどの腫れもないし、呼吸の音もおかしくありません。インフルエンザではないみたいですね。微熱とだるさのほかに、なにか身体の変調はありませんか」

そういえば、このまえの夜はシャンパンの味がおかしかった。

「なんだかお酒がおいしくないです。舌が変わったみたい。それに胃腸の調子も悪いです」

なにかを思いついたように、女性医師が慎重な顔つきになった。

「高部さん、妊娠の可能性はありませんか？」

千花子は力いっぱい返事をした。

「ありません！」

一時期は低用量のピルをのんでいたこともあった。普段は乱れがちで重い生理も楽になるし、自然なまま一斗とも接せられるので便利だったのだが、千花子の場合太りやすくなる副作用があった。最近は一般的な避妊具をつかっていた。安全日にはそれもつけずに、膣《ちつ》外射精ということもある。それで一斗とつきあってきた六年間、まったく妊娠したことはなかった。きっと自分は妊娠しにくい身体なのだ。千花子はぼんやりとそんなふうに思っていた。

「わかりました。でもね、高部さんの今の症状だと、解熱剤や抗生物質はだせないですね。胃腸の調子が悪いといっても、お腹に赤ちゃんがいたらレントゲンを撮るのはすこし怖いしね。念のためにおとなりのレディースクリニックにいって、検査を受けてください。わたしのほうで電話しておいてあげるから」

胸の奥で心臓がずきずきと弾みだした。指先から頭のなかまで、脈動を感じる。まさか自分が妊娠しているはずがなかった。赤ちゃんも、子どもも大嫌いなのだ。そんな親のところに望んでやってくる赤ちゃんなどいないだろう。それに買ったばかりのマンションのローンだってある。夫はいい人だけど、お金のことは頼りにならなかった。まだまだ自分が一家の大黒柱なのだ。働き続けなくちゃいけない。

千花子はしかたなく、となりのビルにあるレディースクリニックに足を運んだ。まるで敵地で孤立した兵士のような気分だった。こちらの待合室には醜く腹を突きだした妊婦がずらりと幸福そうに座っている。不快でいらついて、即座にその場を離れたがっているのは千花子だけだった。この妊婦特有の乳くさいにおいはなんだろうか。もとからの吐き気が、さらにひどくなる。

名前を呼ばれて、診察室にはいると白髪のおばあちゃん先生だった。じろりとにらまれて、なにか悪いことでもしたような気分になった。こんな感じは中学校の職員室以来だ。内科の診察室には寝台があったが、こちらには例の拷問具のような診察台がおいてある。

「むこうの先生から話はききました。じゃあ、最初に尿検査しましょう。トイレに用意してあるから、済ませてきてください」

さばさばといわれて、流れ作業のように手洗いにむかった。通常よりも広い個室のなかにはちいさなカウンターがついていた。紙コップに少量とって、カウンターにおいておく。引き戸のガラス窓のむこうで、人が動いている気配がした。

診察室にもどると、老女医がいった。

「もうほとんど確かなんだけど、いちおう確認しておきましょう。そこの台にのってください」

千花子はパニックになりそうだった。あんな台にのって脚を広げて、内診されるのか。のどの奥を見られるのさえ恥ずかしいのに、どうしたらいいのだろう。しかたなくジーンズと下着を脱いで診察台にあがり、両脚をのせた。今、地震がきたらどうしよう。目を閉じて、なにも考えないようにする。

診察台の近くにワゴンにのった機械が運ばれてきた。おばあちゃん先生がいった。

「ちょっと冷たいけど、がまんしてね」

カーテンの目隠しで自分がなにをされているのかわからなかった。硬いものがぬるりとはいってくる感触がある。何度か角度を試してから、先生がいった。

「あら、おめでとう。ちゃんと妊娠されていますよ。まだちっちゃいわねえ。今の超音波は性能がいいから、すぐにわかるんですよ。赤ちゃんの心臓が元気に動いてるのがわかるわねえ」

千花子の頭のなかが真っ白になった。風邪を引いたからとやってきた病院で、妊娠を告げられる。自分はなんてうかつな女なのだろう。一斗になんと説明したらいいのか。夫は自分と同じように子どもが嫌いだ。年をとってもいつまでもふたりきり、恋人のような夫婦でいようと約束した。

仕事だってたいへんだった。自分の収入がなければ、今の生活は維持できない。第一、あの会社に産休の制度があるのかさえ、千花子はしらなかった。

混乱しきった頭に最後に浮かんだ思いは、おかしなものだった。わたしのマンションには子ども部屋がない。子ども部屋がないのだ。それでは子どものいる場所がないではないか。子ども部屋がない。部屋がない。子どもの……。

千花子は自分が泣いていることに気づかないまま、診察台のうえで固まっていた。涙がたくさんこぼれ落ちたが、無力感に打ちのめされ、あふれる悲しみを一度もぬぐうことができなかった。

4

「どうしよう……どうしたら、いいんだろう」

千花子は三軒茶屋の駅まえにあるカフェにいた。窓際のテーブルに座り、突然敵意を増したいつもの街なみを、呆然《ぼうぜん》と眺めた。テーブルのうえには、大好きなカフェラテと裏返しにおいた写真がある。カフェラテには手をつけていなかった。このところ舌が変わったせいで、好物がちっともおいしくないのだ。

原因ははっきりしていた。カップの横に伏せられた白黒の写真だ。千花子は誰も見ていないのを確認して、写真をひっくり返した。ちいさな黒い楕円《だえん》のなかに豆粒のようなものが、丸く浮かんでいる。ざらざらした灰色の物体だ。とても生きものには見えない。こんなもののせいで、わたしがこんなに苦しむなんて。

「今、六週目ね。このくらいだと、身長は二センチもないかな。体重はまだ三グラムくらいね」

おばあちゃんの産科医は別にめでたくもなさそうにそういった。その声が耳にこびりついて離れなかった。超音波画像の右端にはたくさんの数字の列があり、その日の日付や妊娠周期や胎児のおおきさ、重さまでプリントされている。

千花子は混乱から立ち直れなかった。せっかく編集の仕事がおもしろくなってきたところだ。マンションのローンだって組んだばかりで、自分が働かなければいけない。第一ふたりで子どもはつくらないと話しあって決めていたのだ。その分は好きなことをたのしんで、ふたりで豊かに年をとっていこう。順風満帆に見えた夫婦ふたりの人生設計が、こんな灰色の豆粒に壊されてしまうなんて。人の未来はなんて不確実なのだろう。

携帯電話をとりだして、メールを打った。一斗は今日はロケのはずだ。この不景気で泊まりのロケは激減して、東京近郊の日帰り撮影が増えている。その日は奥多摩《おくたま》で男性誌の春ものファッションの撮影だった。

今夜、大切な話があります。
一斗の帰りが何時になっても
起きて待ってるね。

いきなりこんなメールを送りつけられる夫の気もちまで、心はまわらなかった。千花子はまじめだし、頭も悪くないのだが、目のまえの物事に夢中になりすぎる癖がある。携帯電話を閉じると、またあのおばあちゃん先生の声がもどってきた。

診察台のうえで声を殺して泣いていた千花子に気づくと、産科医はいった。

「もし中絶するなら、あと二週間のうちに済ませたほうがいいわね。八週をすぎると、母体への負担がおおきくなるから」

千花子は黙ってうなずいた。医師はカルテになにか書きながらいう。

「あなた、結婚してるの？」

「……はい」

「だったら問題ないじゃないの。おめでとう」

結婚しているから問題なのだ。きっと誰もが産むのがあたりまえと考えるだろう。でも、自分は赤ちゃんなど欲しくはなかった。子どもが嫌いだし、母性本能など感じたこともない。腹を突きだした妊婦は、醜いとしか感じられなかった。千花子がかたくなに返事をせずにいると、産科医がいった。

「まあどういう事情かわからないけれど、よく話しあって決めてください」

夢から醒《さ》めたように、子どもの泣き声で現実に引き戻された。近くのテーブルで、男の子が叫んでいた。母親が怒鳴りつけて、カップのなかに落としたドーナツを拾っている。自分もあんなふうに髪を振り乱した母親になってしまうのだろうか。それとも、こんなに子ども嫌いな母親のところにくるよりも、赤ちゃんも天国に返してやったほうがいいのだろうか。

(……中絶)

重い言葉が黒々と頭に浮かんでいる。千花子はふらふらと立ちあがり、トレイをカウンターにもどした。夜のくるのが恐ろしい。一斗に妊娠していると告げなければいけないのだ。そんなことをするくらいなら、離婚協議のほうがどれほど気楽だかわからない。千花子は北風のなか、コートの襟を立て、誰もいないマンションに帰っていった。

5

玄関からドアの音がきこえたのは、夜中の十二時すぎだった。ばたばたと騒がしい足音がきこえて、床と同じ無垢《むく》パイン材の内扉が開いた。

「ただいま、遅くなって、ごめん」

一斗のジーンズは泥まみれだった。きっと野外を動きまわって、撮影してきたのだろう。千花子は床暖房をいれたワンルームの隅で、毛布にくるまっていた。ワンルームといっても3LDKをリフォームしているので、三十畳以上はある自慢のスタジオだ。撮影にも使用するので、照明の明るさは自由自在だった。千花子はその夜、明かりをしぼっていた。海の底のような暗さだ。

「そういえば、風邪はだいじょうぶ？　まだ気もち悪いのか」

千花子の気分はこれ以上はないくらい沈んでいた。首を縦に振っていった。

「うん、すごく気もち悪い。最低の気分よ」

一斗はこちらが送っている信号にまるで気づかないようだ。

「そうか、最近たちの悪い風邪が流行《はや》ってるからな。今夜は早く寝たほうがいいよ」

どこまで鈍感なのだろうか。千花子のまえにはノートパソコンが開いていた。ディスプレイには初めての妊娠というページが開かれている。メールのことなど忘れてしまったのだろうか。一斗はダウンジャケットを脱ぎ、ジュラルミンのおおきなトランクを運びこんだ。カメラの機材を片づけながら、一斗は背中越しにいった。

「あのさ……話ってなに？」

声が急にちいさくなっている。背中も丸まっているようだ。なにをびくついているのだろうか。急にいじわるな気分になって、千花子はいった。

「またどこかに若いお気にいりでも、できたの」

一斗はカメラマンという職業柄、モデルの卵やスタイリスト、編集者のしりあいが多かった。そのうちの七割以上は女性である。なぜだかわからないけれど、一斗は妙にその手の女性にもてるらしい。

さっと振りむくと、一斗は素人芝居のように顔のまえでてのひらを振った。

「いや、そんなことないって。すくなくとも今は、神さまに誓ってもほかの女なんていない。千花子ひと筋だから」

むきになるところが怪しかったが、千花子はそんなことにかまってはいられなかった。

「だいじょぶだよ。一斗の女性問題で話があるわけじゃないから」

それだけで顔色が変わるのだから、男は単純だった。一斗は子犬のように這《は》ってきた。

「なんだよ、心配して損した。で、話ってなんなの？」

千花子は一瞬息をとめていった。

「……あのね、なんだかできたみたいなんだ」

一斗は終日野外にいてぼさぼさの頭で、きょとんとしている。したの通りを救急車のサイレンが駆けていった。冬の終わりの静かな夜だ。

「なにができたの？　意味わかんないんだけど」

こちらがこんなに苦しんでいるのに、白々しい顔をしている。急に夫が憎らしくなって、ゲンコツで肩をたたいた。

「なんだよ、痛いな」

「だから、できたのよ、赤ちゃん。わたし妊娠六週目なんだって」

なぜかそういうと同時に、千花子の目から涙がこぼれた。雷が鳴ってもこれほどの衝撃はなかっただろう。若い夫婦は硬直して、息を吸うのさえためらっていた。一斗がそっといった。

「……そうか。それで男なの、女なの？」

涙で濡《ぬ》れた目をあげて、一斗を見た。千花子はあきれてしまった。

「まだ三グラムしかないんだよ。そんなことわかるわけないでしょう」

腹が立ってたまらなかった。誰も望んでいない妊娠なのだ。赤ちゃんが不憫《ふびん》でしかたない。一斗は千花子のとなりにくると、そっと肩を抱いた。男のおおきな手の重さで、千花子の心のどこかが破れてしまった。言葉がとまらなくなる。

「わたし、どうしたらいいか、わからないよ。『ENDLESS』の仕事だって、やっと自分の企画がとおりだしたところでしょう。もっともっといい仕事をしたいよ。このマンションのローンを考えると、やっぱりわたしがちゃんと働かなくちゃいけない。それに一斗とも話したでしょう。うちの夫婦に子どもはいらない。わたしたちふたりで、たのしく年をとって、かわいいおばあちゃんとおじいちゃんになろうって」

千花子が泣きながら話しているのに、一斗は笑ってうなずいていた。馬鹿にされた気がして、腹が立つ。一斗がティッシュをとってくれた。

「はい、涙ふきなよ。あのさ、おれは赤ちゃん別にいいと思うよ」

この人はなにをいっているのだろう。千花子が洟《はな》をかんでいった。

「でも、一斗も子どもはいらないっていってたでしょう」

ティッシュは一枚ではぜんぜん足らなかった。千花子の両目と鼻は完全に決壊している。一斗がボックスごとわたしてくれた。

「千花子がびっくりするくらい子どもを嫌っていたから、話をあわせただけだよ。そっちにはお父さんの件とか、いろいろあったしさ。おれのほうは別に子どもはどっちでもよかったし、できたならそれはそれでいいと思う」

千花子は恐るおそる口にした。

「……中絶しないの？」

肩にのった手でぐっと引き寄せられた。いつのまにか一斗の胸に抱かれている。男の汗と草の匂いがした。千花子の好きな、どこか懐かしい匂いだ。

「生活のこととか、このマンションのローンとか、千花子に心配ばかりかけて、ごめんな。おれがだらしなくてさ。でも、今まで以上に仕事がんばるから、その子産んでみないか？　たいへんで、痛いのは、母親ばかりで悪いけど、産んでみてくれないか？　おれ、千花子と赤ちゃんのためにがんばる。絶対にがんばってみせるから」

千花子は一斗を見あげた。夫の目は涙がいっぱいにたまって、真っ赤だった。この人は涙もろいのだ。悲しい映画をいっしょに観ると、いつも千花子の三十分まえには泣いている。自分の台詞《せりふ》に酔ってしまったのだろうか。

「なんなら、おれが赤ちゃんの面倒を全部見るから、産んでくれよ」

「そんなことできるわけないでしょう」

フリーの仕事の不規則さを考えたら、とても乳幼児をまかせることなどできなかった。一斗はそれでもあきらめない。

「最近、カメラマン仲間でもあちこち赤ちゃんが産まれてるんだ。赤ちゃんてさ、あれはあれで、けっこうかわいいもんだぞ。うちにもひとりくらいいてもいいよなあ」

思わず千花子は口走っていた。

「このマンションには子ども部屋がないんだよ。それでもいいの？」

なぜこれほど子ども部屋にこだわるのか、自分でもよくわからなくなっていた。最初に妊娠をしらされたときにも、頭に浮かんだのはそのことだ。

「子ども部屋なんて、カンタンだろ。スタジオの一部を仕切ってもいいし、リフォームしてつくってもいい。大切なのはいれものじゃなくて、中身だ」

そうか、子ども部屋はまたつくればいいのか。千花子は夫の腕のなかでなにかを発見した思いだった。どうせそのリフォーム費用は自分がもつことになるのだろうが、悪くない考えだ。

千花子はそのとき初めて気づいた。子ども部屋は望まれて産まれた子どもの象徴なのだ。自分はこれまで子どもを望んでこなかった。それがマンションの間取りにもあらわれている。寝室ひとつとスタジオの１ＬＤＫだ。けれど、そんなものはただの間取りにすぎなかった。家族の形が変わるというのなら、つくり直せばいいのだ。一斗は懇願するようにいう。

「あのさ、おれのためだと思って、産んでくれないかな？　千花子が子ども嫌いでもいいからさ」

海底のように静かで暗いスタジオの隅で、男の腕に抱かれながら、千花子は考えた。それも悪くないかもしれない。自分のために産むのはためらわれるけれど、一斗のために産むのなら悪くない。自分のためにはできないことでも、人のため、それも愛する人のためならできることが、人にはいくらでもある。不思議な高揚のなかで、千花子はこたえていた。

「わかった。わたしもがんばって、産んでみる」

「うわー、やったー、千花子、おれたちやったなー。これでお母さんとお父さんだ」

一斗は小躍りしそうなくらいよろこんでいた。それを見ている千花子の胸にも、ちいさな灯がともったようだった。だが、幸福な気分はわずかしか続かなかった。千花子だって最初から子どもが嫌いだったわけではない。それにはきちんと理由があったのである。

（赤ちゃんを産むというなら、あの人たちときちんと話をしてこなくちゃ）

千花子は鷲《わし》のような顔をした父親を思いだしていた。そして、父親を思いだすときいつもそうするように、一斗の腕のなかで震えだした。

6

翌日の昼すぎ、千花子は西荻窪の商店街を歩いていた。

子どものころから見慣れた街なみで、学生時代のいきつけの店がそのままの形でいくらでも残っている。甘味屋、ケーキ屋、古本屋、それに中央線沿線らしいエスニック系の雑貨屋。この街が大好きなのに住めなかったのは、実家があるせいだった。

千花子の父の二宮由紀夫《ゆきお》は経済産業省の官僚だった。子どもだった千花子にはよくわからないけれど、産業技術を管轄する部署で辣腕《らつわん》を振るったらしい。専門は鉄鋼業界で、韓国、ドイツ、オーストラリアと海外視察にもよくでかけていた。

この父が千花子は苦手だった。幼いころから恐れていたといってもいい。父の信念はシンプルだった。男は天下国家のために働く。女は結婚して、やはり国家のためにつぎの世代を産む。それが人間の究極の務めだという。人は死ぬが、国は残るのだ。

今では年金暮らしだが、引退してからますます頭が固くなったようだ。千花子の編集者という職業にも、一斗のフリーカメラマンという仕事にも反対していた。マスコミなど国を非難することだけが仕事の浮き草稼業だ、とても信用はできない、と。

一斗との結婚も千花子が押し切るようにすすめたのである。父は最後まで結婚式には出席しないと、わがままをいって周囲を困らせた。見栄《みえ》っ張りで、時代遅れで、恐ろしく理屈っぽい迷惑な人。千花子の父親に対するイメージは成人してからも、まるで変わらない。

ちいさくなったように感じるステンレスの門扉を開けて、一軒家のインターホンを鳴らした。この家も古くなったものだ。かつては白かった壁が、時間のせいで薄黒くなっている。ドアが開くと、母親の清子《きよこ》が顔をのぞかせた。いつもと同じ暗い顔だった。千花子は笑顔の母をうまく思いだすことができない。

「あら、いらっしゃい。突然だったわね」

「ただいま。はい、おみやげ」

マンションの近くにある和菓子屋の芋羊羹《ようかん》だった。母はサツマイモが好きだが、父は嫌っていた。玄関をあがり、廊下をすすむ。

「お父さん、いるの」

「書斎にいるわよ」

千花子は苦笑した。母親のいいたいことを続けてやる。

「それで、いつものように時代小説を読んでる」

役所を退職した父は、同じ時代小説を何十回となく読み返していた。歴史と鉄鋼以外の本を読んでいるのを見たことがない。

「よくあきないものねえ。もう三十回は読んでるんじゃないかしら」

にこりともせずに母の清子がそういった。夫婦というのは似てくるものだろうか。この人も妙に数字に細かいところがあった。きっと父はほんとうに三十回同じ本を読んでいるのだろう。

「わたし、居間にいるから、お父さん呼んできてくれる?」

「はいはい」

千花子は実家の臭いがする居間にいき、こたつには足をいれずに正座した。千花子はこたつが嫌いで、自分ではもっていない。すくなくともあのマンションには絶対にこたつをおきたくはなかった。こたつのなかの妙にむれて熱した空気が嫌なのだ。

父は無言で床の間を背にして座った。

母がお茶をいれ、芋羊羹を菓子皿にのせてだしたが、見むきもしない。斬りつけるようにいった。

「今日はなんの用だ?」

冬休みと夏休みにしか顔をださない千花子である。むこうにすれば、なにごとかと思うのかもしれない。さて、どう切りだそうか。千花子が考えていると、父がいった。

「金ならないぞ。この不景気だ。欧米の強欲資本主義はけしからん。一斗くんはきちんと仕事をもらえているのか?」

ここは会議室ではなく、居間だった。それでもこういう話しかたしかできないのだ。かわいそうになる。千花子はあっさりといった。

「わたし、妊娠したんだ。予定日は十月八日だって」

鷲のような顔をした父が、顔を赤くしてよろこんだ。

「よくやった。めでたい。それで、男なのか、女なのか?」

男というのはあきれたものだ。頑固者の父も、今どきの若い一斗も、まず最初に同じ質問をする。清子が口を開いた。あの産科医のように、まるでうれしそうではない事務的な調子だ。

「まだわかりませんよ。そんなこと」

父はそれでもうれしいようだった。そわそわと落ち着きをなくしている。腕を組んではほどき、頭をかく。手のおきどころさえ決まらない。清子が陰気にいった。

「千花子の仕事のほうはどうするの？　一斗さんの稼ぎだけじゃあ、生活はたいへんでしょう。あなたのところは出版社だから、ちゃんと産休の制度はあるんでしょ？　女は働き続けなくちゃダメよ」

父が口をはさんだ。

「なにをいってる。赤ん坊には二十四時間母親が必要だ。赤ん坊が産まれるというなら、専業主婦になるのがあたりまえだろう」

「それは絶対にいけないわ。千花子は仕事が好きなんでしょう。だったら、保育園だってあるし、人を雇ってもいいから、仕事だけは続けなくちゃ」

「ダメだ、ダメだ。母親から引き離された子どもは、情緒が不安定になっていけない。女は赤ん坊の面倒を見るものだ。外の仕事など、男にまかせておけばいい」

「まだあなたはそんなことをいってる。そういう昔の道徳のせいで犠牲になるのは、わたしだけでたくさん。千花子は二十一世紀に赤ちゃんを産むのよ」

その場に千花子はいないも同然だった。父と母の昔ながらのいさかいである。母は若いころ航空会社で働いていたという。草創期のキャビンアテンダントで、空の仕事を愛していた。だが、父と出会って結婚し、好きだった飛行機をおりている。

千花子は子どものころからきかされてきた。雲海のうえの夜明けや夕焼けがいかにきれいなものか。嵐の日には眼下に稲光を見おろし、悠々と銀の翼は空を翔《かけ》る。乱気流に巻きこまれたときなど、サーブしようとしたオレンジジュースの紙コップごと、中腰で笑顔のまま一メートルも宙に浮いたという。

きらきらと目を輝かせてそういったあとで、母はいうのだ。千花ちゃんさえ産まれなかったらねえ、わたしはまだ空の仕事をしていたかもしれない。いい、あなたはいつか子どもを産んでも、好きな仕事を続けなくちゃダメ。収入をすべて男の人に頼るというのは、半分も自分の意見をいえなくなることよ。

小学生だった千花子は思った。ひどく痛いというし、そんなに面倒なものなら、自分は赤ちゃんなんて産まない。そんなもの欲しくはないし、自分は父や母のようにではなく、好きなように生きるのだ。すくなくとも、絶対にお役人とは結婚しない。

幼かった決心を思いだして、涙ぐんでしまいそうになった。目のまえでは同じこたつに足を突っこんだ父と母が、まだいい争っていた。

「ちょっといいかな」

自分で思っていたより、おおきな声になってしまった。父と母が驚いて、千花子を見つめている。

「今日は妊娠したから、報告にきただけよ。いっておくけど、わたしはお父さんのいうように天下国家のために赤ちゃんを産むわけじゃない。赤ちゃんを産んだあとも仕事はきちんと続けます」

清子がうなずいていった。

「ほら、ごらんなさい。わたしのいうとおり」

父にむかって勝利のまなざしを送る。千花子はかちんときた。この母はあのときの子どもの気もちがぜんぜんわかっていないのだ。

「でも、それはお母さんのいうとおりにするわけじゃない。わたしはずっと子どもも赤ちゃんも大嫌いだった。だからずっと、つくらずにきた。今回だって欲しくてつくったわけじゃないの。お母さん、いつもいっていたよね。おまえが産まれなければ、好きな仕事を続けられたのにって」

憮然《ぶぜん》とした表情で、清子が口を開いた。

「……でも、それはお父さんが」

千花子は母をさえぎっていった。

「いいから、黙ってきいて。王さまみたいにいばるお父さんも、昔の思い出以外にすがるものがないお母さんも、わたしは嫌だった。それで赤ちゃんなんか産まずに、死んだらきれいに家族なんてなくなるといいんだって思っていた」

涙がにじんだが、千花子は必死に抑えた。この人たちのまえで泣くのはどうしても嫌だ。

「妊娠したから、形だけ報告しておきます。でも、これからの妊娠期間も出産も、将来の育児もおかしな口だしはしないで、お願いだから。わたしは一斗さんとふたりで、この家とはぜんぜん違う方法で赤ちゃんを産んでみる」

朝起きてから、何度も練習してきた台詞《せりふ》だった。千花子はわがままで、親の気もちを想像するのが苦手な娘だったかもしれない。けれど、この言葉をきちんと伝えておかなければ、自分が母親になれる気がしなかったのだ。妊娠すれば誰でも母親になれるというものでもないだろう。千花子には千花子の事情があって、母親への道は険しかった。微熱が残り、胸がむかむかとしているのに、わざわざ実家まで足を運んだのは、それだけの決意があったのだ。

「いきなりやってきて、こんなことをいって、ごめんね。お父さん、お母さん。でも、わたしはがんばるから。迷惑をかけずに、ちゃんと産んで、育てるから」

千花子はこたつの天板に額がふれるほど頭をさげた。顔をあげたときには、涙はきれいに乾いている。

「まだ具合がよくないから、帰って寝るね。なにかあったら、連絡します」

父は腕を組んで、目を閉じ無言だった。ちいさくうなずいてみせる。母がいった。

「そうはいうけど、お嫁さんが頼れるのは実家なのよ。千花子も意地を張らずに、この家に甘えていいんだからね。血縁というのは切れないんだから」

そのせいで今まで苦しんできたのだと、千花子はいいたかった。怒りをぐっとのみこんでもう一度頭をさげて立ちあがり、静かに居間を離れた。


「さすがに、千花ねえだな」

玄関わきに、弟の真樹夫《まきお》が立っていた。もう二十八歳になるがフリーターのままで、親と同居している。この子もあの父と母に曲げられてしまったのかもしれない。

「今日バイトは？」

「派遣切りにあった。また職探しだよ。だけど、うちのおやじに一番似てるのは千花ねえかもしれないな。ぼくだったら、あんなふうにばっさりやれないよ」

「そう。真樹夫もちゃんと働いて、この家早くでたほうがいいよ」

「考えとく。ぼくも千花ねえみたいに稼ぎがよくて、マンション買ってくれる人探そうかな」

「バカいってないで、ちゃんと正社員になりなさい」

千花子は鼻で笑って、フラットシューズをはいた。まだ妊娠六週なのに、そこまで気をつかうことはないのかもしれない。けれど、あの写真を見たときから、自分のなかのなにかが変わってしまったのは確かだった。

西荻窪の駅にむかう途中、千花子はすこしだけ後悔した。父と母を傷つけたせいではない。これから先のことを考えると不安でたまらなくなってきたのだ。マンションのローンと生活費、それに出産や育児の費用。まだまだかかりは多いだろうが、あれだけの台詞を吐いてしまったら、もう実家には頼れなかった。

出社したら、早速産休制度とそのあいだの給与保障について調べなければならない。子どもをつくらないと決めていたので、妊娠出産の人なみの知識さえ、千花子にはなかった。これから勉強しなくては。それにもちろん、来月号の新しい企画を立てなければいけない。ただ妊娠をしたからといって、なぜこれほど急にいそがしくなるのだろうか。夕暮れの街を駅にむかう千花子の足どりは、自然にテンポがあがっていた。

7

子どもを産むと決めたのはいいけれど、千花子にまったく実感はなかった。お腹もまだ平らなままだし、微熱とだるさも治まってしまった。妊娠して変わったことといえば、あれほど好きだったワインやビールがまずくてのめなくなったことと、生理がなくなったことだけである。面倒な生理がなくなったのはうれしいけれど、母親としての自覚だとか、母性など、自分の心のなかを隅々まで探しても、カケラも見つからなかった。

妊娠の週数がすすむと、子宮のなかで赤ちゃんが成長し、お腹がふくらむということがまず信じられなかった。妊娠を望んでいなかった千花子には、出産のイメージはまったくない。『エイリアン』に登場するベビーエイリアンの凶悪な鳴き声をつい想像してしまう。

（キーッ！）

もっともあの映画では、男女関係なく体内に卵を産みつけられ、腹をくい破られてしまうのだ。男もちゃんと四十週妊娠して、苦しい出産ができればいいのに。

千花子とは反対に、夫の一斗はおかしなテンションではしゃいでいた。カメラマンの仕事柄か、一斗は機材のカタログ集めが好きだった。デジタルの一眼レフカメラは日進月歩で性能が向上している。同時に画像保存や修整に高性能のパソコンも欠かせなかった。毎年のように機材を買い換えるので、千花子はカメラ会社やアップルのために夫は働いているのではないかと思うほどだ。

その一斗はどっさりと妊娠出産関連の資料を買いこんでいた。積みあげるとひざの高さくらいになる本の冊数は、全部で二十一冊。なぜかこの関係の書籍は、大判で、写真が豊富で、贅沢《ぜいたく》なカラー印刷が多かった。当然一冊あたりの単価も高い。千花子は編集者だから、本を見ればだいたいの原価は予想がついた。このくらいの造りで、一冊二千円以上というのは、うらやましいくらいの商売である。

一斗は自慢のハウススタジオで、ごろごろ寝そべりながらそのうちの一冊を読んでいた。題名は『初めてパパになるための妊娠出産入門』だ。分厚い背表紙のタイトルを読んで、なぜか千花子は不機嫌になった。声がとがってしまう。

「今日は仕事ないの」

一斗は横になったまま、こちらに目もくれなかった。

「天気がイマイチだから、スケジュールはばらしになった」

そういえばバルコニーの外では、冷たい春風にのって横なぐりの雨がふっている。一斗の仕事はこのところの経費削減で、スタジオ代のかからない外撮りのロケが増えていた。こんな調子で産休や育休にはいったら、わが家の家計はだいじょうぶなのだろうか。駆けだしのフリーカメラマンの収入は不安定以外のなにものでもなかった。千花子の心配はまったく一斗には伝わらない。頭だけあげて、なぜか千花子の顔ではなく下腹部をじっと見つめた。

「なによ?」

一斗は手にした本と千花子の平らな腹を交互に見比べている。

「いや、なんかさ、こんなソラマメみたいなのが、千花子のお腹にはいってるのかと思うとさ」

夫の太い指先が3Dの超音波画像を示していた。確かに形の悪いソラマメみたいなブツが黒い羊水のなかに浮かんでいる。赤ん坊というより、勝手に増殖するガン細胞の芽のようだ。

「もうやめてよ。わたしはまだぜんぜん母親になる気なんてないんだからね。一斗もそんな本ばかり読んでないで、ちょっとは仕事したら」

千花子の声は厳しかった。

「いや、わかったから、そんなにとんがるなよ。あとで、このまえの撮影分のセレクトするからさ。でも、ここに書いてあるぞ」

「なによ？」

一斗はかすかにおもしろがるように、初めてパパになるための本の一節を読みあげた。

「妊娠初期は女性ホルモンが不安定になるため、不機嫌になったり、いらいらしやすくなったり、落ちこんだりすることがあります。パートナーは優しく、新しいママを見守りましょう、だってさ」

なにが、だってさだ。千花子は腹を立てて、手近にあったクッションをとり、一斗に投げつけた。一斗はフローリングのうえに起きあがり、両手をあわせた。

「ごめん、ごめん。でもさ、おれたちどこで、産むんだ？　ブランド産院だったら、早めに予約しないと間にあわないし、最近じゃニュータイプの助産院も人気らしいぞ」

なぜ、こんなに腹が立つのか、千花子は不思議だった。もしかしたら、ほんとうにホルモン異常なのかもしれない。けれど、そんなことにはかまっていられない。手を腰にあて仁王立ちして、千花子は宣言した。

「いい、これから今日一日、絶対に妊娠とか出産とか赤ちゃんとか口にしないでね。そんなこといったら、一斗にこの家でていってもらうからね」

住宅ローンを組んでいるのは、夫ではなく自分なのだ。でていくなら相手に決まっている。一斗はしょんぼりと床のうえで座り直した。ちょっとかわいそうな気になったが、千花子は厳しくいいわたした。

「仕事にいってくる。今夜は遅いから。晩ご飯はひとりでたべて」

ひざのうえに初めてパパになるための本をおいて正座する一斗をおきざりにして、千花子はずんずんと玄関にむかった。

8

「ENDLESS」編集部にはいる直前、千花子はいつもなら決してしないことをした。なぜか深呼吸して、呼吸を整えたのである。風邪だと思って訪れた三軒茶屋の病院で、妊娠が判明した。家族にはその秘密を明かしたけれど、まだ会社には告げていなかった。なんだか自分が女スパイにでもなった気がする。重大な秘密を抱えたまま、そしらぬ顔で日常業務をこなしているのだ。そういえば、妊娠中の徹夜は胎児にどんな影響を与えるのだろうか。編集者と校了時期の徹夜は切ってもきれないものだ。

出版社というと、先進的な職場のイメージがあるが、この志パブリッシングはどうなのだろう。社員数四十人ほどの弱小出版社である。千花子が中途入社して、もう七年ほどになるが、まだこの会社で妊娠出産した女性社員の話はきかなかった。

編集部の朝は遅かった。千花子が席についた十一時でも、半数以上はまだ出社していない。顔をだしているのは、若手の社員と契約社員ばかりだった。副編集長の机はまだ空席のままだ。千花子はとなりのデスクの先輩・後藤未央に声をかけた。

「ちょっと相談があるんですけど、早めにランチにいきませんか」

どんな職場でも陰の権力をにぎっているのは女性である。男たちは人事や評価など表の権力をもっているけれど、日々の仕事のなかでは別に恐ろしくはなかった。だが、女性のスタッフは職場の空気や感情を実質的に支配している。職場での居心地に直結するのだ。千花子は同じ女性なので、その怖さがわかっていた。

妊娠を報告するなら、まず先輩の女性から。

この順番は間違ってはいけない。

千花子と後藤未央がやってきたのは、表参道《おもてさんどう》を一本奥にはいったガーデン・レストランだった。あいにくの雨なので、白いテーブルと椅子がならぶ無人の庭はなんだかしょぼくれた雰囲気だ。食事が終わると、未央が千花子の手元を見た。

「千花ちゃんがハーブティなんて、めずらしいね。いつもこのお店では、エスプレッソだったでしょう」

残念ながら千花子は一斗が購入した出産育児本をすこしかじってしまっていた。カフェインは赤ちゃんの脳の発育にはよくないらしい。しかも一度摂取すると四十八時間は体内に残留してしまうのだ。

「ええと……」

もうあれこれと迷うのは面倒だった。せっかく先方からきっかけを与えてくれたのだ、いってしまえ。千花子は案外ギャンブラーである。

「あの、後藤先輩」

千花子は先輩などという言葉をめったにつかわなかった。未央は怪訝《けげん》な顔で、こちらをのぞきこんでくる。

「……わたし、妊娠したみたいなんです。先週判明して、今七週目らしいです」

コーヒーカップを口元に運びかけた未央の手がとまった。

「そうなんだ、おめでとう」

祝福の言葉には妙に元気がなかった。未央は頼りになる先輩で、時代を読む企画力も、フリーランスのスタッフの仕切りも抜群だった。千花子がこの編集部に配属されてから、ずっと手近な目標だった存在である。三十五歳で、同業の編集者と結婚していて、子どもはいないけれど、おしゃれな生活を送っているらしい。休暇には夫婦共通の趣味である陶芸や織物の産地を訪れ、近くの温泉にゆったりと浸《つ》かる。千花子はこの先輩を見ていたから、子どもがいなくてもパーフェクトな夫婦はあるのだとひそかな自信を得ていた。

その未央が雨でまだらになった窓を、ぼんやりと眺めている。なにかがおかしかった。

千花子は恐るおそる質問した。

「あの、なにかあったんでしょうか」

未央は千花子のほうを見ずにこたえた。

「わたし、実は不妊治療をしていたんだ」

息がとまってしまった。千花子は未央のまえでこれまで散々、今の時代に子どもを産むことの愚かさを口にしていた。お金もかかるし、日本という国もくだり坂だ。親のほうの未来だって、まるで予想がつかない。自分と同じように、笑いながらうなずく先輩も子どもが嫌いなのだと、頭から信じていた。その未央が不妊治療をしていた。千花子はつい頭をさげてしまった。

「すみません」

「ははは、だいじょうぶ。あやまる理由なんてないじゃない。千花ちゃんに赤ちゃんができただけなんだから。そんなに気にしなくていいよ」

未央が笑って手を振っていた。ますます千花子は恐縮してしまう。

「わたしって、無神経で、ぼんやりしてますね。失礼しました」

「でもさ、あの治療ってたいへんなことが多いじゃない。うちの場合、ダンナの精子の数がすくなくて、運動性が悪いんだって。それで体外受精にチャレンジしてたんだけど、あれ、ものすごくお金がかかるのよ」

なぜか未央の顔色が明るくなっていた。話しだしたら、とまらなくなったようだ。

「一回に三十万とか四十万とかかかって、しかも身体の周期にあわせての治療だから、急に呼びだされることも多いしね。国の補助もあるけど、申請が面倒で時間もかかるしで、つかい勝手がよくないの。不妊治療なんて、ぜんぜんいいことなかった。うちはもう高級車一台分くらいつぎこんでるよ」

数百万円の出費か、千花子はため息をつきそうになった。それはうまくいかなければ、返ってくるというお金ではなかった。毎月のように銀行口座から落ちていく金額を想像したら、背筋が冷たくなった。対照的に未央は胸の奥にしまっていた秘密を一気に打ち明けて、元気がでてきたようである。ちらりとテーブルのしたの千花子の腹に目をやった。

「だけど、いいなあ、千花ちゃん。なぜだかしらないけど、神さまって皮肉だよね。これだけがんばってきたうちにできなくて、ほんとに子どもが好きじゃない千花ちゃんのところに赤ちゃんを送ってよこすんだから」

またも千花子は頭をさげてしまった。

「すみません」

お祝いごとの当事者があやまるなんて変な気分だが、事実だからしかたなかった。千花子は望んで妊娠したわけではない。

「あやまらなくていいって。実はね、今度のうちの雑誌の妊娠出産特集って、わたしがもう一度がんばってみるための企画だったんだよ」

特集の提案をしたのは、未央だった。自分が働く雑誌の企画に、そんなふうに私情をはさむ。それが千花子には新鮮だったし、だからこそ未央の仕事にはいつも切迫感があったのかもしれない。いくら時代の風潮にあっていても、心から興味をもてない企画ではあまりいい誌面がつくれないのだ。未央は正面から千花子の目をのぞきこんでいった。

「わたしね、あんまり治療がつらくって、この一年くらい休んでいたんだ。もういい年だし、赤ちゃんはあきらめようかなって。でも、千花ちゃんの話をきいて、気が変わった。これからもうすこしがんばってみるよ」

未央がまえむきになったのはうれしい。けれど、こんなときになんと返事をすればいいのだろうか。まさか先輩もがんばれとはいえなかった。ちょっと考えてから、千花子はいった。

「後藤先輩なら、きっとだいじょうぶです」

すでに妊娠してしまった自分が贈る理由のないエールだった。未央はそんなことは気にしていないようだ。

「だけど、ほんとにうちの編集長のいうとおりになっちゃったね」

お飾りの編集長の顔が浮かんだ。いつも社内をふわふわとうろついているクラゲみたいな人だ。千花子は編集長の言葉など、ほとんど覚えていなかった。

「なんでしたっけ?」

「ほら、女性誌で妊娠出産の特集をすると、女性スタッフの誰かが実際に妊娠するっていうジンクス」

「ああ、そんなこといってましたね」

未央の顔が急に真剣になった。

「そういえば、わたし、うちの会社の産休育休の制度をひそかに調べたことがあったんだよね。ほら、治療していたから、いつできるかわからなかったでしょう」

千花子は身体をまえにのりだした。これは大切な情報である。

「へえ、うちの制度はどうなってるんですか」

未央は残念そうに首を横に振った。

「ないの」

「えっ！」

「だから、産休育休という制度自体が、ぜんぜんないの」

千花子は思わず叫んでしまった。

「なんですかー、それ」

静かな雨の昼さがり、レストランのほかの客がみな千花子のほうに視線を集めてきた。だが、はずかしいなどといってはいられない。さらに声がおおきくなってしまった。

「どういうことなんですか。教えてください」

未央はあたりを見まわしてから、千花子を抑えた。

「いいから、声をちょっとちいさくして。あのね、うちみたいな弱小出版社で、最近急に規模がおおきくなったところって、制度ががたがたなんだ。今まで若い女性の社員が妊娠したことがなかったみたいで、制度そのものが不備なの」

今どきのおしゃれで、LOHASな雑誌の編集部とは信じられなかった。千花子はきっと進歩的に違いない制度を利用して、赤ちゃんを産むつもりだったのである。足元からがらがらと将来の予定が崩れた気分だった。

「そんなー、困ります」

未央が手を伸ばして、テーブルのうえの千花子の手をつかんだ。

「千花ちゃんが、うちの会社の妊娠出産第一号だからね。あとに続く人のためにも、がんばってね。わたしも精いっぱい応援するから。うちの会社にきちんと産休育休制度を導入させよう」

エイエイオーとシュプレヒコールをあげそうな勢いだった。そういわれても、千花子はまるで納得できなかった。望まない妊娠をしたとたんに、会社に新しい福利厚生を認めさせるなんて、冗談ではない。とても自分の手には負えそうもない。

「いっしょにがんばろうね、千花ちゃん」

「……は、はい」

千花子の返事は、自分でだすつもりの声よりも、ずいぶんちいさくなってしまった。

9

翌日は春を思わせる陽気だった。

千花子は早々に副編集長で、実質的に「ＥＮＤＬＥＳＳ」の編集業務の中心にいる芹澤菜央美に報告をしたかった。今後の仕事の割り振りもあるし、深夜残業などでも便宜をはかってもらう必要があるかもしれない。まして、産休育休制度の影も形もないと未央からきいたので、ますます事態は緊急を要していた。もし妊娠なら辞めてくれといわれたら、マンションを手放すどころか、明日の生活さえままならなくなる。千花子はまた昼のタイミングをねらった。菜央美のデスクにいって、声をかける。

「あの、ちょっとお話があるんですけど、ランチごいっしょしてかまいませんか」

未央のときよりていねいな言葉づかいになってしまった。菜央美は四十代なかばだが、早くも老眼鏡をつかっている。細い銀のチェーンのついたメガネを胸元にさげて、視線をあげた。

「かまわないわよ。じゃあ、いきましょうか。後藤さん、この写真のキャプション、だらだら長いから、ちょっと削って、リズムをよくしておいてね」

「はい」

外部のライターからあがってきた原稿を、未央にさしだした。未央は自分の机にもどるとき、千花子に片目をつぶってみせた。声をださずに、唇の形だけつくる。

（がんばって！）

千花子はちいさくうなずくと、純白のダウンのロングコートを羽織った副編集長についていった。

同じランチでも、店は雲泥の差だった。

裏路地のレストランから、表参道に面したファッションビルの最上階に場所は移っている。こちらは高級な鉄板焼きの店で、カウンターのまえには磨きこまれた鉄板が黒々と熱を放っていた。千花子と菜央美は横並びで席に着いた。ランチのコースは最低でも、二千九百八十円からだ。和牛のヒレ肉とイセエビの片身のソテーがメインディッシュのそのコースを頼むと、菜央美は自分のおごりだといった。目を丸くして、千花子はいった。

「芹澤さんはいつもこんな贅沢《ぜいたく》なところにきてるんですか」

プライベートは謎の多い副編集長である。華やかに笑って、菜央美がいった。

「まさか。いつもは普通の定食やパスタとかたべにいってるわよ」

「じゃあ、どうして今日は？」

菜央美が屋上庭園の緑に目をやった。日ざしがよくさしこむせいか、意外と菜央美の目尻《めじり》にはしわが多いのだとわかった。いくら美しくて優秀でも、四十代なかばというのはそういう年齢だ。

「それは簡単。女性の部下が話があるというときは、だいたいかなり重症のトラブルを抱えていることが多い。だったら、まず最初においしいものでもたべて、気分を明るくしてから話しあったほうが結果はいい。ほら、女性は雰囲気に弱いでしょう」

菜央美がいうと納得の台詞《せりふ》だが、まるで自分は女性ではないようないいかただった。

エンジ色のカーペットが敷きこまれたフロアのあちこちに、背の高さほどの観葉植物とガラスケースがおいてあった。ケースの中身はさまざまな種類の時計とオルゴールだ。博物館にでも展示されているようなアンティークの品物ばかりである。ガスいりのミネラルウォーターをのみながら、こんなに豪勢な店にいると、自分もすこしだけ上品になった気がするから不思議だ。前菜のタケノコとハマグリのマリネが届くと、菜央美はひと口手をつけていった。

「もう春がきたのね。走りのタケノコって、ちょっと苦くておいしい。それで、二宮さんの悩みというのは、なにかしら。本村くんのことかな」

本村はあまり仕事のできない若い男性編集者である。好きではないが、とくに業務上で迷惑をかけられたということはなかった。

「いいえ、わたし自身の問題なんです」

急に菜央美が千花子のほうをむいた。まっすぐに目を見つめてくる。

「辞めたらダメよ。せっかく仕事のおもしろさがわかってきたところでしょう。あなたと後藤さんがうちのメインの戦力なんだから」

目つきが真剣で、副編集長が心からそういっているのがわかった。なんだか身体のなかが熱くなった。仕事でこうして認められる。それは女性にとっても、ほんとうにうれしいことだ。

「ありがとうございます。でも、わたしは仕事を辞めるつもりはまったくありません」

顔を崩して、菜央美が笑った。さすがに美人で、あたりが明るくなったような効果がある。

「そうなの、だったらあとは気が楽だな。話ってなんなの、さっさと話してしまいなさい」

命令形もこの人にいわれると、妙に気もちがいいのだった。菜央美が笑いながら口を開いた。

「いいにくいことだとすると、もしかして離婚とか」

今度は千花子が笑ってしまった。

「いいえ、それも絶対ありません。反対なんです。わたし、赤ちゃんができたみたいなんです。もう後藤先輩には話してあるんですけど」

副編集長の顔にさっとシャッターがおりたようだった。先ほどまでの笑顔が引っこめられ、体温までさがったように見える。

「そうなの」

未央のときより、いっそう冷たい態度だった。妊娠というのは、それほど悪いニュースなのだろうか。千花子は首をすくめたくなった。

「おめでとう……」

心ここにあらずという様子で、菜央美はそういうと予想外の言葉を続けた。

「……でも、困ったなあ」

なにが困るのだろうか、千花子のなかで急に不安がふくれあがっていく。自分はなにか大失敗でも犯したのだろうか。厳しい顔で千花子をにらむと、菜央美はいった。

「その話、社内ではしばらく黙っていてくれない」

首を傾げそうになったが、千花子はなんとかこらえていった。

「わかりました」

ひどく理不尽な気がした。つい質問してしまう。

「あの、うちの会社では産休育休の制度が整っていないっていてきいたんですけど」

菜央美は冷たくいった。

「そうね。これまでその必要がなかったから。昔そういう人もいたけれど、みんな辞めてしまった」

副編集長はなにかを考えているようだ。空中でちいさなフォークがとまっている。押しだすようにいった。

「あなたには、今のまま仕事を続けるのは、無理かもしれない」

衝撃だった。心のなかで悲鳴が漏れてしまう。千花子は編集の仕事が大好きだった。自分から仕事をとったら、誰でもなくなってしまう。その仕事ができなくなるかもしれない。恐怖と不安で指先が冷たくなってきた。

そのあと、流れるように目のまえにあらわれた豪華なメイン料理の味が、千花子はなにひとつわからなかった。機械のように手を動かし、やわらかな肉を片づけながら、千花子の胸にあったのは、仕事を失うかもしれない恐怖だけだった。

10

（あなたには、今のまま仕事を続けるのは、無理かもしれない）

菜央美の言葉は、数日間千花子の胸の奥で鳴り続けた。錆《さ》びた巨大な鐘でもたたいたような不安な響きが、いつまでも尾を引いている。千花子は重苦しい気もちを誰にも打ち明けられなかった。

子ども嫌いだった千花子に妊娠が発覚して、なんとか産む決意を固めた。それだけでもたいへんな覚悟が必要だった。それなのに、最初に話をした先輩の後藤未央からは会社には産休育休制度など存在しないといわれ、直属上司の菜央美には妊娠したら働くことさえ不可能かもしれないと告げられたのだ。

（だったら、どうしろっていうの？　この国は少子化で、どんどん子どもを産むように奨励しているんじゃないの？）

国や社会全体のおおきな流れと個々の企業の現場では、きっと話が違うのだろう。実際には先進的な産休制度をもっているのは大企業だけで、多くの中小企業ではいまだに制度が不備なのだ。千花子が働く志パブリッシングでも、在籍中に出産した女性社員はいなかった。それとなく話をきいてみると、会社がまだできたばかりのころ、ふたりほど妊娠した社員がいたが、どちらも出産を機に自主的に退社したという。ともに一般事務職で、千花子のような編集者ではなかったらしい。自主退社のどこが自主的なのだろうか。実際には妊娠した社員など足手まといだからと退職を迫ったのではないか。想像はつい暗いほうにかたむいてしまう。

（そんなことをしていたら、いつまでたってもわたしたちの社会はよくならないよ）

千花子の腹に怒りはたまっていたが、それをぶつける壁が見つからなかった。いつもなら一番の相談相手になるのは夫の一斗である。だが、不景気で仕事が半減しているフリーの一斗に、自分の仕事のことで金銭的な心配をかけるわけにはいかなかった。夫は頼りにならない。会社で話ができる相手には、ことごとく夢を破られた。血のつながった両親との折り合いは、千花子の場合絶望的だ。

孤立無援になったときには、助けを求めるのは同性の友人しかいなかった。産む性と産まない性の格差は、不景気になって一段と開いた気がする。編集者という比較的男女差のない仕事をしている千花子でさえ、日々痛感することが多かった。

「資料探し」と外出理由を書いて会社を抜けだし、さっそく電話をいれた。堀口翔子《ほりぐちしょうこ》は千花子の大学時代なかよしだった四人組のひとりである。その他のふたりほど、明るく活発でいっしょにいてたのしいという性格ではなかった。落ち着いた雰囲気で、大人びているし、はしゃぐこともめったにない。けれど、失恋や就職試験の失敗などでへこんだとき、これほど頼りになる相手もいなかった。

翔子は何時間でも話をきいてくれるし、その話を批判せずに受けいれてくれる。千花子はこの十年間、トラブルが起きるたびに翔子に相談していた。かかりつけの医者のような存在である。千花子は編集者という仕事柄友人知人の数は多かったが、翔子のような相手はひとりしかいなかった。

通話がつながると宮益坂の木陰で、携帯電話を片手で押さえながらいった。

「今、だいじょうぶ？」

「だいじょうぶじゃなくても、それでおしまいというわけにはいかないんでしょう？」

翔子の声は低く落ち着いている。カウンセラーとでも話しているようだ。すこしだけ安心して千花子はいった。

「お願い、今日でも明日でもいいから、話をきいて。晩ごはん、なんでもおごるよ」

耳に心地よい笑い声が低く流れた。

「また絶体絶命のピンチなんだね」

「そう。でも、今度のはほんとにギリギリなんだ」

「わかった、今夜七時に渋谷で」

「ありがと。ほんとに助かる」

電話を切ってから、千花子は携帯をにぎったまま頭をさげているのに気づいた。デート途中のカップルが不審者でも見つけたようにとおりすぎていく。そういえば、翔子は大手家電メーカーの人事部にいたはずだ。福利厚生も生涯賃金もきっと恵まれていることだろう。産休制度もないなどという低級な悩みを理解してくれるだろうか。

千花子は調子がいいときは仕事でもプライベートでも強気と勢いで押し切ってしまうが、ネガティブなときは徹底してネガティブだった。

渋谷の鳥鍋《とりなべ》専門店は、学生と若い会社員で混雑していた。今年の春はいつになっても天候が不安定で、急激な寒暖を繰り返している。真冬のように寒い夜には鍋がいいだろうと、千花子が会社から予約しておいた店である。

翔子の注文は生ビールで乾杯千花子はソフトドリンクからのめるものを探した。ほんとうなら自分もビールで乾杯、といきたいところだが、妊娠中はアルコール禁止である。しかもカフェインまで要注意ということになると、のみたくもないサイダーかオレンジジュースしかなかった。

会社帰りでチャコールグレイのスーツを着た翔子が笑っていった。

「千花子が鍋でオレンジジュースなんて、びっくりね」

いつもの「深刻な」相談のときにはワインのボトルが二、三本は軽く空いてしまう。オレンジジュースに口をつけるとやけに酸っぱかった。

「ほんと。妊娠なんて、いいことぜんぜんないよ。あのさ、笑わないでほしいんだけど、うちの会社って零細でしょう。産休とか育休の制度がまるでないんだって」

腕組みをして、翔子はメガネの奥の目を細めた。

「ははあ……そういうことね」

それだけで納得したようである。かちんときて、千花子はいった。

「いいよねえ、大企業は。翔子のところは、社員何人だったっけ」

別におもしろくもなさそうに翔子がいった。

「本社が二万人で、子会社に一万二千人。あわせて三万二千人というところかな」

目がまわりそうになる。大手家電メーカーと編集営業広告経理とおもな部署を全部あわせて四十人の志パブリッシングとでは、圧倒的に規模が違う。

「そっちのほうは、さぞ産休育休の制度がしっかりしてるんだろうなあ」

オレンジジュースをのみながら、千花子は内心あせった。今のはあまりに羨望《せんぼう》の気もちがでてしまっていないだろうか。翔子はさばさばとしている。

「恵まれているといえば、恵まれているかな。普通は出産の八週間まえから産休にはいって、その期間は健保から給料の約六割がおりるの。出産手当が四十二万でしょう。それで育児休暇はだいたい十カ月くらいだけど、そのあいだは育児休業給付金というのがおりて、それが給料の六割くらいかな」

さすがに人事部だ。すらすらと数字がでてくる。だが、そのあたりの仕組みは千花子も妊娠出産本を読んでわかっている。しりたいのは個別の企業でどれくらい差があって、制度が遅れている場合、実際にどんな対応をしたらいいかだった。翔子が大学の講師のように冷静に続けた。

「うちの場合は、社長が国の少子化対策の委員なんかをやっているせいもあって、産休育休ともにだいぶ手厚いの。産休の場合は健保の六割に、会社から四割上乗せして給料は百パーセント保障。育休では、給付金の三割に四割会社がプラスして、最大で十五カ月間給料の七十パーセントをもらえることになっている。これは何人産んでも変わらない制度だから、一般職の女性で四人産んで、あわせて五年以上会社を休んでいる人もいるよ。しっかり給料をもらってね」

ため息がでるような厚待遇だった。それなら、いくらでも出産できそうである。

「やっぱり一部上場の大企業は違うなあ。なんにしても、制度がしっかりしてるもんね」

ところが実際にため息をついたのは、翔子のほうだった。

「だけど、逆に人事部の仕事は責任が重いよ。わたしなんて、今、性同一性障害の人のガイドラインをつくっているもの」

人事部と性同一性障害はなんの関係があるのだろうか。千花子には意味がわからなかった。

「まあ、二万人も社員がいたら、そういう人もいるよねえ」

「それじゃあ、人事部はすまないの。自分の性的な志向性を隠して、普通に働いているような人でなくて、在職したまま堂々と性転換の手術をしたい、戸籍もちゃんと変えたいという人がいるんだ。もう中年の男性なんだけどね」

千花子は驚いてしまった。以前、学園ドラマではそういう設定のものを見たことがあった。

「トイレとか、更衣室とか、どうするの？」

翔子がぐつぐつと煮え立った鳥鍋に身をのりだしてきた。

「そうね。そういう問題もあるし、性転換手術中の休暇のあつかいとか、健康保険の問題や、所得保障とか、いろいろあるのよ。そういう問題をひとつひとつ潰《つぶ》していって、性同一性障害の社員のガイドラインをつくらなくちゃいけないんだ」

大企業は大企業で、たいへんな仕事のようだった。千花子はいった。

「あのさ、その女になりたいというおじさんはひとりだけなの」

翔子はうなずいて、生ビールをひと口のんだ。ひどくうまそうで、千花子ののどが鳴ってしまう。

「そう。でも、過去二十年分の資料を調べたら、うちの会社でふたりその障害を抱えて、在職中に性転換をした人がいた。社会はどんどん変わっていくから、働きかただって考えていかないといけない。これからはそういう特殊な場合も、きちんと会社の方針を決めておかないとね」

「やっぱり恵まれているなあ」

今度は完全な弱音になってしまった。たったひとりの社員のために、そこまで考えて、新制度を導入する翔子の会社は立派である。口ではきれいなことをいってるが、実際には女性社員を使い捨てにする会社のなんと多いことか。過去にふたり妊娠した社員がいるが、まだ産休制度さえ導入されていない千花子のところとは大違いだった。鳥鍋をつついてみたが、あまりうまくなかった。妊娠が判明したばかりで、まだ千花子の食欲は増進していない。

「あきらめちゃダメよ」

翔子が強い声でいった。煮すぎてしなしなになった水菜をつついていた千花子は顔をあげた。

「普通の産休制度くらいちゃんと会社に認めさせなくちゃ。役所に相談してもいいし、会社に組合がなくてもひとりだけではいれる労組もある。千花子は、誰のためにがんばるの」

誰のためにがんばる？　そんなことは考えたこともなかった。自分のため、妊娠中育児中の生活のため、あとはなにがあるのだろうか。黙っていると、翔子が手を伸ばし、千花子の手をとった。

「ちょっとしっかりしなさいよ。お腹のなかに赤ちゃんがいるんでしょう。その子のために闘わなくちゃ。それに千花子の会社にはほかにも女性が働いているよね」

編集部以外にもたくさんの女性がいた。志パブリッシングの四割は女性社員だ。後藤未央にいわれた言葉を思いだす。

「そうだよね、わたしだけじゃないもんね。これから妊娠する人だって、どんどんでてくるかもしれないし」

「そうだよ。千花子ががんばらなくて、誰がやるの。女は強いっていうところを見せてやりなよ」

「ありがとう、翔子。やっぱりもつべきものは、女友達だなあ」

「はは、こういうときだけ調子いいんだから」

ふたりは生ビールとオレンジジュースのグラスをあわせて乾杯した。会社との賢い交渉のしかたについては、そのあとで翔子がくわしく教えてくれた。


その夜、一斗とならんでベッドにはいったのは、真夜中すぎだった。明かりを消した寝室で天井を見あげながら、千花子はいった。

「ずっと黙っていたんだけど、うちの会社って産休とか育休の制度がなかったんだ」

あまりに急な展開に驚いたようだ。一斗は黙りこんでしまった。

「でもね、このまま仕事を辞めるのは納得できないし、ほかの女性社員のためにもよくないと思う。だから、わたし、うえのほうと闘ってみる」

「……そうか。今どき、妊娠したら辞めさせられるなんてことがあるんだな」

一斗の口調は深刻である。住宅ローンとふたりの生活を支えるには、とても稼ぎが足りないのだ。

「うん。がんばってみるから、一斗も応援してね」

千花子は自分の平らな腹のうえに両手を重ねた。そこには新しい命があるらしいのだが、まだ実感はなかった。男か女かもわからない。ほんの数センチほどの魚のような形をした赤ちゃんの素《もと》にすぎないのだろう。妊娠してから初めて、その塊にむかって心のなかで話しかけた。

(ママもがんばるから、あなたもちゃんとおおきく育つんだよ)

一斗が無言のまま手を伸ばしてきた。腹のうえの両手に、厚くて硬い男のてのひらが重なった。

「こっちの仕事がイマイチでごめんな。でも、明日からもっと営業かけてみるよ。千花子のことは、全力で応援させてもらうから。なんだったら、会社のまえで座りこんでもいい」

やっぱりこの人を選んでよかった。あらためて、そう思う。結局のところ、ほんとうに困ったときに信頼して、いっしょに闘える人間と結婚しなければ意味はないのだ。結婚相手は命をかけてともに闘える同志でなければ、これからの厳しい日本で生き抜いていくことは困難だろう。千花子はすこしだけ涙ぐんでしまった。

「ねえ、一斗、しようか?」

声がかすれてしまった。妊娠がわかってから、一斗は千花子を求めてこなかった。ほぼ週に一、二回のペースでセックスしていたのだが、男の側からすると、妊娠中の性行為が恐ろしいようだ。

「まだ赤ん坊はちいさくて、すごくデリケートなんだろ。なんていうか、潰しちゃわないか心配だな」

千花子は一斗の手を胸に運んだ。乳房も妊娠まえと変わらなかった。乳輪の色も濃くなっていないし、バストサイズもアップしてはいない。

「だいじょうぶだよ。まだ安定期じゃないから、ムチャはしないほうがいいっていわれたけど、普通にするくらいなら問題ないって」

恥ずかしかったのだが、おばあちゃん先生に、定期検診でちゃんと質問した。妊娠初期のセックスについては、あれこれと本を読んでも書いてあることに微妙な差があった。あまり激しくしないほうがいいという著者がいれば、はっきりとセックスは控えたほうがいいという人もいた。また欧米の産婦人科医は気にせずに通常のセックスをしてかまわないという。だが、通常のセックスとはなんだろうか。日本人と西洋人では通常のセックスの形が異なるのだろうか。夫婦生活はあまりに個別の形が違うので、どの意見を参考にしたらいいのか、その選択方法さえよくわからないことが多い。

一斗がおどおどと、けれどもうれしそうにいった。

「じゃあさ、あまり深くじゃなく、静かにしてみようか」

真夜中の寝室で夫から、そんなふうに誘われるのは、いい気分だった。千花子がこのところ忘れていた感覚である。

「うん、そうしてみよう。そういえば、もう妊娠してるから、避妊しなくていいんだね」

一斗がベッドの端から、こちらにむかってくる。クイーンサイズのマットレスのほんの一メートル弱の移動が、どきどきするほどうれしかった。

「じゃあ、なかにだしちゃっていいんだな。妊娠って、けっこういいかも」

きっと日本中で妊娠したカップルが同じことをいっているのだろう。千花子は笑いながら、一斗の胸に額をつけて、懐かしい男の匂いを深呼吸した。


翌日から、千花子は編集業務のかたわら、先輩の後藤未央とともに、産休育休制度の導入をすすめるための工作にはいった。会社宛《あて》の文書をつくったのは未央だった。その書類をもって、各部署の女性社員に話をしていく。副編集長の芹澤菜央美をのぞく、十五人分の導入賛成の署名は一週間ほどで集まった。この五、六年で急速に業績を拡大した志パブリッシングには若い女性社員が多く、年齢的にはほとんどが三十代前半以下だった。実際に会って話をしてみると、誰もが妊娠や出産については不安を抱えていることがわかった。千花子にとっては追い風になるリアクションである。

千花子と未央が面談を申しいれたのは、「ENDLESS」編集長の大谷信二だった。編集部門の専務を兼任しているし、副編の菜央美には冷たくあしらわれたので、もう一段うえにかけあうしかないと翔子からアドバイスされている。

三月上旬の月曜日だった。会議室には、大谷と芹澤、それに人事担当の常務で社長の甥《おい》の片桐浩二郎《かたぎりこうじろう》が顔をそろえているはずだ。千花子と未央はドアのまえで、顔を見あわせた。これから闘いが始まるのだ。署名をしてくれたほかの十三人の女性社員のためにも負けるわけにはいかない闘いだった。

千花子が静かにノックして、ドアを開いた。

「失礼します」

大谷編集長はツイードのジャケットにラフなデニムシャツだった。いつもおしゃれだけれど、実質的な編集業務にはタッチしていない。ちらりと千花子の顔を見ると、大谷がいった。

「いやあ、急に辞めるとかいわないでくれよ。きみたちふたりがうちの編集部の主力なんだからな。待遇改善の話なら、考えさせてもらう」

千花子と未央は胸を張って頭をさげた。背筋を伸ばしたまま会議テーブルに着席する。

「この書類をご覧になってください」

A4のコピー用紙にプリントアウトした署名いりの文書をテーブルのむこうにわたした。千花子の妊娠をしる菜央美は予期していたようで、ほとんど反応がなかった。人事の片桐は、いつも軍服のような背広を着た社長のイエスマンである。こちらは驚きの目で、副編集長をのぞく全員のサインを確認している。

大谷がひょうひょうといった。

「なるほどなあ、産休育休の制度かあ」

ここで引き下がるわけにいかなかった。千花子は正面の編集長に目をすえていった。

「わたしの妊娠が発覚したんです」

「妊娠出産特集をすると、スタッフにおめでたがあるっていうジンクスは、ほんとうだったんだな」

編集長は冗談でもいうように、千花子の発言を軽く受け流した。この人はくえない人だ。千花子は必死でいった。

「今どき、産休育休をきちんと制度化していないというのは、女性誌の版元としてはおおいに問題があると思います。署名をしてくれた女性社員全員がそういってくれました。そろそろきちんとした制度を導入する時期だと思います。これはわたしだけの利益でなく、うちの会社の女性社員の総意ですし、女性社員のモチベーションもあがり、結局は志パブリッシングという会社全体の利益になることです」

人事の片桐があごの先をつまんでいる。頬がたるんでいるので、無表情なブルドッグのようだ。指先に唾《つば》をつけて、書類をめくるといった。

「それはわかるけどねえ、うちはぎりぎりでまわしてるから、資金的な余裕はあまりないんだ。まえにも妊娠した事務の子がいたけれど、その子には辞めてもらっている」

会社は資金繰りが厳しく、社長はいつも金融機関をはしごしているイメージしかなかった。成長しているとはいえ、中小の出版社はどこも自転車操業に変わりはない。未央は千花子にうなずいてから、口を開いた。

「わたしはまだ妊娠していませんが、現在不妊治療にトライしているところです。うちの雑誌はおしゃれでLOHASでエコな女性誌ですよね。そういう会社が妊娠したらつぎつぎと産休切りや育休切りをするなんて、恥ずかしいことだと思います。今後も安心して働けるように、お願いですから制度をきちんと整備してください」

片桐がなにかに気づいたようである。顔色を変えていった。

「この産休育休期間中の給与の補助というのは、どういう意味なのかな」

その数字は空白になっている。翔子との打ちあわせでは、健保組合や国に頼るだけでなく、なんとか会社からの補助を引きだそうという方針だった。千花子はいった。

「産休中は保険からの給付があるんですけど、そこに会社のほうから補助をだしてもらえないでしょうか。わたしの友人の会社では、産休中は百パーセント、育休中は七十パーセントになるように補助があるそうです」

ブルドッグのたるんだ頬が赤くなった。

「その友達の会社というのは、一部上場なんだろう？」

千花子はしぶしぶ認めた。

「まあ、そうですけど」

「そんな大企業とうちみたいな零細出版社をいっしょにするのは無理だな」

千花子と未央の声が期せずしてそろった。

「……ですけど」

未央がいった。

「千花ちゃん、いってよ」

「はい、先輩。会社からの補助の数字はともかく、産休育休の制度をきちんと導入すること。それに産後もちゃんと働ける保証をぜひともいただきたいんです。これは全女性社員の願いなんです」

大谷編集長はどこ吹く風で、窓の外の宮益坂のケヤキ並木を見ていた。固いつぼみがびっしりと枝の先にとまっている。ブルドッグが勝ち誇っていった。

「全女性社員じゃないだろう。ここにいる芹澤副編集長の署名ははいっていないぞ」

そのとき黙っていた菜央美が軽く右手をあげた。

「片桐常務、その書類を貸していただけませんか」

菜央美がジャケットの胸ポケットから、万年筆を抜いた。女性用の細身のモンブランだ。受けとった書類にサインをすると、人事担当の常務にもどした。

「わたしからもお願いします。わが社でも産休育休制度をきちんと整備してください。そうでなければ、うちの看板雑誌『ＥＮＤＬＥＳＳ』の名が泣きます。それがむずかしいというなら、わたしは進退を考えさせてもらいます」

千花子は目をみはって、副編集長を見つめた。今回の提案の大本は、この人の厳しいひと言から始まったのではなかっただろうか。千花子は何日も眠れない夜をすごしたのだ。それがなぜか急にてのひらを返して、制度導入に賛成している。まるで意味がわからなかった。それでもこの追い風にのったほうが絶対にいいだろう。千花子は叫ぶようにいった。

「わたしも進退をかけます」

未央もうなずいた。

「わたしもです」

会議室の空気が完全に変わっていた。片桐常務は苦虫をかみつぶしたような顔で、黙ってしまう。とぼけた表情で、大谷がいった。

「三人が抜けるということになると、うちの編集部は大問題ですな。来月号から雑誌を発刊していくこともむずかしくなる」

「ENDLESS」は志パブリッシングの大黒柱である。雑誌本体の売上に広告収入、連載しているコラムや小説から単行本のヒット作も生まれている。出版社にとって欠かせない戦力だった。大谷は人事担当常務のほうをむいていった。

「産休育休の制度をここらで、うちも考えてみましょう。片桐さん、時代が変わったんですよ」

片桐は悔しげにいった。

「会社からの補助の数字については、考えさせてもらうからな」

千花子と未央の声がまたそろった。今度は先ほどより、ずっと元気でオクターブも高い。

「ありがとうございます」

そのまま会議はお開きになった。片桐が最初に部屋をでていき、大谷はドアのところで振りむくといった。

「今回はお見事だった。その調子で、本誌のほうもがんばってください」

「はい、がんばります」

ドアが閉まると最上階の会議室には、編集部の女性三人が残された。菜央美は窓辺に立って、都心の長い坂道を見おろしている。千花子はほっそりとした背中に頭をさげた。

「最後の署名、どうもありがとうございました。副編集長からの援護がなかったら、きっとわたしたちはあそこまで闘えなかったと思います。だけど、どうして助けてくれたんですか。妊娠したら、仕事を続けられなくなるんじゃなかったんですか」

交渉の緊張が今ごろ押し寄せてきたようだった。千花子は気づいたら涙目になっていた。自分の権利のためにこれほど真剣に闘ったのは生まれて初めての経験である。副編集長は穏やかに春の日が落ちる窓をむいたままいった。

「もう二十年近くまえになるかな。わたしはある雑誌の編集部の駆けだし編集者だった。その会社もうちのように産休育休の制度がなくてね。時短で働くこともできなかった。毎日深夜残業してね、わたしはそれで流産したの。まあ、相手は妻子がある人だったから、つらいことは全部自分のなかに抱えて、誰にも漏らさなかったんだけどね」

千花子はしびれたように立ち尽くしていた。未央もなにもいえずにいる。

「わたしの編集部のかわいい部下に、あんなにつらい経験をさせるわけにはいかない。

会社が態度を改めないようなら、千花ちゃんを説得して辞めてもらったほうがまだましかもしれない。そんなふうに弱気になっていた。わたしもいい年だし、管理職になって守りにはいっていたのかな」

淡々と話す菜央美の言葉に、千花子は心を揺さぶられていた。鼻水と涙がとまらなくなる。洟《はな》をかんでいると、未央がいった。

「そんなことないです。副編集長は最後まで立派でした」

千花子は化粧が崩れた顔で、泣き笑いしながらいった。

「こうなったら、わたし、芹澤さんに一生ついていきますから」

菜央美は振りむくと明るく笑っていた。

「はいはい。わかりました。それより化粧を直して、ちょっとオープンカフェにでもいってお茶しない？　産休育休制度の話はもうすこし詰めておいたほうがいいでしょう」

「はい、副編集長」

菜央美を先頭に、未央と千花子、編集部の主力三人は意気揚々と午後遅くの会議室をでていった。

11

「できてしまうと、あっけないものねえ」

副編集長の芹澤菜央美がため息をついて、会議テーブルにおいてある「ＥＮＤＬＥＳ

S」の最新号に目をやった。表紙には臨月ヌードと話題になった人気モデル・横瀬《よこせ》ジェニファーの満月のように丸い腹が浮かんでいる。人間の身体の一部がこれほど完璧《かんぺき》な球になるのがおどろきだった。それも大理石を磨きだしたように真っ白ですべすべだ。さすがにハーフの美女で、突きだした腹を抱えるポーズもさまになっていた。

千花子はぼんやり考えた。自分が臨月になったとき、これほど見事にほっそりした体型をたもてるだろうか。三軒茶屋のおばあちゃん産科医には、体重増加は七キロまでと釘《くぎ》を刺されている。ちいさく産んで、おおきく育てる。それが出産の王道トレンドだ。

「ほんとですね。毎回、校了では死ぬ直前までがんばるから、自分のところの雑誌はさっぱりたのしめないですけど」

そういったのは、後藤未央だった。女性誌に限らず、雑誌編集の現場は過酷で、残業には果てがなかった。入稿や校了のたびに徹夜をするのがあたりまえである。手にすれば薄いおしゃれな雑誌のなかには、原稿用紙五百枚を軽々と超える文字が組まれている。それを編集部員全員で、何度も間違いがないかクロスチェックしていくのだ。あまりにも慣れすぎて、自分が担当したページでさえ、しまいにはなにがおもしろいのか、見当もつかなくなる。

「……そうですね」

千花子の声は控えめで、ためらいがちだった。

「元気ないですね、二宮先輩」

普段は先輩あつかいなどしない本村俊彦がからかうようにいった。千花子はかちんときた。皮肉のつもりだろうか。

「本村くん、スタイリストの本多《ほんだ》さんには、わたしのほうから謝罪の電話いれておいたから。一点もののサンプル品を撮影であんな泥だらけにして」

「おっかないなあ、二宮さん。やっぱり女性って妊娠初期には情緒不安定になるのかな」

舌をだしてそういう若い男性編集者が憎らしかった。菜央美が横目で本村を見ていった。

「今のはあからさまなセクハラ発言ね。気をつけなさい」

それからすこしだけ笑って、千花子に視線を移した。

「だけど、二宮さんに元気がないのは事実ね。どうしたの、体調でも悪いの。もう今月号も出たから、今日は早退してもいいのよ」

千花子はしたをむいてしまった。

「すみません……」

なんだか涙がにじんでしまう。こんなところで泣くのは嫌だった。声が震えないようにして、泣き笑いの顔をつくった。

「なんだか、みなさんによくしてもらっているのはありがたいんですけど、その……」

未央が千花子の肩を軽くたたいた。

「なによ、湿っぽいのは千花ちゃんらしくないでしょ」

「でも、今回の校了では徹夜してないし、深夜残業もしてないし、ぜんぜん戦力になっていない気がして。今月号は自分がつくった気がしないです。すみません」

妊娠初期はデリケートな時期である。人事部との話しあいで新しい就業規則が決定されていた。なるべく定時に退社する。残業は遅くとも九時まで、当然徹夜作業は禁止だ。千花子は仕事が好きだったから、逆にこの規則が苦しかった。

妊婦でも人によって違うのだろうが、千花子の場合、まったくといっていいほど体調に変化はなかった。生活上変わったことといえば、アルコールとカフェインを口にしなくなったくらいである。そうなると働いていないことが、うしろめたくてたまらない。雑誌編集者はみな、ひと昔まえの企業戦士と変わらなかった。

副編集長の声は冷ややかだった。

「それは考えかたが間違っているんじゃないの」

編集部員全員の背筋がまっすぐになるほど厳しい調子だ。

「この編集部で働いている女性が妊娠する。それはよろこぶべきことであって、戦力ダウンとか不公平とかそういう問題とは一切関係がないの。みんなで二宮さんの分は助けあってカバーする。当然のことでしょう。あなたは引け目を感じる理由はないし、自分の就業時間のなかでベストを尽くしてください」

先輩の未央がいった。

「そうだよ、千花ちゃんが気にすることないよ。あなたのおかげで、うちの会社にも産休制度ができたんだから。まあ、数字はしょぼかったけど」

千花子の会社では八週間の産休と十カ月の育休は認められるようになった。健保から支払われる月給の六割に上乗せはなかったけれど、それでも大進歩だった。菜央美がじっと千花子の目を見つめていた。

「妊娠初期には冷えと精神的なストレスが一番よくないのよ。春にはなったけど、まだ花冷えが続くから、二宮さんも気をつけてね。みんなに甘えちゃいなさい」

この人は妊娠を隠して編集者として働き続け、流産した経験があったのだ。忠告は真剣というよりも、すこし苦いものだった。

「はい、わかりました。もう泣き言はいいません。冷えにも気をつけます」

千花子の返事が狭い会議室に響いた。

「あのね、入稿や校了にはブルドーザーみたいな馬力が必要だけど、二宮さんに期待しているのは、そういうことではないの。若い女性のセンスとか時代を見る目、それに企画力なんかを、きちんと就業時間内に発揮してください」

「はいはい」

未央が右手をあげて叫んだ。

「副編集長、わたし今回の妊娠出産特集をつくっていて思ったんですけど、一回限りじゃなくもっと連続して、妊娠出産をフォローしていきませんか」

千花子もそれはおもしろいと思った。自然の世界には数々の不思議があるけれど、なによりもわからなくておもしろいのは、自分の女性としての肉体だった。第一、あんなおかしな格好で男と女が抱きあい、その結果赤ん坊が腹から出てくるなんて、奇想天外以外のなんだろうか。

なぜかわからないが、未央が千花子にウィンクして寄越《よこ》した。

「それで、わたしから提案なんですが、せっかくなので二宮さんに妊娠出産レポートを、毎号書いてもらいませんか。うちの雑誌の編集後記は読者に人気ですよね。あれの拡大版ということで、毎回一ページ」

千花子は思わず中腰になって叫び声をあげていた。

「えーっ！　なにいってんですか、未央先輩」

編集後記はひとりあたりせいぜい百八十文字だった。丸々一ページを記事で埋めるなら、原稿用紙四、五枚は必要だろう。人さまに読ませる文章をそんなに大量に書くなんて、たいへんな重労働である。有名な作家でもタレントでもない自分の妊娠出産体験など、いったい誰が読みたがるのだろうか。

「ちょっと待ってくだ……」

そのとき会議室のテーブルのうえの電話が鳴った。近くにいた最年少の本村がとる。

「はい、『ＥＮＤＬＥＳＳ』です……ちょっと待ってください」

送話口を押さえて、本村が副編集長に受話器をまわした。菜央美がやわらかな声でいった。

「はい、芹澤です」

社内の男性社員からはキラーボイスといわれる菜央美の電話口の声だった。副編集長に思い切りしかられたいという若手男子を、千花子は何人もしっている。菜央美の顔がぱっと明るくなった。

「まあ、そうでしたか。とてもうれしいです。うちの部員にも伝えておきます。どうもありがとうございました」

静かに受話器をもどすと、副編集長がいった。

「増刷が決まった。二刷一万五千部よ。みなさん、よくがんばってくれました」

「やったー!」

合唱のように歓声が重なった。書籍とは違って、雑誌の場合はめったに増刷がかかることはない。よほど書店での動きが好調で、読者からの反応がよかったのだろう。ハイタッチをしている編集部員を眺めながら、菜央美が笑っていた。けれども、目は間違いなく千花子を追っている。嫌な予感がした。いったいなんだろうか。

「二宮さん、ちょっと」

「……は、はい」

「先ほどの後藤さんからの企画、やってもらうことにしたから、来月号からよろしく」

千花子はしおれた花のように背中を丸めた。不安でたまらなかった。ずっと雑誌をつくってきて、一ページの重さなら嫌というほどわかっている。

「副編集長、それ、本気なんですか」

にっこりと大輪の笑顔をつくって、菜央美がいった。

「本気も本気。これは業務命令ですから」

本村が天井に顔をむけて嘆いた。

「いいなあ、自分の署名コラムを一ページも書けるのかあ。なんだか、ぼくも妊娠したくなってきた」

未央が調子のいい後輩にいった。

「あんたなんか十年早い」

副編集長が笑顔を崩さずに本村にいう。

「そうね、あなたがなんらかの方法で妊娠したら、きちんと一ページあげますよ。うちの編集部には男女差は基本的に存在しないから」

本村が頭を抱えていった。

「そんなの絶対に無理じゃないですか。そういうのもセクハラじゃないんですか」

女性編集者三人の冷ややかな視線が、まだ二十代の本村に集中した。しかたなく本村は白旗を掲げたようだ。

「わかりましたよ。多数決ではかないません」

未央が小声でいった。

「わかればいいのよ。まったく男って鈍いんだから」

そのあとは本村をのぞく三人の笑い声が午後の会議室に流れた。千花子は笑いながら考えていた。毎号一ページをもらうのだ。なんとしても、おもしろいものを書かなければならない。それが千花子の分の入稿や校了をカバーしてくれるみんなへの恩返しにもなる。

(よし、がんばるぞ!)

女には、ここでやらなきゃ女がすたるというときが必ずやってくる。千花子の「そのとき」は今だった。ひそかに武者震いをしながら、千花子は必死に自分の初コラムの内容を考え始めた。

「ねえ、一斗。どうしよう」

定刻の午後六時に退社すると自宅には六時半に着いてしまう。午後九時以前に帰宅したことのない千花子は、これほど夜が長いとは思わなかった。なにもすることがないのだ。テレビはつまらないし、音楽も気が抜けてしまっている。観たい映画も読みたい本もなかった。仕事よりおもしろいものはない。それが千花子の結論だ。

無垢《むく》パイン材のフローリングに寝そべって、カメラマンの夫はまたも育児書を読んでいた。ほんとうに仕事がすくないのだ。不景気はフリーカメラマンに厳しかった。仕事の本数自体が減っているうえに、ギャラも同じ仕事をして三割四割とカットされている。

「どうしようっていっても、こっちは書くほうはわかんないから」

「なにいってるの、妊娠の半分の責任は一斗にもあるでしょう。真剣に考えてよ」

一斗は人がいいので、床に正座して腕を組んだ。図体《ずうたい》はおおきいけれど、こういうところはかわいい男である。

「うーん、だったらなんかキャラでもつくったら。ほら、今ならメイド妊婦とか、ツンデレ妊婦とか」

この人はアニメとメカが好きなおたくだった。相談して失敗したかもしれない。千花子はダイニングテーブルに座り、腰にブランケットを巻いていた。床暖房はついているのだが、念のためである。手にしているカップの中身は、カフェインレスのほうじ茶だった。妊娠がわかってから、コーヒーも紅茶もウーロン茶もココアも断っている。もしかしたら、今のところ一番つらいのはカフェイン断ちかもしれない。

「ほら、わたしってぜんぜん元気でしょう。妊娠してる感じがまったくしないのよねえ。お腹だってぺったんこだし」

一斗が四つんばいで寄ってきて、千花子の腹に手をまわした。

「ほんとだな。このなかに新しい命がはいってるなんて、信じられないよ」

ひざ立ちした一斗が千花子の目を見て、にやりと笑った。腹においた右手を千花子の胸にあげる。ブラのうえから乳首を正確に突いた。

「きゃっ！」

「いや、ほんと。胸だって、もとのままでぜんぜんおおきくなってないし」

千花子は夫の肩をたたいた。がっしりとした骨と肉のいい音がする。

「あたりまえでしょう。おっぱいをあげるようになるのはずっと先なんだから」

「だけど、おもしろいよな。妊娠本を読んでも、けっこうばらばらなことが書いてある。妊娠初期のセックスについては、日本だとひと言『控えましょう』でおしまい。外国のは『とくに過激なことをしなければ、通常どおり行ってかまいません』って書いてあるもんな」

そういう一斗と千花子は、そのまえの晩しっかりとセックスしていた。千花子は別にだいじょうぶだといったのだが、一斗は一番奥まで挿入してこなかった。膣《ちつ》の浅いところで動き、射精すると一斗はいった。妊娠中はいくらでもなかでだせるから、案外いいかもしれないな。妊娠していれば、もう妊娠を恐れることはない。なんだか千花子は真っ暗な寝室で笑ってしまった。そういえば、体調に変化がないだけでなく、千花子の性欲にも別段変化はなかった。

「あのね、なんだかわたしは昔からずっと不思議だったんだけど、愛する者同士でする場合でも、日本ではセックスってなにかいけないことなんだよね。家族だったり、子どもだったり、社会も大切だけど、夫婦とか恋人同士のつながりは、軽く見られている。妊娠本もね、日本ではなによりも赤ちゃん中心で書いてあるでしょう。でも、外国のは夫婦が中心なんだ」

一斗が両手を腰にまわして、座ったままの千花子の腹を抱いた。こうしていると、気が遠くなりそうだった。ひとりでいるのと安心感が違う。男の身体というのは、強くて、硬くて、素敵なものだ。

「うちは子どもより、ぼくたちを中心にしよう。それでさ……」

一斗が顔を赤らめていた。きっとなにか重要なことをいうのだろう。一斗とつきあい始めてから、もう七年になる。そのあいだに「愛してる」といわれたのは二回だけだった。記念すべき三回目がやってくるのだろうか。うっとりして夫を見ていると、男はいった。

「あのさ、今夜もHしない?」

がっかりすると同時に、噴きだしたくなるほどおかしくなった。

「いいよ」

その夜、いつもより一斗はずっと優しかった。ゆっくりとつながり、ゆっくりと動き、浅いところでまた射精する。自分は動物なのだと、千花子は感謝したくなった。体内で射精されるのが、ひどく気もちいい。

けれど、同時に千花子は人間で、現代を生きる女性でもあった。

必死に腰を動かしながら頂点にむかってのぼりつめる一斗をじらして、しっかりと三回目の「愛してる」をいわせたからである。

動物と人間と両方を生きることができる。それが、人という生きものの楽しさなのかもしれない。

つぎの朝、目を覚ますと、全身がだるかった。

(きっと、昨日の夜、無理しすぎちゃったんだ)

妊娠初期で二日連続のセックスは、よくなかったのかもしれない。

(なんだか、お布団が重いなあ)

腕をあげようとして、布団の重さに愕然《がくぜん》とした。千花子は羽毛の軽い掛け布団をつかっている。その布団が重くて、もちあがらないのだ。なにかがおかしいと思いながら、なんとかベッドから立ちあがった。重いのは腕だけでなく、足も同じだった。スリッパが鉄でできているかのように感じられる。

寝室から出て、テレビのまえに寝そべる一斗に声をかけた。

「おはよう」

一斗は元気よく振りむいた。朝のニュースでは、ヨーロッパの金融危機と人気の朝ラーメンのVTRが流れている。

「おお、おはよう。昨日は千花ちゃん、すごかったな……どうしたんだ、顔色悪いぞ」

まだ鏡を見ていなかった。洗面台にいく力もなく、千花子はダイニングチェアにどさりと腰を落とした。

「どうしたのかなあ、朝起きたら、急にだるくなっていて。やっぱり連続Hはいけなかったのかなあ」

一斗が真剣な顔をした。

「食欲はある？」

千花子は首を横に振る。二回は面倒で、一回だけしか振れなかった。

「ぜんぜん」

「胸はむかむかしない？」

そういわれてみると、確かに胸はむかむかだった。それどころか、お腹のなかは空っぽなのに今にも吐きそうだ。

「すごくする」

すると一斗が座ったまま、うれしそうに手をたたいた。人の気分が最悪なのに、この人はどうかしているんじゃないだろうか。夫を憎らしく思っていると、一斗はいった。

「それ、つわりだよ。やっと千花ちゃんも、ほんものの妊婦らしくなってきたな」

（！）

後頭部をいきなりたたかれたようなショックだった。自分がつわりになることなど、千花子はまったく想像もしていなかった。友人にきいても、出産本を読んでも、人によってつわりの程度はまったく違うし、ほとんどない妊婦もいるとあった。自分はそのラッキーな少数派だと、千花子はなんとなく信じていた。

（これが、つわりなのか）

とにかくだるくてしかたない。食欲もゼロだ。体が重かった。当然、頭などまったく回転してくれなかった。こんな状態で、編集の仕事ができるだろうか。朝目を覚まして十分で、不安でたまらなくなった。

一斗がにこにこしていった。

「やっと、つわりかあ。本に書いてあるとおりだな」

千花子はついかっとしてしまった。

「うるさいなあ。わたしは実験材料じゃないんだからね」

「ごめんごめん、なにかたべたいものはない？」

なにも思いつかなかった。たべもののことを考えるのを、身体が拒否している。

「野菜とか、フルーツとか、甘いものとか、アイスクリームとか。ほら、千花ちゃん、ぼくの焼いたパンケーキが好きだったろ。今から焼いてあげようか」

パンケーキの焼ける匂いが強烈に浮かんだ。溶けるバターと生クリーム。ブルーベリーとラズベリーのジャム。すべてをどろどろに混ぜて、熱々のパンケーキにのせてたべるのが、千花子は好きだった。

それが想像だけでも、気もち悪くてたまらなかった。あふれるように唾液《だえき》が口のなかに湧きだしてきた。それが急にしょっぱくなる。

「……ごめん」

千花子はトイレにむかって走った。便器のふたを開けるのと、口から固形物のなにもない透明な胃液が流れだすのは同時だった。

「だいじょうぶか、千花子」

　一斗が背中をさすってくれている。だが、吐き気はまったく治まらなかった。腹筋がひきつけるように硬くなって、胃が口から飛びだしそうだ。二度、三度と吐くと、胃のなかは完全に空っぽになった。それでも圧倒的な吐き気は弱まる気配もない。

涙目になって、千花子はちぎったトイレットペーパーで口元をぬぐった。

(こんなにつわりがつらいなんて……妊娠本なんて、全部大嘘だ)

　千花子はつわりが始まった初日の朝、一時間トイレに立てこもることになった。そのあいだ一斗はおろおろとして、冷たい水をもってきただけだった。妊娠している女性の近くにいる男には、なにもできることはない。どの出産本にも書いていない真実を、一斗は身にしみて学ぶことになった。

　一方、千花子は絶望的な吐き気のかたわら、復讐《ふくしゅう》に燃えていた。

(こんなにつらい経験をしたんだから、ちゃんと元はとってやる)

　来月号からスタートするコラムの記念すべき第一回には、妊娠初期のセックスと最悪のつわりの襲来を書くことにしよう。自分はタレントでもないただの編集者で、ごくあたりまえの妊婦にすぎない。身を削らなくちゃ、読者に読んでもらえるはずがない。

(きっとこの仇《かたき》はとってやる)

　千花子は便器のなかのちいさな水溜《みずたま》りをにらみつけながら、必死で吐き気に耐えていた。

12

「それはやっぱりつわりね」

念のために予約した三軒茶屋のおばあちゃん先生がそういって笑った。

「やっぱりですか」

そういう千花子の手にはちいさなノートが開かれている。自分がつくる女性誌で、連載のコラムをもつことに決まってから、千花子は妊娠のすべてを取材するつもりだった。

「だけど、どうして赤ちゃんができると、女性はつわりなんかになるんですか」

さらさらとなにかカルテに書きこみながら、女医は平然といった。

「わからないわねえ」

千花子は唖然《あぜん》とした。

「こんなに医学が進歩してるのに、つわりの原因もわからないんですか」

おばあちゃん先生がカルテから顔をあげた。

「人が生まれて、死ぬことだって、わからないことだらけじゃないの」

そういわれてみれば、そのとおりだった。人が生まれるまえどこにいて、死んでからどこにいくか、世界中の人間の誰ひとり確かなことはわからなかった。わたしたちはなんて不確かな世界に生きているのだろう。朝から激しい吐き気と脱力感に襲われた千花子の思考は、なにかとネガティブである。おばあちゃん先生が銀縁の老眼鏡を額にあげていった。

「それはもちろん、いくつかの原因は考えられてるのよ。まず妊娠で急激に女性ホルモンのバランスが変わるから、そのショックで自律神経の働きに異常がでるんじゃないか」

妊娠すると面倒な生理もなくなる。ホルモンの変化は、ほんの数マイクログラムとはいえ当然激烈なことだろう。千花子は必死にメモした。

「あとは赤ちゃんって、お母さんの身体にとっては異物なの。子宮のなかに別な遺伝子をもった生きものがいるんだから。それでついつい自分の身体を守ろうとして、抗原抗体反応がでてしまう。まあアレルギーみたいなものね。そのふたつの説が有力だけど、ほんとのところは、よくわかんないのよ。でもね、高部さん」

初めてこの先生に名前を呼ばれた。病院での予約には結婚後の姓をつかっている。千花子もつい背筋を伸ばして返事をしてしまった。

「はいっ」

「女の身体にわからないところがあるって、なんかいいじゃないの。わたしなんか、この年になると、簡単にわかることのほうが怪しいって思うんだけどね」

千花子は自分の身体のことを思った。望んでこういう形に生まれてきたわけではない。猫は猫に、鳥は鳥に、そして人は人に。生きものはみな与えられた肉体と精神で、なんとか苦労しながら、この世界を旅している。まだ社会のこともわからず、仕事も一人前とはいえない自分が、母親になるのだ。まったく先が読めない展開である。

「ああ、それとそろそろどこで赤ちゃんを産むのか、考えておいたほうがいいわよ。人気のあるところはすぐに予約が埋まっちゃうから」

「……わかりました」

三軒茶屋駅前の産婦人科と実際に出産する産院は別だった。千花子は編集の仕事に忙しくて、産院についてはまったく調べてなかった。記憶にあるのは、テレビの情報番組で見たどこかのブランド産院くらいのものである。やけに豪華な施設だったけれど、あいうところではいったいどのくらい出産費用がかかるのだろう。フリーカメラマンの一斗の収入ではとても手がだせないかもしれない。

千花子は軽く頭をさげて、診察室を離れた。

依然として吐き気はおさまらず、手足も重い。千花子が読んだ出産本では、つわりは安定期にはいるまで二ヵ月くらいは続くと書いてあった。ほんとうにこんな調子でだいじょうぶなのだろうか。仕事はちゃんとできるのか。

不安で泣きそうになりながら、千花子は足を引きずるように地下鉄の改札にむかった。

その日は千花子が妊娠の憂鬱《ゆううつ》を初めて痛感した記念すべき一日になった。

「ＥＮＤＬＥＳＳ」編集部に到着しても、仕事はなかった。

新しい号がでたばかりで、つぎの修羅場まではほんのわずかだが余裕がある。こんなときには、元気なら話題の店にいっておいしいランチをたべたり、資料探しといって書店をはしごしたり、女性むけの新作映画のロードショーにでかけたりする。というより、ずっと社内でひまつぶしをしていると、副編集長の芹澤菜央美にしかられるのだ。新しい発想やセンスを生みだすには、自分の目で見て、手でふれて、足を運ばなければならない。それが雑誌編集者というものだ。ベテランの副編は、ネットでお手軽に探した企画には点が辛かった。

ひとりで机にむかっていると、菜央美が会議からもどってきた。

「あら、千花ちゃん、ひとり？」

「……はい」

「なんだか元気ないね。なにかあったの」

心配げな顔でのぞきこんでくる。千花子は迷った。ここで正直につわりのつらさを報告したほうがいいのだろうか。だが、それを口にしたら、職場でますます足手まといになるのではないか。

「いえ、ちょっと気分が悪いので、休息室で横になってきます」

のろのろと立ちあがって、編集部をでようとしたところで、背中に声が飛んだ。

「今日は別に急ぎの用もないし、早退してもいいからね。千花ちゃんひとりの身体じゃないのよ」

「ありがとうございます」

千花子は背中越しにそういった。ほんとうはありがたい心づかいだったが、そのときは重荷に感じられてしかたなかった。いっそのこと自分ひとりの身体なら、どれだけけいいだろうか。いだろうか。

薄暗い廊下の奥には、休息室の札がかかったスチールのドアがある。いつもなら軽々開くドアさえ、今の体力では重くてしかたない。千花子は両手でドアノブを引いて、かすかに汗臭い室内にはいった。

なかには二段ベッドが両側においてある。先客はいなかった。出版社ならどの会社にも、この手の仮眠のための部屋が用意されていることだろう。編集業務は深夜におよぶことが多かった。自宅に帰るひまもなく、翌日に取材の予定がはいることもある。千花子も独身のころはここでよく仮眠して、始発電車でシャワーを浴びに帰ったものだ。

したの段のベッドのカーテンを引き、横になろうとしたときだった。手のなかの携帯電話が震えだした。着信の相手を確認する。一斗だ。

「はい、なあに」

「仕事中に悪い。今、電話だいじょうぶか」

無人の休息室である。それでも千花子はいった。

「今忙しいから、ちょっとだけだよ」

「ああ、すまない。さっきぼくのほうに急にうちのおふくろから電話があって、千花子の顔が見たいんだって。東京の友達のところにきてるから。帰りにちょっとだけ顔をだしていいかってさ。どうする？」

どうするも、こうするもなかった。この体調ではとても義理の母の相手をすることはできないだろう。一斗の母、高部佳代子《かよこ》は悪い人ではない。子どものころから反発していた自分の両親よりも好感をもっているくらいだ。それでも義理の母は義理の母だ。

「えーっ、わたしがつわりで体調最悪なのわかってるよね。一斗のほうで断っておいてよ」

しばらく返事がなかった。千花子は嫌な予感がした。夫婦喧嘩《げんか》でも、一斗は自分のほうが旗色が悪いとすぐに黙りこんでしまう癖がある。

「どうしたの？　まさか今夜くるんじゃないでしょうね」

「そのまさかなんだ。デパートでいうなぎがあったから、もう人数分買って、七時にはうちにくるんだって」

「なによ、それ。わたし、気もち悪くて朝からほとんどなにもたべてないんだよ。うなぎなんて無理に決まってるじゃない」

一斗は子どものようにすねてみせた。

「今さら帰れっていえないじゃないか。昔、千花ちゃんだっていってただろ。うちの母さん、けっこう好きだって」

それは確かにいった。でも、あのときには妊娠していなかったし、つわりになってもいなかった。人は自分の言葉にどこまで責任をとればいいのだろうか。吐き気のうえに頭痛まで加わってくる。

「はいはい、わかりました。じゃあ、切るよ」

「ほんとにごめん、千花ちゃん。でも、ほんの二時間くらいの辛抱だから」

千花子は通話ボタンを親指に痕《あと》が残るほど思い切り押して、ベッドに倒れこんだ。まったくついてないときは、悪いことが重なるものだ。

千花子は無数の編集者が使用したくたびれたベッドで三十分仮眠をとった。目覚めたときにも頭痛はそのままで、吐き気もおさまっていなかった。うなぎの蒲焼《かばやき》なんて、まったくなんなのだ。

13

「あら、千花ちゃん、元気そうじゃない」

家に帰ると、すでに一斗と佳代子が待っていた。千花子は青ざめた顔で、無理やり笑顔をつくった。

「お母さん、いらっしゃい。わざわざ遠いところを、ありがとうございました」

一斗の生家は藤沢《ふじさわ》にあった。高部家は駅の近くの商店街で、代々雑貨店を営んでいる。もちろん今風のおしゃれな洋風雑貨ではなく、金物おもちゃ水まわりとなんでもそろう雑貨店である。何度か千花子も遊びにいったことがあるが、夏になると店先にカラフルな浮き輪と花火が山のように積まれる庶民的な雰囲気だった。

佳代子は厚いてのひらで、ばしばしと千花子の肩をたたいた。

「わざわざじゃないのよ。千花ちゃんは気にしない、気にしない。こっちの友達のうちに遊びにきたついでだから」

なにかを口にしかけた母親の背中を一斗が押した。

「ちょっとおふくろはいいから。千花子は着替えてくるからさ」

ワンルームのスタジオの隅にあるダイニングテーブルに連れていく。千花子は半円形の寝室に早々に逃げこんだ。家着に替えるよりも、ひとりになりたかった。着替えなど普段の体調なら簡単なことなのに、一度ベッドに腰をおろしてひと休みしなければならなかった。自分の身体が自分のものでないみたいだ。もしかしたら、これはただのつわりではなくて、もっとほかの恐ろしい病気ではないのだろうか。妊娠中毒症とか、子宮ガンとか、白血病とか。千花子の頭のなかを恐ろしい病気の名がぐるぐると渦巻いている。

寝室のドアが開いて、一斗が顔をのぞかせた。

「ごめんな。ごはん炊いておいたから。ちょっとだけ顔だして、おふくろを安心させてやってくれよ」

「……わかった」

なぜか一斗がじっと顔を見つめてきた。いったいなんだろう、失礼な。

「千花ちゃん、今日はなんだかすごく怖い顔してる。笑顔でお願いします」

千花子はつい夫をにらみつけてしまった。

「はい、わかりました。むこうにいってくれますか」

一斗はひっと息をのんでドアを閉め、母親のところにもどってしまった。どんな人間にも親がいる。それはなんて面倒で、複雑なことだろうか。千花子は立ちあがると、外出用のテイラードジャケットを脱いで、ため息をつきながら着替えを始めた。

なんとかテーブルには着席したけれど、胸のむかつきがとまらなかった。別に一斗に怒っているわけではない。ダイニングを満たす炊き立てのごはんの匂いがたまらないのだ。一斗と手分けして、なんとかうな丼と簡単なサラダを用意した。食欲がまったくないときの料理ほどつらく単調なものはない。三人でテーブルに着いた。千花子のむかい側に能天気な親子がならんでいる。

「おー、そうだ、忘れてた。やっぱりこれがなくちゃな」

腰の軽い一斗は席を立って、冷蔵庫から冷えた缶ビールと冷えたグラスをもってきた。自分と母親の分を注いで、すまなそうにいった。

「こっちだけ悪いな。じゃあ、乾杯」

義理の母が自分のグラスを千花子にさしだした。

「どうひと口だけのんでみる？　わたしのころは、妊娠してもけっこうビールくらいのんでたけど」

おおらかに笑ってみせる。この気さくさが官僚の父と違って好感度が高かったのだが、そのときの千花子には面倒なだけだった。

「いいえ、お母さん。今はアルコールどころかカフェインまで断ってるくらいですから、遠慮しておきます」

一斗が視線だけで謝ってきた。千花子は冷たい笑顔で返した。あらためて目のまえにあるうな丼を見た。炊き立てのごはんのうえに長々と伸びるのは、肉厚の蒲焼だった。いつもの千花子なら歓声をあげてかぶりついただろうが、今はねばつく悪夢のようだ。

「どうしたの、千花ちゃん。うなぎは嫌いだったかしら」

「いえ、別にだいじょうぶです」

とんちんかんな返事をしてしまった。朝からほとんどたべていないのだ。あまからのたれがかかったごはんだけなら、なんとかお腹におさまるかもしれない。そう思って、千花子は箸《はし》の先にほんの十粒ほどの白米をすくった。口のなかにいれてみる。

(なに、これ、酸っぱい)

腐った豆腐でもたべているようだった。粒の立った炊き立てのごはんが酸っぱくてたまらない。口からだすこともできずに必死でのみこみ、カフェインレスのほうじ茶で口をすすいだ。この調子ではひと口もたべられないだろう。これだけいいうなぎなら、デパートで買えば一枚二千円はしたかもしれない。うなぎにも義理の母にもすまなくてたまらなかった。

一斗はなにも気づかないようで、もう丼《どんぶり》の半分を平らげてしまった。母と子はのんびりと子どもの名前をどうしようかと話しあっている。千花子の様子に気づいた佳代子がいった。

「どうしたの、ぜんぜん手をつけていないじゃない？　千花ちゃん、あなた、ほんとうにだいじょうぶ？　ちゃんとたべないと赤ちゃんもおおきくならないわよ」

千花子は全力で笑顔をつくった。ちょっとつつかれたらぼろぼろにひび割れてしまいそうな笑いだが、それでも泣きわめいたりするよりはましだ。

「ちょっと仕事で疲れているみたいです。すみません。うなぎは明日《あした》あっため直していただきます」

一斗は心配そうな顔をしていたが、千花子は無視した。夫のことまでかまってはいられない。なにもたべずに仕事をしたせいか、吐き気よりも頭痛のほうがひどくなってきた。ガラスの器に盛ったサラダを箸でつついてみる。小振りのフルーツトマトをなにも期待せずに口にした。つぎの瞬間、千花子は叫んでいた。

「ん、ん、うまーい！」

普段なら千花子だってちゃんと、おいしいというのだが、そのときは下品なグルメレポーターのような大声がでてしまった。トマトはこんなにみずみずしく、これほど甘かっただろうか。皮も果肉も種も、独特の青臭さや酸味まで、すべてが好ましかった。

気がつくと箸が稲妻のような速さで動いていた。サラダのうえに散らしたフルーツトマトがきれいに消えている。一斗は呆然《ぼうぜん》として、突然よみがえった千花子の食欲を眺めていた。

「なーんだ、そうだったの」

いきなりそういったのは、義理の母だった。

「もうつわりが始まっていたんじゃない。そうなら、そうといえばいいのに。ぜんぜんつわりがないときいて、おかしいなと思ってたのよ。千花ちゃんも他人行儀だねえ」

「すみません」

そういいつつ、千花子の箸はレタスのしたに隠れたトマトを探っていた。あった！

さっそく口に放りこんだ。やっぱり甘い。

「だったら、ごはんが炊ける匂いはきつかったでしょう」

佳代子が千花子のまえにある丼をわきに避《よ》けてくれた。自分のとなりに座る息子の頭をげんこつの角で、こするようにたたいた。

「痛っ……なにすんだよ、おふくろ」

「なにすんだじゃないだろう、こいつ」

もう一度こつんとなぐる。

「やめてくれよ」

佳代子は真剣に怒っているようだった。

「冗談じゃないよ。千花子さんは十月十日も身体を張って、あんたの赤ちゃんを育ててくれるんだよ。余計な気なんかつかわせたら、ダメじゃないか。大切な奥さんとできたばかりの赤ちゃんのふたり分の身体なんだ。あんたの命よりずっと大切なんだからね」

気おされて、一斗は黙ってしまった。千花子は感動していた。確かに妊娠はしたが、自分に命ふたつ分の価値があるなどと考えたことはなかったのだ。だいたい千花子には母になるというよろこび自体が薄かった。赤ちゃんが欲しくてたまらなかったわけではない。なぜか、できてしまったのだ。なんだか、赤ちゃんに失礼な気がする。

頭をかきながら、一斗がいった。

「わかってるよ。こっちだって、いざとなれば千花子と赤ん坊のためなら、命だって投げだす覚悟はできてるさ」

うわー、この昭和のホームドラマのような台詞《せりふ》はなんだろう。そう思いながら、千花子の心の半分は夫の言葉に感動していた。力んだり、効果を計算したり、見栄《みえ》を張るわけでもなく、さらりといい流した言葉だったからだ。この人は本心でそう思っている。

「なにいってんだよ。このマンションのローンだって、千花ちゃんに頼ってる癖に。命を投げるまえに、汗水垂らして稼いできなさい」

佳代子は千花子のほうにむき直ると、満面の笑みを見せた。

「すまないねえ、体調がよくないのに、無理させちゃって。これたべたらすぐに帰るからね」

千花子はあわてて手を振った。

「いいえ、気にせずにゆっくりしていってください」

佳代子が目に力をいれて、にらんできた。

「あのね、千花ちゃん、あなた本気でそんなことといってるの。妊娠したら女は王さまでいいのよ。ほんとのこと、おっしゃい」

蚊の鳴くような声で、千花子はこたえた。正面から義理の母の顔を見ることはできない。

「あの、その、なるべく早く……お引きとり願えますか」

「そうよ、それでいいの。ありがとうね、千花ちゃん」

早く帰れといって礼をいわれたのは初めてだった。千花子はすこし涙ぐんだが、なんとか気づかれないように顔を隠した。佳代子が湿っぽいのが嫌いだとわかっていたからである。立派な赤ちゃんが産まれたら、まず最初にお母さんに見せますから。千花子は心のなかでそういって、大急ぎでうな丼をかきこむ義理の母を見つめていた。

14

佳代子はその夜、言葉どおりに食後お茶を一杯だけのんで帰っていった。玄関先まで見送った千花子は、ドアが閉まるといった。

「一斗のお母さん、ほんとにいい人だね」

ちゃっかりと夫はいう。

「ぼくに似てね。そういえば、さっきフルーツトマトやけにうまそうにたべてたな。なんかさ、カメレオンが虫をつかまえるみたいな速さだったよ」

「もうやめてよ。自分でもはずかしいんだから。でも、朝からなにもたべてなかったし、あのトマト、ものすごくおいしかった」

「ふーん」

一斗がテーブルからキッチンに食器を運んでいた。千花子は腰を浮かせていった。

「そのままでいいよ。わたしが洗うから」

備えつけの食洗機はあるのだが、ふたり分の食器なら手洗いのほうが早いので、ホームパーティのときくらいしか使用していなかった。

「いいんだ、ぼくにやらせてくれ。さっきおふくろにいわれたこと、ほんとにそのとおりだなって思った。ちょっと反省したよ」

丼を洗いながら、一斗は背中越しにいう。

「おれ、あんまり千花子のこと経済的に助けられないから、家事とかはまかせてくれ」

千花子はテーブルを離れて、一斗のうしろに立った。おおきな背中にもたれて、夫の腰に手をまわした。額を押しあてると、背中は広いだけでなく、あたたかだった。

「ありがとね、一斗。さっきの言葉、本気だってわかったから、ほんとにうれしかった」

「ふふ、おれもたまにはいいことというだろ」

シンクからはシャワーの水音がする。一斗は力をいれて丼を洗っている。男の腰にまわした腕に引き締まった腹筋があたる。幸せというのは、こんな単純でありふれたものかもしれない。それは毎日の生活のなかにあって、それでもなかなか見つけるのは困難なものだ。

千花子は思いついていった。

「そういえば、冷蔵庫のなかにまだトマトあったかな」

「いいや、さっきので最後」

そうか、明日の朝あの飛び切りのトマトをたべられないのは残念だが、それもしかたないだろう。洗いものを終えた一斗がいった。

「ほかに欲しいものないか」

千花子は先ほどのフルーツトマトの食感を思いだした。あの味がだいじょうぶなら、ほかのフルーツ系もいけるかもしれない。たくさんのフルーツがのっていて、栄養もありそうなものといえば……。

「ちょっとまえにセントラルマーケットで買ったフルーツヨーグルト覚えてる？　あれならたべられるかもしれない」

その店は都心の高級住宅街に展開するブランドスーパーだった。このあたりで一番近い店は恵比寿《えびす》の駅前にある。

「じゃあ、おれ、ちょっといってくる」

「だって、一斗もうビールのんじゃったじゃない。運転はダメでしょう」

一斗はあざやかな黄色のウインドブレーカーを着こむといった。

「クルマじゃない。ちょっと自転車でいってくるよ。飛ばせば一時間とすこしで帰ってこられると思う」

「いいよ、そんなに無理しないで」

春の夜だが、まだ風は冷たい。そのなかをこの人は一時間以上も、自転車のペダルを踏むという。千花子は胸がいっぱいになった。

一斗はさっさと玄関にむかった。千花子も黄色い背中を追った。スニーカーをはいた一斗が、一度だけ息がとまるほど、千花子を抱き締めた。

「無理なんかぜんぜんしてない。おれが自分でいきたいんだ。今、千花子のためになにかしたい。ただそれだけなんだ。こっちが勝手にいくんだから、千花子は別に恩に着ることはないから」

夜の外廊下にでていく一斗を、千花子は優しく送りだした。最後にドアを閉める直前まで手をつないでいた。千花子は熱い風呂《ふろ》をいれて、夫を待とうと思った。そのあとはベッドで手をつないで、生まれてくる新しい命の話をするのもいいだろう。そういえば産院だって決めていないのだ。

そして、そのあとはなにをしよう。抱きあって眠るのも、すこしだけセックスをするのもいいかもしれない。ふたりの夜はまだまだ長かった。

15

千花子は必死で産院に関する情報を集めた。

編集者という仕事柄、この手の情報収集は得意である。なにもないところから、ときには半日で企画をしぼりださなければならないことが、これまでも何度かあった。思いつきのフラッシュアイディアでも、きちんと裏づけの資料は探さなければならない。けれど実際に自分が入院する産院を探すとなると、いつもと勝手が違うのだった。

妊娠と出産が多くの女性誌でとりあげられ、静かだけれど確かなブームになって以来、産院の情報はほぼ無限といってもいいほどのボリュームにふくれあがっていた。ネットには無数の産院のホームページがあり、妊婦や元妊婦たちが出産に関する数限りないブログを書いていた。ベスト産院のランキングがいくつもならび立っていて、どれを参考にすればいいのか、判断に困るくらいだ。

もちろん千花子は、編集者だからネットだけに頼るわけではなかった。ネットはリアルタイムの情報や口コミには強い。その反面、情報の出所が不明確だったり、個人の思いいれが強すぎたりという欠点もある。自分が編集者だからというわけではないけれど、プロの手で編集と校閲を受けた活字情報には、やはり一日の長と信頼性がある。

机のうえに出産本と産院のガイドブックを山のように積みあげ、何時間も産院とママブログをネットサーフィンした。目が疲れ、首のうしろが棒をいれたように硬くなってくる。となりのデスクの先輩・後藤未央がいった。

「なんか力はいってるね、千花ちゃん」

カフェインレスの妊婦用ハーブティをのんで、千花子は逆に質問した。

「先輩が自分で選ぶなら、どういうところで出産しますか。なんだか情報の量が多すぎて、ぜんぜん決められないんです。人気の産院はすぐに予約で埋まってしまうというし」

「わたしだったらちょっとお金がかかっても、ちゃんとしたブランド産院で産むかなあ。やっぱり一生にそう何度もあることじゃないし、あとで友達に話すときも自慢になるじゃない」

知的でLOHASな女性誌の編集者としては、後藤未央は意外なブランド志向だった。千花子には自分の産院を友人に誇るという感覚がなかった。ふたりの会話をきいていた芹澤菜央美がいった。

「二宮さん、それ、あなたのコラムの題材になるのよね？」

「はい、おもしろければ、つぎの回で書いてみようと思ってます」

菜央美がディスプレイから顔をあげた。メガネ越しの視線が鋭い。

「だったら、読者が産院選びで、最初にどこに着眼しているのか、編集者として考えなくちゃね。あなたは自分のことだけ考えているでしょう」

かちんときたが、確かにそのとおりだった。産院選びは自分だけの問題だと思っていた。だって、実際にお腹を痛めるのは、この自分なのだ。

「……はい、すみません」

菜央美はうなずいていった。

「いいのよ。わたしだって、出産の経験があるわけじゃないから、ほんとうのところは妊婦さんの気もちはわからない。でも、編集者はそれだけではいけないでしょう。ちゃんと別な視点をもっていないとね。多くの女性が産院を選ぶときの最初の基準はなにかしら」

千花子は返事に困った。半日情報にさらされて、すっかり判断力が鈍っている。あまりにも大量の情報は、知的な暴力と変わらない。思考力を奪われてしまう。未央があっさりいった。

「やっぱり出産費用じゃないですか？　入院と出産の費用がいったいいくらかかるか、みんな関心があると思うけど」

さすがにブランド産院を選ぶだけのことはあった。ブランドが好きな人は、だいたい物の値段にも敏感なものだ。千花子は費用についてはあまり考えていなかった。夫の一斗との生活費も丼《どんぶり》勘定である。未央がいった。

「ねえ、千花ちゃん、東京には三大ブランド産院があるっていうけど、ああいうところの出産費用って、どれくらいかかるの」

それならネットで検索済みである。千花子は手元のメモを見た。

「百万円くらいからスタートするみたいです。ブランド産院はどこも個室なので、部屋の広さによってランクが分かれてます」

菜央美がいった。

「なるほどね、それじゃあ、普通の公立病院は？」

「これも部屋によってばらつきはありますけど、だいたい半額くらい。四十万円くらいです」

その金額なら出産後に支払われる一時金で、ほぼとんとんになるだろう。出費は最小限におさえられる。公立病院は数も多いし、もっとも一般的な選択ということになる。

菜央美が編集部の壁をにらんだ。歴代の「ＥＮＤＬＥＳＳ」の表紙がびっしりと貼りつけられていた。毎月一枚ずつ増えていくこの表紙が、雑誌にとっては勲章のようなものだった。ひとつの雑誌を刊行するには、驚くほどの数の関係者の汗と、ときに涙が流されている。

「うちの雑誌的には、ブランド産院と公立病院の二本立てだとつまらないわね。やっぱりこれまでの出産の形を超える第三の道の提案がないと『ＥＮＤＬＥＳＳ』らしくない」

確かに副編集長のいうとおりだった。エコロジーやナチュラリズムが女性のファッションとは無縁だと考えられていたとき、真っ先に新テーマをかかげて創刊したのがこの雑誌だった。志パブリッシングは大手出版社ではない。営業力や資金力ではなく、アイディア力と先見性で「ENDLESS」は評価されてきた。

千花子は手元にある書き散らしのメモを、あらためて読み直した。産院ではなく、別な選択。そうだ、産科の病院ではなくて、助産院という手があった。

「ここなんかどうでしょうか？　世田谷にある助産院なんですけど、自然な出産を心がけているそうです。バースハウス・きずな」

未央が身体をのりだしてきた。さすがに編集者で、いいネタの匂いには敏感だ。千花子はメモを読みながらいった。

「この助産院のテーマは『自然なお産』なんです。産みかたは自由で、好きな方法を選んでいい。陣痛促進剤や鎮痛剤はつかわない。会陰切開もしない」

未央は正直だった。

「うわー、なんだか痛くて、たいへんそう」

「そうなんですけど、きずなの代表によるとお産は自然になるほど、楽になって気もちよくなるんですって。あんなに自然なものを、医者や医学で管理するほうが間違ってるっていっています」

副編集長がにこりと笑っていった。

「それ、よさそうね。『どうせするなら、気もちいい出産』って、特集タイトルにぴったりだなあ」

「あの、妊娠出産特集またやるんですか？」

副編集長に代わって、未央がこたえた。

「もちろん。増刷がかかるような人気テーマをつかいまわししないはずがないでしょう。うちならイヌネコ、ひと味違う秋の京都、インテリア、有機野菜、身体に効くスイーツ」

女性誌なのにファッションで勝負をしないところが、千花子自身も気にいっていた。

「それに妊娠出産特集がはいると、一年の半分が埋まっちゃいますね」

腕組みをしてきいていた菜央美がいった。

「千花ちゃん、その取材にはいっいくの」

まだ情報収集を開始したばかりだったが、千花子は勢いよく返事をした。編集者は現場を踏まなければ始まらない。

「すぐにアポをとって、ブランド産院と公立病院、それに自然派の助産院を見にいってみます」

菜央美は満足そうにうなずいていった。

「どうせいくなら、ちゃんと写真も撮ってきておいたら。カメラマン、あなたのほうで発注していいわよ」

どういう意味だろうか。しばらく口を開けて副編集長を眺めていると、未央が千花子の肩をたたいた。

「芹澤さんは千花ちゃんのダンナといっしょに産院を取材しておいでっていってるのよ。一斗さんに仕事発注すればいいじゃない。どうせ出産のときには立ち会いたいっていってるんでしょう」

そういうことか。千花子は自分の鈍さにがっかりしたが、同時に副編集長の気づかいに感謝もしていた。

「ありがとうございます。うちの人、この不景気で最近ずっと家でごろごろしてるから、きっとおおよろこびすると思います」

明るい顔でそうこたえたが、千花子の胸のうちは複雑だった。一斗は未央のいうとおり立ち会いを希望しているが、千花子自身はあまり出産の場面を夫とはいえ男性に見られたくなかった。それにあの一斗のことだから、絶対に出産シーンを撮影したいというに決まっていた。夫とはいえプロのカメラマンに、プロの機材で撮られるのは気がすまない。

産院の取材に連れていったら、調子にのるに決まっている。男というのはほんとに単純なのだ。

16

翌週の火曜日、千花子と一斗が訪れたのは、東京表参道にある聖ペテロ国際病院だった。ブランドショップが建ちならぶ表参道に、赤いタイル張りのビルがそびえている。

エントランスをはいると、高級ホテルのロビーのようなガラス張りの広大な空間が広がった。見あげると十数階うえの天窓から日ざしが降り注ぎ、中央の一段高くなったフロアにはラウンジ席がつくられていた。そのまんなかにはグランドピアノが輝いている。

一斗がちいさな声でいった。

「やっぱり出産費用だけで百万もとるような病院は豪華だな」

グランドピアノにどんな治療効果があるのかは千花子も判然とはしなかったが、皮肉をいっている場合ではなかった。ラウンジで待ちあわせをしているのだ。ソファのあいだを歩いていくと、奥の席でモデルのようなグレイのスーツの女性が立ちあがった。一斗はカメラマンのつねで美人にはひどく目敏《めざめ》い。

「おーフォトジェニック、見っけ」

失礼してしまう。千花子はそんな言葉をいわれたことがなかった。会釈して近づいて、挨拶《あいさつ》した。

「『ENDLESS』編集部の二宮千花子です。で、こちらがカメラマンの高部一斗」

さんづけはしなかった。こういうときは仕事で旧姓をつかっていると便利である。スーツの美人も名刺を差しだした。

「聖ペテロ国際病院広報課の森尾《もりお》亜利香《ありか》と申します。わたしは『ENDLESS』のファンなので、今日はなんでも取材してください」

ありがたい申し出だったが、すこし意外でもある。これほど豪華な病院とLOHAS

な生活がテーマの女性誌というのがうまく結びつかないのだ。千花子はラウンジで十分ほど簡単な打ちあわせをすませ、産科のフロアに移動した。エレベーターは南国のリゾートにあるようなガラス張りである。胸にファイルを抱えた広報ウーマンがいった。

「当院では皇族や有名人のかたの入院も多いので、プライバシーを最優先にしています。入院しているあいだもおくつろぎいただけるように、全室個室で対応しております。最初にお部屋のほうをご覧ください」

エレベーターは七階で停止した。内廊下の角には観葉植物の大鉢がおいてある。ピアノのやわらかな音がきこえて手すりから見おろすと、ロングドレスを着た女性がグランドピアノにむかっていた。曲はショパンの「華麗なる大円舞曲」。できすぎている。一斗は完全にカメラマンモードにはいって、目を引くものを片っ端から撮影している。

「こちらのお部屋になります」

開いた戸口を抜けて、室内にはいった。すぐ右手にユニットバスとトイレのドアがあった。奥が個室で、広さは十畳ほどあるだろうか。ベッドとその脇にはソファ。窓際にはテーブルと椅子がおいてある。テレビとＤＶＤプレーヤーは備品のようだ。床はカーペットが敷きこまれ、足音がしなかった。

「いやあ、ぼくならここで十分暮らせそうだなあ」

メモをとりながら、千花子も同じことを考えていた。この個室ならほかのママたちに気兼ねすることなく、のんびりできそうだ。だが、百万円は非常に重い出費である。

「この部屋はどのくらいのランクになるんですか？」

広報部員はにっこりと笑って、返事をした。

「はい。したから二番目のランクで、一日四万円のお部屋になります」

「……そうですよねえ」

千花子は当然だという顔をしたけれど、内心はがっかりしていた。そんなにかかるのでは、一時間たりとものんびりなんかできないではないか。高部家は住宅ローンに悩む庶民で、皇族でもセレブでもない。

「当院では、優秀な医師と最新の医療機器をそろえて、万全の態勢で出産をサポートしてまいります。欧米では主流になった和痛分娩《ぶんべん》をおすすめしています」

出産本を山のように読んでいる一斗がいった。

「ああ、陣痛が始まったら腰に麻酔を打つんですよね」

モデルのような広報員は華やかに笑ってうなずいた。

「そうです。無理して痛みに耐えてがんばる理由はありませんよね。出産をしたあとのほうがお母さまはたいへんになるんですから、なるべく体力を温存したほうがいいですしね。安全はもう世界中で証明されています」

千花子はすこしだけいじわるな質問をしてみた。

「出産時間は昼のあいだだけですよね」

亜利香はまったくひるまなかった。

「出産はお母さまだけの問題ではありません。立ち会いのご主人さまもいれば、親族のかたもいらっしゃいます。そうなると、昼のあいだにきちんと産んで、感動を分かちあったほうがいいのではないでしょうか。管理出産というと言葉つきが厳しくなりますが、誰にとっても楽なのが、午前十時から午後三時くらいのコアタイムです。当院では、出産の九割以上をその時間帯でおこなっています」

個室をでて、廊下にもどった。曲は同じショパンの「英雄ポロネーズ」に代わっている。

「うちの産科を代表する医師と面会してください」

医大時代にミスキャンパスになったという美人産科医だった。千花子も何度か週刊誌で顔を見たことがある。広報員のいうことはいちいちごもっともだったが、なぜか心のなかが冷たくなっていた。

この病院は設備も技術もきっと素晴らしいのだろう。デフレ時代にそれだけの代価をとるのだから価値はあるはずだ。けれどどれほど立派でも、自分の肌や心にあわないのでは意味がない。

産科の診察室にはいるときには、千花子はひとりの妊婦から一編集者に完全にスイッチを切り替えた。

17

翌水曜日は目黒《めぐろ》にある都立中目黒《なかめぐろ》総合病院だった。

山手《やまて》通り沿いに建つのは、ごく普通のマンションに似た白いタイル張りの四角いビルである。入口を抜けても、当然ホテルのラウンジのようなソファはなかった。受付カウンターの正面に、プラスチックのベンチがたくさんならんでいる。三台設置された液晶テレビには主婦むけの午後のワイドショーが流れていた。どこかの歌舞伎の御曹司が不倫スキャンダルを起こしたらしい。ほぼ八割がたの席が埋まって、通院者は会計を待っている。

受付で千花子が編集部の名刺をだし来意を告げると、立ったまま待たされた。一斗はぶーぶー文句をいっている。人の時間にまったく価値を認めない。お役所はこれだから嫌だ。千花子もまったく同感である。

二十分近くたって、廊下の奥から小柄な中年女性がやってきた。黒いパンツに白いシャツ。ベテランの中学教師のようだ。

「事務局の長谷川《はせがわ》です。取材目的はなんでしょうか？」

とりつく島もなかった。私立のブランド産院とは違って、広報課などないのだろう。千花子は最新号を手わたして、新しいコラムの説明から始めた。千花子自身が妊婦だとしると、長谷川は顔を崩して笑った。

「そうなんですか。だったら、ちゃんとうちで勉強していくといいですよ。ここはとくに豪華でも、最先端でもないけれど、日本の高い産科のレベルがちゃんとわかるから」

千花子は思いついて、質問をした。

「あの麻酔のことなんですけど」

「ああ、無痛分娩ね。あれはあまりおすすめしないなあ。お母さんの身体に効くっていうことは、赤ちゃんにも効いてるってことですからねえ。へその緒をとおして、つながってるんだから。痛くないのはいいけど、眠ったまま生まれる赤ちゃんっていうのは、果たしていいのかしらねえ」

そういわれると、返す言葉がなかった。欧米で主流ということは、世界で何千万人という赤ちゃんが出産時に麻酔をつかって生まれてくる。それでとくに問題はないのだが、妊婦としては赤ちゃんによくないといわれると弱い。

「そうなんですか」

「まあね、そういうのは人それぞれだから。じゃあ、お部屋のほうから見てみましょう」

階段を二階分あがって連れていかれたのは、明るい日ざしのはいる四人部屋だった。そのうち三人分のベッドが埋まっている。ひとつのベッドはカーテンが締め切られていたが、残るふたつはオープンで、ぐったりと疲れた様子の若い母親が横になっている。床はリノリウムというのだろうか、丈夫なだけが取り柄の灰色のタイルだった。

四人部屋のなかをあちこち撮影していた一斗が、千花子の耳元でいった。

「ここは普通すぎて撮るとこないなあ」

それは千花子も感じていたことだった。ごく普通のそっけない病院というイメージで、とくに関心を引くような場所もない。事務局の女性の話によると、医療機器などの設備はこちらも最新鋭のものがそろっているという。小柄な中年女性が病室をでるといった。

「産科救急でのたらいまわしが問題になりましたけど、全国的に産婦人科医はひどく人手不足なんです。産科の病院はどんどん閉鎖していくし、このままでは日本の産科医療の水準を保てなくなる恐れもあります。出産について記事を書くなら、医療の現場の厳しい現実も伝えてください」

しっかりと念を押された。確かにいろいろと問題がありそうだった。千花子は身が引き締まる思いである。あれはおばあちゃんなのだろうか。廊下では泣いている新生児を抱いて、あやしている高齢の女性がいる。事務局員が声をさげていった。

「出産の一時金も制度がすこし変わりましたよね。お母さま本人にではなく、産院に振りこまれるようになっています。この不景気で出産はしたものの、入院費が払えない人が増えていて、多くの産院が困っています」

千花子は天窓から明るい日ざしが注ぐブランド産院のロビーを思いだした。格差社会というけれど、これほどあからさまな差異を連続で見せつけられると、気分がなえてしまう。社会に格差があるということは、出産にも明らかな格差があるということだ。あまり考えたくはないが、それはきっと生まれてくる赤ちゃんの一生にも格差があるということになるのだろう。果たしてこんな時代に生まれてくる子どもたちは、ほんとうに幸福になれるのだろうか。日本という国自体も成長期をすぎて、ゆっくりとゆるやかな下り坂をすすんでいる。

最新型の３Ｄ超音波画像診断装置が設置されているという診察室に案内される千花子の胸の奥は、灰色のタイルよりも暗かった。

18

その夜、一斗と千花子はベッドのなかで手をつないでいた。

つわりが始まってから、セックスは控えている。一斗も文句はいわなかった。千花子のつわりが治まる気配はなく、積極的にたべたいと感じられるものは、ごくわずかだった。セントラルマーケットで売っている甘みの強いトマトとフルーツヨーグルトくらいのものである。メロンとパイナップルとマンゴーの三色がきれいなヨーグルトは、ちいさなパックでひとつ七百円もする。それを一日に三個たべてなんとか体重の減少を抑える状況だった。

「二日連続で松竹梅の松と梅を見せられると、なんだか元気なくなるよなあ」

一斗がそういって、千花子の手をにぎり締めてきた。がばりと上半身を起こし、千花子の顔をのぞきこむ。

「千花ちゃんはここならいいなっていうところあった？」

あるはずがなかった。ブランド産院は確かに素晴らしい設備だ。けれど、ほんの一週間程度の入院で百万円以上も払うなんて、千花子には考えられない。それだけのお金があるなら、生まれたあとの赤ちゃんのためにつかいたい。でも、あの四人部屋ですごすのも考えものだった。もともと編集者という仕事は、ひとりでいるのが好きな人間がするものだ。

「ぜんぜん。高級なほうはわたしにはキュウクツだし、リーズナブルなほうはそれだけだし、ちょうどいいところってなかなかないもんだね」

一斗が切ない声をあげた。

「ああ、くそー、もうすこし景気がよくなって、こっちに海外ロケとかばんばんはいればなあ。千花ちゃん、ぼくが稼げなくてごめんな」

男としては、つらいひと言だったのだろう。一斗は背中をむけてしまう。まったく男というのは面倒だ。プライドが傷ついているのだろう。つわりで苦しいのはこちらのほうなのに、千花子は一斗の広い背中をさすってやるはめになった。

「別に今の産院の状態があゝいう感じなのは、一斗のせいじゃないよ。お金がうんとあったとしても、わたしにはブランド産院は似あわないから、きっと予約はしないと思う。だって一日中ショパンきかされるのうんざりだもん」

一斗が背中越しにいった。

「ほんとに？」

「うん、ほんとだよ。明後日、最後に助産院の取材があるから、そこに期待してみよう。うちの雑誌のコンセプトにぴったりだしさ」

千花子は勇気づけのために、そういった。内心では街のちいさな助産院には、あまり期待していなかった。設備や医療機器も見劣りするだろうし、もし万が一のときはやはりおおきな産院のほうがなにかと安心だ。

すこし値段は高くなるだろうけど、公立病院で個室を手配すれば、ノートパソコンをもちこんで、ベッドで横になったままコラムの原稿だって書けるかもしれない。ベッドのとなりには生まれたばかりの赤ちゃんがいて、自分は出産のよろこびを文章につづる。その場面を想像しただけで、ちょっと気分がよくなってきた。灰色のリノリウムがどうしたというのだ。

不思議なことに、その場面には一斗がいなかった。父と母も弟もいない。赤ちゃんと自分だけのよく晴れた日の静かな午後である。

「……ねえ、千花ちゃん」

天井を見あげながら、うっとりと心地いい想像に浸っていたとき、一斗がおずおずと声をかけてきた。もううるさいなあ。せっかく、この気分のまま眠りにつこうと思っていたのに。

「あのさ、もしもいいところがなかったらでいいんだけど、実家の近くにうちの母親がよくしってる産院があるんだって。なんだったら、そこを紹介してくれるっていうんだけど、どうする？」

千花子の甘い想像は一瞬にして、完全に醒《さ》めた。義理の母の佳代子はいい人である。けれど紹介ではいった産院では、きっとわがもの顔で振舞うことだろう。一斗の実家の近くというのも、条件が最悪だ。出産というだけでもたいへんなのに、義理の母にまで気をつかいたくなかった。

「それはちょっと……」

千花子はそこで言葉を濁すと、気もちを切り替えた。一斗は馬鹿正直なので、自分がいった言葉をそのまま母親に伝えたりする。

「つぎの助産院を見るまで、保留にしておこうよ。まだ取材も最後まですんでないし」

千花子は暗い天井を見あげながら祈るような気もちだった。

バースハウス・きずなが、すくなくともまともでありますように。

そうでなければ、妊娠早々自分は出産難民になってしまう。

「おやすみ」

妻の気もちもしらずに、一斗はそういうと即座にいびきをかき始めた。こんなときには腹が立ってたまらなくなる。男というのは、どうして人の気もちをめちゃくちゃにかき乱して、自分だけ平然としていられるのだろう。

妊娠していようがいまいが、夫と妻のあいだには深くて広い川が流れている。

19

「いったい、どこにあるのかな、そのバースハウスなんとか？」

街路樹の木陰で汗をふきながら、一斗がいった。急に春がやってきて、気温は急上昇していた。なぜか男という生きものは汗かきなうえに、今日の一斗は仕事中だ。カメラバッグと照明機材をあわせて二十キロ以上もかついでいる。

千花子はあらためて地図を見た。ネットから落とした地図では目的の助産院はこのあたりなのだが、まったくそれらしい建物は見あたらなかった。そこは世田谷区の静かな住宅街で、昼さがりには歩いている住人もほとんどいない。

「千花ちゃんは編集者なんだから、先方に電話してきいてくれよ」

腕時計を確認した。約束の時間まではまだ十分間ある。電話をかけて、所在地をきくなどという素人のようなことはしたくなかった。

「わかった。ちょっと探してくるから、一斗はここにいて」

千花子は汗をぬぐって歩きだした。なぜ仕事を発注している自分が、取材先を探しまわらなくてはいけないのだろうか。一斗は今回は外注のカメラマンにすぎない。しかも自分は妊娠初期なのだ。納得がいかない。けれど、仕事は待ってくれなかった。千花子は妊娠が判明してからはきなれたフラットシューズで、経堂《きょうどう》の路地をもう一度たどり直した。

よく女性は地図が読めないといわれるが、それは千花子の場合あてはまらなかった。きちんと東西南北もわかるし、地図だって読める。でたらめに歩くと混乱するので、最初に地図にあった一角にもどってみた。番地は間違っていない。

あとはあせらずに、一軒一軒確かめていくだけだ。どんな物事でも同じだけれど、あせりの気もちで取り組んでいいことなどひとつもなかった。事態が切迫しているときほど、心のゆとりを忘れない。それは猫の手も借りたい雑誌の校了期間に学んだことである。

最初に気づいたのは、からからと木の鳴る音だった。

ちいさな手彫りの看板が一軒家の庭先からさがっていた。図柄はコウノトリで、翼を広げた鳥のしたには「バースハウス・きずな」と白いペンキで書かれている。あらためて、千花子は助産院の建物を見直した。これではわからなかったのも無理はない。頭のなかではやはり街場のちいさな内科医院のようなコンクリートの建物を想像していたのだ。だが、その家はまったく周囲と変わらない一般住宅だった。洋風の赤い瓦《かわら》ぶきの二階建てである。違っていることといえば手前の駐車スペースが広いのと、家の造りが多少ゆったりしているくらいだろう。庭は流行のイングリッシュガーデン風にたくさんのハーブが植えられている。

千花子は住宅街の道をもどって、のんきにペットボトルから水をのんでいる一斗に叫んだ。

「こっちにあったよ。さっきとおりすぎたところだった」

一斗がバッグを拾いあげてやってくる。千花子は看板を指さしていった。

「あのコウノトリ、撮っておいてね。お庭のローズマリーとラベンダーも」

きっといい写真になるだろう。おしゃれでLOHASな女性誌「ENDLESS」にぴったりだ。一斗はさっそく首からさげた一眼レフで撮影を始めた。ひととおりシャッターを切るといった。

「なんだか、こんなところでだいじょぶかなあ。静かでいいところだし、なかなか気がきいてるけど、病院って感じがしないな」

そのとき千花子は思いついた。出産は病気なのだろうか。病院で医者に手あてをしてもらうのは、病気だからだ。でも、妊娠と出産は別に病気ではない。

「あっ、そうか。だから病院じゃなく産院っていうんだね」

一斗はシャッターを押しながら、なにげなくいう。

「でも、みんな、普通に病院で赤ちゃんを産んでるよな」

病院と産院の違い。そんなことを深く考えたことはなかった。ただ最先端の医療施設と優秀な医療スタッフがそろっている大病院のほうが絶対に安心だと、理由もなく信じこんでいただけである。あとでなにが違うのか、取材してみよう。

さて、このバースハウス・きずなはどんなところだろう。ここがダメなら、千花子は都立の病院の産科で、個室を頼むつもりだった。もちろん一斗の母・佳代子が懇意にしている産院など、間違っても願いさげである。出産で体力を使い果たしたあと、毎日のように義理の母から見舞い攻撃を受けたら、こちらの身体がもたないだろう。青銅色のゲートを開いて、玄関に続く階段をあがっていくあいだ、千花子はこの助産院が救いの神であることを祈った。

第一これまで取材したブランド産院も都立の病院も、とてもうちの雑誌に載せられるようなところではなかった。贅沢《ぜいたく》で高級なだけでも、リーズナブルで効率的なだけでも、十分ではない。第三の道を提案する。それが千花子の仕事だ。

20

「すみませーん」

ダブルドアの玄関は普通の家よりも広かった。壁には無数のポラロイド写真が貼りつけられている。どれも赤ちゃんと家族の写真ばかりだ。ざっと見て、百枚近くはあるのではないだろうか。

カーペット敷きの廊下の奥から、ジーンズの女性がやってきた。すっぴんだが、きれいな肌をした若い子だ。千花子は会釈していった。

「『ENDLESS』編集部の二宮千花子です。今日、取材のお約束をしているんですが」

「はい、お待ちしていました。今、代表を呼びますから。おあがりください」

「はーい、よろしくお願いします」

さすがに一斗はカメラマンだった。笑顔でそういうと、さっさとスリッパにはき替え、玄関まわりの写真を撮り始める。

「おー、このポラ、どれもいいなあ」

玄関のあがりかまちには、乳房と腹と尻《しり》がひどく強調された女性の裸像がおかれていた。アフリカのどこかの国の民芸品だろう。

「こちらへ、どうぞ、どうぞ。お待ちしていました。バースハウス・きずなの代表の今《いま》岡光世《おかみつよ》です」

光世は四十代後半だろうか。エプロンを締め、サンダルばきでやってくる姿は、千花子が三軒茶屋のスーパーで見かける普通の主婦と変わらなかった。

「じゃあ、まずざっとうちの設備を見てもらおうかな。はい、ここが一階ね」

廊下の奥に手招きされて、開いたドアのなかを見た。キッチンはごく普通だった。四口のガスコンロにシンクがふたつ。変わっているのは、冷蔵庫と電子レンジが二台ずつあるくらいだ。光世はずんずんとキッチンを抜け、通常の間取りならリビングに相当する部屋に移動した。障子でよっつに仕切られた小部屋には、布団がふた組ずつおいてある。

「今はたまたまお母さんたちがいないんだけどね。明日予定日の人が二組いるの」

一斗は撮影を続けていた。三畳間の畳は緑でいい香りがした。だが、天井を見ると障子は切れて、となりの部屋と筒抜けになっている。千花子はメモをとりながら質問した。

「ここに妊婦さんが泊まるんですか」

光世はこともなげにいった。

「そうよ。希望するならお父さんも。このまえアメリカ人のお父さんがきて、障子のことをジャパニーズスタイルだと感動していたな」

千花子はつい口にしてしまった。

「でも、プライバシーがちょっと……」

「確保できないっていうんでしょう。でもね、お産で入院してるとき、人の気配がするって、案外いいのよ。近くに自分と同じように苦しんでいる人がいる。それだけで、ずっと気分が楽になる。苦しいのも、赤ちゃんが夜泣きするのも、あたりまえ。だって、そんなのみんな同じでしょう。赤ちゃんを産むのは女なんだから。ここはわざとうえのほうをつなげているの。プライバシーはある程度守りながら、仲間の様子がちゃんとわかるように」

一斗が天井を撮影しながらいった。

「へえ、そうなんですか」

「でも、やっぱり個室じゃなきゃ嫌という人には、二階にちゃんと個室の用意があるのよ。三部屋ね。ちょっと先に見ておきましょう」

光世はさっさと階段にむかった。階段は狭く、一般住宅と変わらない。二階の個室はフローリングの部屋が二つと和室の六畳間がひとつだった。洋室にはダブルベッドと予備の折りたたみベッドがおいてある。ここは一斗の撮影も簡単に終了した。撮るものがないのだ。

「はい、ではうちのハイライト、分娩室《ぶんべん》にいきましょう」

光世がずんずんと階段をおりていく。二階から地下一階までまっすぐにくだると、ひどく距離があるような気がした。普通の住宅の地下室よりも、うんと深いのかもしれない。階段の踊り場には、やはりたくさんの親子の写真とアフリカの彫刻がおいてあった。

千花子は心のなかで考えていた。ここにはブランド産院や都立の大病院にあるような最先端の医療機器はなさそうだ。その点では出産時に万が一なにか突発的な危機が発生したときには対応が困難かもしれない。

光世の声が地下室に響いた。

「はい、ここがうちの自慢の分娩室よ」

千花子はそこで目から鱗《うろこ》を何十枚となく落とすことになる。

21

地下の明るい廊下を一番奥の扉までとおされた。光世がドアを開いていった。

「ここは普通の産婦人科の病院と変わらないかな」

机と寝台と超音波診断装置がちいさな部屋に詰めこまれていた。街の病院の診察室と同じ造りだ。

「ここも今日は静かねえ。誰かお母さんがきてたら、もっといい場面を見せてあげられたのになあ」

アットホームでのんびりしていて、それなりにいい感じだった。だが、千花子はこの時点ではまだ心を決めていなかった。どちらかというと、都立の病院の個室のほうが安心だし、自分にはむいている。

「はい、じゃあ、となりの部屋にいきましょう。うちのふたつある分娩室のうちのひとつよ」

診察室をでて、廊下をひとつまえの扉にもどった。バースハウスの代表は、白熱灯の明かりをつけるといった。

「普段はここは、ほとんど明かりをつけないの。だいたいこのくらいの暗さにしてるかなあ」

スライド式の調光スイッチをぎりぎりまで押しさげた。ものの形がやっとわかるくらいの薄暗い部屋は、奥行きが深い造りで、座面に穴の開いた椅子やベッドがあちこちにおかれていた。なによりも不思議なのは、天井から三本ほど太いロープがさがっていることだった。

「すみません、写真撮るので、もうすこし明るくしてもらえますか」

一斗がそういって、カメラのメモリーカードを交換した。天井になにかぶつぶつと刺さっている。異様な雰囲気だ。

「あのロープはなんですか?」

何本かのひもをよりあわせてつくった太いロープだった。

「ああ、それね。それは産み綱」

うみづな? 千花子が初めてきく言葉である。座面に穴の開いた椅子をロープのしたにもってくると、光世が座ってみせた。

「こうして椅子に腰かけて、産み綱をつかんで、いきむのよ。日本ではずっと昔からこうして赤ちゃんを産んできたの」

座ったまま産むのか。千花子は出産というと病院の分娩室のベッドしか想定していなかった。フラッシュが一瞬部屋を照らしだすと、一斗がいった。

「天井にたくさんフックがついてますけど、あれはなんでですか」

「ああ、あれはみんなここで赤ちゃんを産んだお母さんがつかったものなの。この部屋のどこで産んでもいいし、どんな格好で産んでもいい。うちのお産は自由だから」

千花子は天井を見あげた。地下室の天井に刺さる無数のフックが、なんだか満天の星のように見えてきた。ここであんなにたくさんの新生児が生まれているのだ。光世が笑っていった。

「出産のポーズって、それはお母さんによっていろいろなの。部屋の隅にいってうずくまる人もいれば、壁に手をついて中腰になる人もいる。椅子に座ったままの人も、立ったままの人もいる。なかには両手両足をついて這《は》いながら産んじゃうお母さんもいる。もちろんベッドで普通に産む人も多いけどね。お産って、それはおもしろいものよ」

千花子はすでに破水した出産間近の女たちの身体からあがる匂いを想像してみた。きっと動物のような匂いがすることだろう。それがちっとも不快でないのはなぜだろう。

「うずくまったり、中腰だったりですか……」

光世はあくまで明るい。

「そう、人それぞれ。まあ、洞窟《どうくつ》みたいに薄暗くしたほうがみんな落ち着くみたいだけど。やっぱりおおきな獣を恐れて、穴倉の奥で赤ちゃんを産んでいたころの記憶がわたしたち、みんなに残ってるのかもしれないわね」

千花子は近くにある産み綱にむかって歩き、手にとってみた。ずしりとした手ごたえがある。綱にはたくさんの染みがついていた。妊婦たちの汗と涙をたくさん吸っているのだろう。

「うちの産院では、鎮痛剤もつかわないし、会陰切開もしない。人間は何百年も自然な方法で赤ちゃんを産んできたでしょう。女の身体のなかには、きちんと出産できる力が生まれつきそなわっているはずなのよ。麻酔だとか陣痛促進剤なんかをつかわなくても、ちゃんと産めるの。それでね、自然はよくできたもので、出産のときの痛みを中和するために脳のなかにばんばん脳内麻薬をつくってくれるのね。この部屋で赤ちゃんを産んだお母さんのなかには、その瞬間『あー気もちいい』って叫んだ人がいたのよ。ねっ、おもしろいでしょう。人間って動物なのよ」

千花子は産み綱を手にして、座面に穴の開いた椅子に座りこんだ。力をいれて、綱にぶらさがってみる。いくら力をいれても天井のフックはびくともしなかった。そのとき千花子の頭のなかに白い道が浮かんだ。そこにはお腹をおおきくした妊娠中の母親が無数にならんでいる。道は遥か彼方《かなた》までゆるやかなアップダウンを描いて続いている。その道を数え切れない妊婦が歩いていた。最後尾に自分が自然に加わるイメージが浮かんだ。誰もが微笑んで迎えてくれる。

なにも恐れることはない。自分も命の流れの一滴になるだけだ。千花子は片手で産み綱をつかみ、もう片方の手をまだ平らなままの下腹部においた。命のバトンをわたしはきっとこの子にわたすだろう。どんな子でも、健康ならなんの文句もない。

一斗の声が部屋の奥できこえた。

「あの、この部屋で何人くらい生まれてるんですか」

「千人とすこしかなあ」

命とはすごいものだった。天井のフックがますます輝いて見える。

「さあ、となりの分娩室にいきましょう」

光世はそういうと薄暗い洞窟のような部屋をでていった。となりのドアを開けると、巨大なバスルームのようだ。洗濯機も二台あるが、ガラスの扉のむこうには八角形の子ども用プールくらいの白いバスタブがある。

「こちらは水中出産のための分娩室。これだけの設備はなかなかないのよ。ここでもう千人くらい生まれてる」

出産のアミューズメントパークみたいだと千花子は思った。病院のシステムや医療関係者ではなく産む側の女性が主役で、自分のペースで出産できるのだ。光世の声が一段深くなった。空っぽのバスタブによく響く。

「人が愛しあって、妊娠して、赤ちゃんを産む。それはすごく自然なことで、人の手だとか医療だとかが介入するのは、最低限でいい。わたしはそう思っています」

一斗が壁に貼られたフローチャートを撮影していた。

「これ、なんですか」

「ああ、めったにないけど、出血がひどくてとまらないお母さんのための救急手配のチャートなの。うちは近くの公立病院と提携してるから、いざというときは救急車を呼べば五分でいける」

「だったら、安心だなあ。あの、もう一回さっきの分娩室にいってもいいですか」

千花子は一斗にいった。

「なにか撮り忘れたものでもあるの？」

一斗はバースハウス・きずなの代表に見えないようにウィンクをするといった。

「いや、カメラじゃないんだ。ぼくも産み綱をもって、あの椅子に座ってみたくてさ」

それだけの言葉で、なぜか涙がにじんできた。自分はどうかしてしまったのだろうか。

千花子は指先で涙をぬぐって、負けずにいった。

「あれは一度試しておいたほうがいいと思う。まあ、男性にはあの気もちは絶対にわからないだろうけどね」

22

近くの駐車場にとめた一斗のクルマにむかう途中、千花子はぽつりといった。

「わたし、ここで赤ちゃん産んでみたいな」

「ぼくも千花子がそういうと思ってた。あの洞窟みたいな分娩室《ぶんべん》よかったよなあ」

一斗がカメラバッグを肩にかけ直して、空いた右手を千花子のほうにさしだした。千花子はごつごつと厚みのある男の手をにぎった。

「設備とか、お庭とか、LOHASとかより、動物っぽいところが気にいったんだ。わたし、妊娠がわかってからもう何週間にもなるけど、初めて自分が赤ちゃんを産むんだって実感できたの。たくさんの女の先輩たちと同じように、わたしも産むんだ。あれこれ悩むより、自分のなかにある動物を信じてみよう。この身体なら、きっとやってくれる。わたしがわからないことも、身体がきっとわかってるって。初めてそう思えたよ」

一斗が夕暮れの住宅街で、しっかりと手をにぎってくれた。それだけで幸せでいっぱいになる。

「ほんと、人間も動物だよな。だから、ぼくがいつもいってるじゃないか。もっと動物みたいに乱れて、Hも楽しんだほうがいいって」

千花子は手を離して、夫のおおきな肩をたたいた。

「すぐにそういう方向に話をもっていくのやめてくれない。今は、ほんとに感動するようないいことをいってるんだから」

一斗はぶつぶつと口のなかでつぶやいている。

「Hだって、感動するようないいHもあるのに……」

ぴしゃりと平手打ちするように千花子はいった。

「Hがなに？」

「いや、なんでもありません。だけど、ほんとに産院が決まってよかったな」

歩道の先を幼稚園児の女の子を連れた若い母親が歩いていた。通りの反対側にはベビーカーを押す母親もいる。気がついてみれば、みなたいへんな思いで出産という「自然」を乗り越えてきたのだろう。お疲れさまでしたと、すべての母親に声をかけたくなってしまう。

「今夜のご飯はどうする？」

千花子はこの取材が終われば直帰のスケジュールである。

「なんだか、今夜は贅沢《ぜいたく》したいなあ。最近つわりも治まってきたみたいだし。久しぶりに南平台《なんぺいだい》のお寿司《すし》にしない？」

そこはふたりで三万円はくだらない高級店だ。けれど、たまの贅沢だからいいだろう。

中トロ、ヒラメ、コハダ、甘くない煮切りが塗られたとろけるアナゴ。一度形のいい寿司のイメージが浮かぶともうほかに選択肢はなかった。

「ああ、もうたまらない。一斗、お店まで飛ばしてね」

「はいはい」

ふたりはじゃれあう若い動物のように世田谷の住宅街を、手をつないで歩いていった。春の夕日はゆらゆらとにじんで、街のうえに浮かんでいる。どこかから煮炊きをする匂いが流れてきて、千花子は人間と人間の暮らしっていいなあと心底思ったが、口にはださなかった。また下ネタをいわれて気分を壊されてはたまらない。

文学的な感慨など、カメラマンの夫には欠片《かけら》もないのだ。

23

なんとか古い体質の会社に産休を認めさせ、産院も無事決定した。仕事は順調で、きちんと定時に帰してもらえる。とりあえず生活の心配はなくなった。夫の一斗は収入はそこそこだが、優しくてとんちんかんだけれど気づかいもしてくれる。努力はいちおう認めてあげよう。お腹の赤ちゃんも、自分自身もここまでのところ順調にきていた。百点満点というわけではないけれど、十分に新米妊婦としては及第点のはずだ。

（…………）

それでも、千花子は心のなかでため息をついてしまった。

がらんとしたリビングルームを眺めながら頬づえをついた。テーブルには一斗が買いこんだ妊娠出産本が積んである。千花子はそのうちの数冊にざっと目をとおしただけだった。もう春も本番だが、腰にはちいさめのブランケットを巻いていた。妊婦には冷えが一番よくないというのは、つわりの時期に身にしみて感じている。

一斗はめずらしく週刊誌の撮影で関西にロケにでかけていた。今夜はひとりぼっちだ。結婚して何年かたつと、ひとりの夜というのは宝もののように貴重になる。妊娠していないころは、学生時代の友人とのみにいくか、一斗には関心がないアート映画や芝居を観にいくことが多かった。それくらいのお楽しみも、妊娠してしまうと厳しくなる。アルコールがのめないし、長時間の観劇はあとで腰がつらかった。それでなくとも昼のあいだはずっとデスクワークなのだ。千花子は運動不足解消のために、昼休みは会社の近くの表参道を早足でのぼったり、おりたりしている。

「なんでかなあ」

がらんとしたスタジオのようなワンルームに千花子のひとり言が響いた。3LDKを1LDKにリフォームしているので、六十平米以上の広さがある。なに不自由ない幸福な妊婦生活なのに、心のどこかに違和感が残っていた。いくら洗っても落ちないコップの底の渋のような黒いものが、心にちいさな染みとなっている。

自分でなによりも異様に感じるのは、ちっとも母親としての実感がないことだった。確かに生理はないし、このところだんだんと下腹部が丸くなってきた気がする。胸にも尻《しり》にもあまりうれしくない脂肪がつき始めた。けれども、それは正月明けにおせちをたべすぎた程度の微妙な変化にすぎなかった。妊娠四ヵ月を迎えても、別に身体が激変した印象はない。

テレビのCFや妊婦むけの雑誌では、たくさんの若い母親がお腹のなかの赤ちゃんに話しかけていた。元気に生まれてきてね。やさしい子に育ってね。賢くて、かわいい子になりますように。どれも親の勝手な願いだが、すくなくとも親としての自覚がそこには確かに感じられる。

つわりも終了し、もうすこしで安定期という時期になっても、千花子にはその「絆《きずな》」がまったく感じられなかった。逆におばあちゃん先生がいっていたつわりの原因のひとつを思いだしたりする。母親の身体は、赤ちゃんを異物としてとらえ、そのためにアレルギー反応に似たつわりを起こすという。

千花子は生まれてくる子を今のところかわいいとも思わなかったし、話しかけてみたこともなかった。愛情というものもとくに感じない。こんなことで果たして、世のいいお母さんたちのように立派に赤ちゃんを育てられるのだろうか。あまりの無関心に自分でも不安になってくる。これまで千花子は自分を中心に生きてきた。一斗を結婚相手に選んだのも、この人なら自分の人生の邪魔にならないいいパートナーになると、頭のどこかで冷静に判断したからだった。

そんな自分が妊娠したからといって、急にいい母親になどなれるはずもなかった。だいたい心理学の本などを読むと、母親との関係がうまくいかなかった妊婦は育児で問題を起こすことが多いと書いてあった。母親とうまく関係を結べなかったので、自分の子どもにどう対処していいのかわからなくなるという。母性というのがわからないのだ。

「はあ……」

今度はほんとうにながながとため息をついて、千花子は早々にベッドにはいることにした。もうこれ以上考えても、気分が暗くなるだけだ。赤ん坊への愛情など、もともと思って急にもてるものではない。

夫のいないダブルベッドは広々として快適だった。

千花子は一斗の枕を投げ落とし、自分の枕をセンターにすえると、堂々とおおきなマットレスのまんなかで眠りについた。

24

その夜は嫌な夢を見た。

お腹がスイカでもいれたようにおおきくふくらんでいる。腹だけが別な生きもののような丸さとおおきさだった。これではもう出産間近なのではないか。まだ赤ちゃんグッズをなにも買いこんでいないのに。夢のなかで、千花子はあせった。

そのうえ恐ろしいのは、腹のなかに収まったスイカのような物体が冷蔵庫からだしたばかりのようにひどく冷たいことだった。手をのせてみると、生きているとは思えないほど自分のお腹が冷たい。

(この子はほんとにだいじょうぶなの)

夢のなかで考えて、悲鳴がでそうになる。こんなに冷たいのは、絶対におかしい。臨月のお腹がこんなふうに芯《しん》から冷えるのは、なにかとてもよくないことが起きようとしているんだ。千花子は妊娠の経験は初めてだったが、それは間違いようのない直感として把握できた。嫌な汗が身体中に噴きだしてくる。この子はほんとうにだいじょうぶなのだろうか。まだ四ヵ月半にもならないのに。

「……わっ!」

千花子は自分の声で目を覚ました。寝汗がひどく、綿のパジャマが汗で重くなっていた。枕もとの目覚まし時計に目をやる。午前四時四十五分。時計の針の蛍光塗料がうすく青く光っていた。まだ寝室は真夜中のように暗い。

時間を確認すると同時に、下腹部に鈍く痛みを感じた。どうしたんだろう。昨日の夜、なにか身体にあわないものをたべたのだろうか。お腹を押さえながら、ベッドで上半身を起こした。よかった。あの嫌な夢のようにお腹はふくらんでもいないし、冷たくもない。

そのままトイレにいって、便座に腰をおろしたときだった。なにも力んでいないのに、したから水音がきこえた。足のすきまからのぞきこむと便器にたまった水が血液で真っ赤になっている。理由はわからないが出血したのだ。それもかなりの量だ。

頭のなかが真っ白になった。自分でも顔から血の気が失《う》せていくのがわかる。よりによって、一斗がいないひとりの夜にいきなり出血するなんて。深呼吸をしてから、何度かトイレットペーパーでふきとると、出血は一度だけで、ほぼとまっているようだった。

千花子はたたんだ紙を下着にいれたまま、這《は》うように寝室にもどった。とりあえず三軒茶屋の産婦人科に電話してみよう。あのおばあちゃん先生はこんな時間でも当直しているだろうか。足のあいだにはさんだ紙の量が多くて、がに股《また》になってしまう。きっと今のわたしはひどく滑稽《こっけい》な格好だろう。千花子はどんなときでも、第三者のように自分を見る癖がある。震える指先で、登録してある番号を選んだ。

「はい、あけぼのレディースクリニックです」

若い看護師の声がして、千花子は嵐の海で灯台でも見つけた気分になった。

「あのそちらのクリニックでお世話になっている高部千花子といいます。今、妊娠四ヵ月とすこしなんですけど、朝起きたら急に出血してしまって」

「あー、ちょっとお待ちください。今、先生に代わります」

つぎに電話口にでたのは、きいたことのない若い女性の声だった。残念だがさすがにあの年では、おばあちゃん先生は当直は困難なのだろう。千花子は同じ言葉をもう一度繰り返した。今度は二度目のせいもあり、かなり冷静に自分の身体の状態を説明できた。

女性医師がいった。

「なるほど、それで今出血のほうはとまってるんですね」

「はい、ほとんど」

「お腹の痛みはどうですか」

あまりにあせっているので、自分の腹がどれくらい痛いのかよくわからなかった。けれど、脂汗をかくほどの痛みはないようだ。

「それほど痛くありません」

一拍おいて、医師がいった。

「わかりました。では、そのまま様子を見てください。いつもの診察時間になったら、こちらにきてもらえますか。今予約をいれておきますから。では、お大事に」

「ちょっと待って……」

千花子がそこまでいいかけたところで、電話が切れてしまった。なんて冷たい医者なのだろう。おばあちゃん先生とは大違いだ。千花子は不安でしかたなかったが、なんとか横になった。便器の底に丸くたまった真っ赤な水のことは思いださないように努力した。

クリニックが開く午前十時まで、あと五時間。

眠ろうとしたが目が冴《さ》えて眠れず、千花子は頭のなかに湧きあがる悪い想像と闘い続けた。きっとすべて母親としての愛情を、赤ちゃんにもてないのが悪いのだ。自分を責めて泣きたくなったが、激しい感情がさらに大量の出血を呼ぶ気がして涙を流すこともできなかった。

灰のように乾いたその白い夜明け、千花子はざっくりと心と身体に傷を受けたまま、ひとりきりのベッドで身じろぎもせずに天井を見あげていた。これまでうまくいっていたのがおかしかったのだ。きっとこれから自分に罰がくだされる。そんなふうに思う理由などひとつもないはずなのに、千花子は心の底からつぎにやってくる悪い運命を恐れていた。

25

朝一番で千花子は、三軒茶屋の産婦人科にでかけた。

お腹の痛みは、遠くのちいさな太鼓をきくように鈍くなっている。けれどトイレにいくたびに微量だが出血があった。なぜかやけに近くなっているので、トイレットペーパーが毎回薄黒い血で汚れるのが、恐ろしくてたまらなかった。

会社員や学生が急ぎ足でとおりすぎる駅近くの歩道の端を、千花子は老人のようにそろそろと足を運んだ。普通の健康な人たちはこんなに速く歩いていたのだ。誰も千花子の様子など気にかけることもない。いつものように大股《おおまた》でさっさと歩いたりしたら、出血がひどくなりそうで千花子は恐ろしくてたまらなかった。夜明けに見た夢の、氷のように冷たいお腹を思いだす。あのときはお腹のなかに氷の塊でもはいっているのかと思った。夢の感触だけで背中に嫌な汗が流れた。病院の建物が見えたときには、災害時に避難所でも見つけた気分になって、千花子はため息をついた。

エレベーターでうえにあがり、受付をすませた。何人か若い妊婦がソファで待っている。みな千花子の顔を見ると驚いた顔をした。きっと自分はひどい顔色なのだろう。千花子が真っ先に診察室にとおされても、文句をいう者はいなかった。

診察室のドアを開くと、いつものおばあちゃん先生がカルテから顔をあげた。

「はいはい、ききましたよ。高部さん、急に出血したんだってね」

とぼけたようなのんびりした調子である。千花子はなぜか涙があふれてしまった。

「先生、わたし、怖かった。ほんとに怖かったんです」

「まあまあ、いいから。そこにお座りなさい。高部さんは何週でしたか」

千花子の時間感覚は妊娠してから一週間刻みに変わっている。即座にこたえた。

「十三週です」

「もうすこしで安定期だったのね。じゃあ、そこに横になってみましょうか」

千花子は産婦人科の硬い診察台に身体を横たえて、ようやくすこしだけ安心した。

ひととおりの検査をすませると、おばあちゃん先生は超音波の画像を見て険しい顔をした。小指の爪の先で、黒い塊のようなものを指さしていった。

「このしたにある灰色のところが胎盤ね。それでうえの黒いのが胎盤から出血した血液が固まったものなの。これがおおきくなりすぎて、破れてしまうととても危険で、最悪の場合は赤ちゃんが流れてしまうことがある」

そこで言葉を切って、じっとおばあちゃん先生は千花子の目をのぞきこんでくる。千花子は千花子で考えていた。これまでに妊娠本は何冊か読んでいる。今の時期に赤ちゃんが流れてしまう可能性があるということは、切迫流産ではないか。切迫流産というのはまだ流産はしていないけれど、なんらかの理由で流産という非常に危険な状態が迫っているという意味だ。流産をすれば赤ちゃんは助からない。千花子の心臓がひどい勢いで弾みだした。

「あなた、今日から会社休めますか」

千花子は話の展開についていけなかった。

「はあ？　会社を休むんですか」

おばあちゃん先生がひどく真剣になった。

「今すぐに産科の病院に紹介状を書くから、これから入院してもらいたいの」

「あの、休むって、どれくらい休むんですか」

「とりあえず、一週間かな。子宮を収縮させる点滴を打って、早産治療剤をだします。それで絶対安静にしてもらいたいの」

目のまえが真っ暗になった。仕事を急に一週間も休むなどということは、志パブリッシングに入社して以来なかった。雑誌の編集作業は個人プレイの部分が多く、そう簡単に代わりが利くものではない。自分が休めば、その分ほかの編集部員に迷惑がかかる。それに自宅の冷蔵庫のなかだって整理していない。一斗はうかつなので、一週間も不在にすれば、きっとなかのものを全部腐らせてしまうだろう。

千花子は必死でいった。

「どうしても、入院しなくちゃダメなんですか」

問題を起こした生徒を叱る校長のような顔をして、おばあちゃん先生が千花子をにらんだ。

「どうしてもよ。赤ちゃんが流れてしまうかもしれないのよ。今はお腹のなかの子に危険な状態なの」

自分では腹部に鈍い痛みがあるだけで、いつもとなにも変わらなかった。千花子が迷っていると医師がいった。

「このまま普通に働き続けるというなら、わたしは赤ちゃんの生命の安全を保証できません。高部さん、あなたお母さんになるんでしょう。しっかりしなさい」

千花子は恐怖でなにも考えられなくなった。先ほどから爆弾のような言葉が乱れ飛んでいる。赤ちゃんの命の危険、突然の入院、編集部への迷惑、それに冷蔵庫の中身……。

とうとう千花子の頭と心がオーバーフローした。目のまえは真っ白で、なにも考えられなくなってしまう。どうしたらいいのだろう。妊娠してからこれまでなにも問題はなかったのに、いきなり難問が降りかかってきた。誰に相談したらいいのかもわからない。なにより自分の子どもだという実感もないまま流産の危機が迫っているというのが、恐ろしかった。お腹のなかの子が不憫《ふびん》だった。泣くこともできずに診察台に座っていると、つくづく自分が不幸に思えてくる。

千花子はそのときわきにおいたポシェットに気づいた。飛びつくようになかを開いて、携帯電話をとりだす。医師にいった。

「ひとりでは決められないので、ちょっと電話してみてもいいですか」

「どうぞ、わたしは紹介状書いておくから。入院はしなければいけませんよ」

千花子は返事をせずに診察室をでて、廊下の隅で携帯を開いた。一斗の番号を選ぶ。雑音まじりの遠い声がなつかしかった。一斗だ。お腹のなかの赤ちゃんの父親だ。

「どうしたの、なんかあった?」

一斗の声はのんびりしている。背後に自動車のエンジンの音がきこえた。

「今、ちょっといいかな」

「おー、だいじょうぶ。下鴨《しもがも》神社に移動中だ。京都は新緑がきれいだぞ」

一斗のなんでもない言葉が、千花子に力をくれた。思い切っていった。

「今日の夜明けに出血があったんだ。今、病院なんだけど、先生がこれからすぐに入院しなさいっていうの。すくなくとも一週間は必要みたい」

「……え、ええっ、入院ってどこか悪いのか」

いきなり一斗の声がおおきくなった。携帯を耳元から離して、千花子はいった。

「はっきりとはいわないけど、切迫流産みたい。ねえ、どうしたら、いいのかなあ」

千花子とは違って、一斗は数十冊の妊娠出産本をすべて読んでいる。その言葉ひとつで雷にでも打たれたように声が真剣になった。

「それは赤ちゃんが危ないかもしれないってことだろ。なにを迷ってるんだよ。さっさと入院しなくちゃダメだろうが」

クリニックの廊下を若い看護師が会釈してとおりすぎていった。千花子は送話口に手をそえていった。

「でも、うちの編集部にも迷惑かかるし、入院代だってバカにならないし、一週間も入院したらうちや一斗のことも心配だし。あなた絶対に冷蔵庫の中身腐らせちゃうよね」

大事なことは山のようにあるのに、冷蔵庫のなかのステーキ肉や野菜のことがどうしても頭に浮かんでしまう。しわしわになったピーマン、ぶよぶよのナス、黒く変色したオーストラリア産のサーロイン。塩胡椒《こしょう》だけのシンプルなステーキは、一斗の大好物だ。

「冷蔵庫のなかはおれが責任もって片づけるから、お願いだからちゃんと入院してくれ。撮影が終わったら京都で一杯やってく予定だったけど、早めに帰るから」

一斗の声は悲鳴のようだった。千花子は自分がいいたかったことがそのとき初めてわかった。自分は素直な女ではない。こんなに簡単なことがいえなかったのだから。

「一斗、わたし、すごく怖い夢を見て、それですごい量の血がでちゃったんだ。誰もいなかったし、怖くてたまらなかったよ。すごく怖かった」

そういいながら、涙があふれてきた。一拍おいて、一斗がうなるようにいった。

「ごめんな……大事なときにいっしょにいてやれなくて、ほんとにごめん」

千花子は人さし指の先で涙をぬぐっていった。

「ううん、あやまらなくていいよ。そっちも大事な仕事だもん」

一斗は動転しているようだ。

「ほんとにできるだけ早く帰るから、今すぐ急に流産なんてことにはならないんだよな。赤ちゃんは元気なんだろ。ぼくが帰るまえになにかあるなんてことはないんだよね」

夫婦はおもしろいものだった。片方がとり乱せば、残りの片方は冷静になる。千花子は自分がしっかりしなければと思った。

「だいじょうぶ。一斗はちゃんといい仕事してね。わたしはこれから入院の準備するから」

「入院先の病院が決まったら、メールしてくれよ」

千花子の背中がまっすぐに伸びていた。これから自分はお腹のなかの子を守るために、闘いにいく。切迫流産にも、絶対安静にも、長期の入院にも負けるものか。千花子は電話を切ると診察室にもどり、おばあちゃん先生に入院の意思を告げた。

先生はすこしだけ笑顔になると紹介状をわたしてくれた。

26

その足で千花子は宮益坂にある志パブリッシングにむかった。階段ののぼりおりと電車の振動が怖くて、私用ではめったにのらないタクシーをつかった。車窓を流れるいつもの街の景色が、色あせて見えるのが不思議だった。心の有り様ひとつで、世界の見えかたまで変わってしまう。後部座席で千花子はしらないうちに両手で自分の腹を守っていた。

編集部に顔をだしたのは昼まえで、千花子が最後の部員だった。先輩の後藤未央が真っ先に千花子の様子に気づいた。

「どうしたの、千花ちゃん、顔が真っ青だよ」

編集部の扉を抜けて、自分のデスクまでは七、八メートルある。その距離を千花子はそろりそろりとすすんだ。千花子がこたえるまえに後輩の本村俊彦がからかうようにいった。

「足を捻挫《ねんざ》したカメみたいです、二宮さん」

千花子は裏原宿《うらはらじゅく》風のファッションの本村をちらりとにらんだが、相手にしなかった。ベストのことをジレなんていう男は、頭が悪いに決まっている。窓際の副編集長のデスクのまえに立ち、片手をついて身体を支えた。芹澤菜央美はボーダーのロングカーディガンに白いパンツと乗馬ブーツだ。いつものように副編集長にはスキがなかった。

「すみません、今朝産婦人科のクリニックにいったんですけど、緊急入院するようにいわれました。はっきりとはいいませんが、切迫流産のようです」

編集部の空気が変わったのが、千花子にもわかった。未央が自分のデスクから飛んでくる。本村がぽつりといった。

「……ふざけて、すみません」

千花子はちらりと振りむいて、若い男性編集部員に一瞬だけ笑顔を見せてやった。自分が休んでいるあいだ、本村にも仕事を余計に割り振らなければならない。菜央美がじっと千花子の顔を見ていった。

「そうですか、わかりました」

未央が気をつかって、椅子を押してきてくれる。

「いいから、妊婦さんは座って。楽にしてね、なにかいるものはないの」

不妊治療で高級車一台分ほどの費用をつかった未央は、妊娠している千花子にやさしかった。菜央美は冷静だ。

「それで、どれくらいの期間になるのかしら」

「一週間くらいだといわれています」

「そう、わかった。じゃあ、次号の二宮さんのページは、みんなでカバーしないといけないわね。それはあとで打ちあわせしましょう」

あっさりと一週間の戦線離脱を認めてくれたのが、ひどくうれしかった。菜央美は腕を組んでいった。

「でも、そのあとのことも考えておかないとね。わたしのお友達で、切迫流産で出産までの六ヵ月間ずっと入院していた人がいるの。切迫流産は原因がよくわからないことが多くて、たいへんなのよ」

千花子は反射的にうなずいたが、内心はパニックを起こしそうだった。副編集長は友人の話として気軽に口にしたのだろうが、それは今まったく必要ない情報だった。落ち着いていた千花子の心が危険に波立ってくる。これから何ヵ月も入院することになったら、わが家とわたしの仕事はどうなるのだろうか。何ヵ月も休職したうえ、入院費がかさんだら、銀行預金が空っぽになるかもしれない。それは流産と同じくらい千花子には恐ろしいことだった。頭がくらくらしたけれど、無理やり笑顔をつくっていった。

「引き継ぎの資料を用意します。もうしわけありませんが、今日からお休みさせてもらいます」

千花子が自分の席にもどると、未央が声をかけてきた。

「そんなに暗い顔は千花ちゃんらしくないよ。たいへんだとは思うけど、元気だしてね」

元気などどうしたらだせるのだろうか。千花子は生まれつき身体が丈夫だったので、これまで入院というものをしたことがなかった。それがいきなり一週間も病室で絶対安静になるのだ。気が遠くなりそうだ。

副編集長が窓際の席から声をかけてきた。

「そうだ。最近の病室はパソコンのもちこみはだいじょうぶよね。ほかの仕事はみんなにまわしてもいいけど、あなたの妊娠コラムだけは入院中でも書いてみたら。どんな災難でもただでは起きないのが編集者でしょう。しっかり産婦人科の病室の雰囲気をレポートしてきて」

千花子は自分の身体のことばかり考えていて、すっかり担当のコラムのことなど忘れていた。一ページだけのモノクロページだが、千花子のバカ正直さもあって、なかなか読者からは好意的な反応をもらっていた。毎月ぽつぽつとファンレターらしき手紙やメールが編集部には届いている。

未央はそっと千花子の肩に手をおいていった。

「そうだよ。あのページは千花ちゃんのものだから。誰もほかに代わる人なんていないんだよ。わたしなんか、ちょっとうらやましいくらいだもん。妊娠も、自分の署名コラムもね」

先輩の編集者がそういって、ウィンクをよこした。本村が混ぜ返した。

「いや、ほんとに。ぼくも妊娠できたらいいのになあって思いますよ。残りの仕事の心配はいらないですから、二宮さんはしっかりと身体を休めてきてください」

千花子は編集部員と副編集長の顔を順番にそっと見た。すくなくともここには、自分の味方がいる。自分を哀れんでばかりはいられない。千花子はパソコンを開くと、猛然と新しいメールのチェックを開始した。

27

おばあちゃん先生が紹介してくれたのは、一斗と取材に足を運んだ都立病院だった。

山手通り沿いにある無個性な白いタイルの建物である。千花子が病院に到着したのは、午後二時すぎだった。

編集部で引き継ぎをすませてから自宅にもどり、下着と着替え、洗面用具など当面の入院のための品々をバッグに詰めこんだ。私用のパソコンと携帯音楽プレーヤーも忘れなかった。ついでに一斗が買いこんだ出産本を何冊か小脇に抱えて、入院の準備は終了だ。

病院に到着して受付をすませると、すぐに検査が開始された。血液検査では血を抜かれ、超音波画像診断装置では腹にローションまみれのプローブをあてられ、出血の様子を調べるため経膣《けいちつ》プローブを挿入された。

中年の女性医師は、おばあちゃん先生と同じことをいった。血の塊が破れて、赤ちゃんが流れてしまうと危険なことになる。とりあえず出血が止まって、血の塊がちいさくなるまで入院しましょう。一日おきに検査をしますが、だいたい一週間くらいは覚悟しておいてください。ふたりとも切迫流産という言葉をつかわなかった。やはり「流産」という言葉は妊婦には強すぎるのだろう。悪性腫瘍《しゅよう》の患者に「癌」といわないのと同じである。

検査の最後に女性医師がいった。

「ちょっと赤ちゃんの心音をきいてみましょうか」

千花子はそれまでも何度か超音波の心音計を使用したことがあった。慣れている医師でも胎児のちいさな心臓を捉《とら》えるのはなかなかむずかしいらしい。何度かプローブの先が腹部をいききして、ようやく探りあてた。

「ほら、きいてごらんなさい。すごく元気のいい子よ」

赤ん坊の心音はがたがたと気ぜわしい線路の音のようだった。これは普通電車や地下鉄じゃなく、特別快速くらいの速さだろうか。ごとんっ、ごとんっ、ごとんっ……。豆粒のような心臓が全力で血液を身体に送っている。こんなに必死にこの子は生きようとしているのだ。なんてちいさく、なんて懸命で、なんて力強いんだろう。

千花子は赤ちゃんの心音を何度目かにきいて、初めて自分が母親になったのだと気づいた。この子はこうして、一斗とわたしのあいだにやってきた。一度もお日さまを見せることもなく、ふたりの腕に抱かれることもなく、死なせてしまうことは絶対にできなかった。

なんとしても、無事に産むのだ。

「先生、絶対安静って、どれくらい安静にすればいいんですか」

中年の女性医師はびっくりしたようだった。

「トイレや入浴以外ではベッドで静かに横になっていればいいんですよ。別にテレビを見たり、本を読んだりするのはかまわないです」

千花子は心音をききながら決意を固めた。

「わかりました。わたし、全力で絶対安静にします。一週間でも一ヵ月でもがんばりますから」

お腹からプローブが離れると同時に赤ちゃんの心音が消えた。それがひどく淋《さび》しくて、千花子はすこしだけ泣きそうになった。


産科の病室は三人部屋だった。

ラッキーなことに千花子以外に入院患者はいない。窓際のベッドは近くの公園の緑が見える特等席だ。これならひとり好きの千花子でも問題ないかもしれない。

窓のむこうの夕日を眺めながら考えた。

今回の切迫流産は、この子がわたしに送ってきた信号だったのかもしれない。ずっと妊娠を実感できず、この子のことを愛するどころか気にかけてもあげられなかった。この子はきっと自分にもっと気もちをむけてもらいたかったのだ。

医学的な根拠などなにひとつなかったけれど、千花子はそう信じた。

赤ちゃんを愛そうとせずに、自分のことばかり考えている母親に、赤ちゃんなりの警告をしたのだろう。もっとこっちを見て、もっと気にかけて大切にして。千花子にはあの心音がそんなふうにきこえた。まだお腹のふくらみはほとんど目立たなかったけれど、赤ちゃんは人間だった。

「ごめんね、ママがしっかりしてなくて。これからはできるだけちゃんとするから、そっちもきちんと生まれてこなくちゃだめだよ」

千花子はひとりぼっちの病室で初めて声をだし、お腹のなかの子どもに呼びかけた。それまでなら気恥ずかしくてできなかったことが、自然になんのためらいもなくできたのである。

それから母親の清子にメールを打とうと、携帯電話を開いた。自分をお腹に抱えていたときの清子もきっと同じ気もちだったことだろう。入院の報告もしておかなければいけない。けれど、明けがたから続いた緊張とベッドの適度なやわらかさが、意識を奪っていった。

千花子は自分でも気づかぬうちに、眠りに落ちた。開いたままの携帯電話はメールの途中で、白く清潔なカバーのうえをすべり落ちた。


「千花ちゃん、千花ちゃん」

肩に手をおかれて、やさしく揺さぶられた。夢を見ているのだろうか、一斗の声がする。ここは自宅のベッドだろうか。ああ、よかった。切迫流産も、入院もすべて夢だったのだ。そう思って目を開けると、一斗がベッドサイドに立っていた。病室は暗くなっている。点滴は半分ほどに量を減らしていた。

「看護師さんに様子をきいたよ。とりあえず、赤ちゃんも千花ちゃんも無事でよかった」

千花子は微笑んだが、うまく笑えているのか自分ではわからなかった。まだ頭がぼんやりしている。薬の影響だろうか。一斗は興奮していった。

「仕事が終わってから、すぐに新幹線に飛びのったんだ。一分でも早く、千花ちゃんの顔を見たくて」

千花子は今度はほんとうに笑った。

「祇園《ぎおん》でかわいい子がいるお店にいくんじゃなかったんだ」

「いや、その予定だったけど、千花ちゃんが入院してたんじゃ、クラブどころじゃないだろ。はい、これ、おみやげ」

一斗がさしだしたのは、色とりどりに織りあげられたおまもりだった。ひとつではなくみっつもある。千花子は手を伸ばして、受けとった。すべて別な神社の安産祈念のおまもりだった。いそがしい仕事の合間を縫って、一斗がこれを買うところを想像してしまった。

「千花ちゃんはひとりで病院や編集部を駆けまわっているのに、ぼくにはなにもできなかったから」

千花子は胸がいっぱいになった。

「ううん、これだけで十分。一斗はときどきすごくやさしいね」

「ときどきは余計だろ」

ベッドから顔を起こして、周囲を見まわした。ほかのベッドに患者はいない。廊下を看護師が近づいてくる気配もない。千花子は頬が赤くなったが、かまわずにいった。

「ねえ、ちょっと抱っこして」

好きな男がゆっくりと身体を倒してくる。シーツと毛布ごとおおきな腕で、千花子は身体を包まれるように抱かれた。男の腕のなかはなんて気もちいいのだろう。目を閉じると、一斗が唇を近づけてくる。

そうだ、あとで母にメールを打たなければいけない。

編集部の本村と未央にも、仕事のすすみぐあいを確かめなければ。

それに、冷蔵庫の中身も一斗に……。

千花子のせわしない考えは、そこで急停止した。一斗の舌が唇を割って、千花子のなかにはいってきたからである。千花子はなつかしい感触に酔って、夫を抱き締めた腕に力をこめた。

28

翌日から、絶対安静というひとりきりの闘いが始まった。

千花子にとって、切迫流産は恐ろしい言葉だった。黒々とした洪水のような泥の流れを連想してしまうのだ。その黒い泥にまみれて、生まれたばかりの赤ちゃんが、流されてしまうのだ。自分のお腹のなかの命に母親としての愛情を感じ始めた千花子は、なんとしてもそのちいさな灯を守りたかった。まだこの子は命を受けてから十三週間にしかならないのだ。

そんなときに限って、普段は家でごろごろしている一斗の仕事がいそがしくなるのだから、皮肉なものだった。一斗は出産費用とは別に新たに加わった入院費を稼ごうと張り切っている。

入院生活でなんといってもわずらわしいのは、一日中腕についている点滴の針だった。スタンドの透明なパックが切迫流産を防ぐ薬だと頭ではわかっていても、自由に動けない身体がわずらわしかった。背中ばかり熱をもって、肌が擦り切れそうだった。横になって動かずにいるというのは、意外なほどの重労働だ。

昼間のテレビは見るべき番組もなく、病院にもちこんだ本はすぐに読み切ってしまった。ベッドのなかでなにもすることがないので、千花子は盛んにメールを送ることになった。編集部の先輩・後藤未央には引き継いだ仕事の進行状況を確認し、こちらでも書けるようなキャプションや簡単な原稿はノートパソコンで送稿した。一斗にも結婚まえのようにメールを送る回数が増えた。

入院二日目で千花子の三人部屋に新たに妊婦がやってきた。一番奥の窓際が千花子で、その妊婦は入口から近いベッドをつかうことになった。西岡弓佳《にしおかゆみか》は初日だけ会社員風の夫がつきそってきたけれど、翌日からは千花子とふたりきりになった。

弓佳は千花子より二歳年下で、初めての妊娠だという。妊娠期間はちょうど十五週目で、深夜の子宮からの出血も、腹部の痛みも似たような症状だった。ひとり部屋でなければしんどいと思っていた千花子だが、話をしてみると案外話し相手がいる三人部屋も悪くないものだった。

「いつもパソコンパチパチうるさくて、ごめんね」

千花子は地下一階にあるスタンドで買ってきたスイートポテトを、弓佳のサイドテーブルに半分分けていった。

「うるさいことなんて、ぜんぜんないです。ありがとう、千花子さん。甘いものはうれしいな。ここの食事、味がないみたいに薄いから」

千花子は点滴のスタンドを引きながら自分のベッドにもどった。実際に弓佳がよろこんでいるのが、千花子にはよくわかっていた。なにせ、ちょっとした買いものをするときにも、この邪魔なスタンドを双子のように連れていかなければならない。

電子レンジであたためてもらったスイートポテトをたべながら弓佳がいった。

「仕事ができるって、うらやましいなあ。わたしの会社は妊娠したら、肩たたきだから。うえのほうが古い考えの人ばかりで、女は出産したら子どもを育てるのが一番の仕事だって、堂々というんです」

千花子ははっとした。まだ弓佳の事情には詳しくないので、専業主婦でゆったりと子育てができる恵まれた女性だと思っていた。

「弓佳さんの会社には産休とか育休の制度はないの」

弓佳はベッドに横たわったまま天井にむかってため息をついた。

「制度は形だけあるんだけど、誰もつかっていないみたい。実際には職場のプレッシャーで、ほとんど辞めてしまうから」

少子化が最大の社会問題になっていても、この国の中小企業ではまだまだその手の横暴がまかりとおっているのだった。編集部に届く手紙にも、理不尽な形で退社を迫られたというものは数多かった。

「そうなんだ。たいへんだね」

他人事《ひとごと》のようだが、ほかになんといえばいいのだろう。千花子自身も自分の身を守るだけで精一杯だ。けれど、ひどくくやしい思いも同時にある。誰もがこのままではいけないとわかっているのに、なぜ子どもを産むことをもっと支援できないのだろうか。

「でも、千花子さんはいいよね。そうやって、仕事を続けられるし、自分が書いた文章をたくさんの人が読んでくれるんでしょう」

そんなことをいわれると冷や汗がでた。自分の文章はつたないし、頭だってぜんぜんよくないし、人生経験も不足している。それでもなんとか一行ずつ書いて、まえにすすまなければならない。そのとき千花子にひらめいたことがあった。

「ねえ、弓佳さん。その会社ひどいよね。名前は伏せるから、わたしがコラムに書いてもいいかな。もう辞めちゃって、二度と復職することはないんでしょう」

弓佳はパジャマ姿で考えている。空きベッドひとつをはさんで、ふたりの女が点滴につながって絶対安静にしている。なんだかブックエンドみたいで、おかしな雰囲気だった。笑っていると弓佳がいった。

「なにかおかしいことでも、思い出したの」

「ううん、ぜんぜん。ただわたしたちがブックエンドみたいだなと思って。あいだにはさんでる本は一冊もないんだけどね」

千花子は自分の点滴スタンドを見た。薬剤は半分ほどに減っている。こんな分量の薬が身体のなかにはいってしまうのだから、不思議なものだった。弓佳もスタンドを見あげていた。食欲はまったくないけれど、廊下からは夕食の匂いが流れてきた。

「わかった。わたしの名前も仮名でいいんだよね。だったら、うんと話してあげる。あんな会社、ぼろぼろに書いていいからね。なんだかあの人事部長に復讐《ふくしゅう》できると思うと胸がすっとするよ」

「まかせて、ちゃんと弓佳さんの仇《かたき》をとってあげるから」

その日の夕食をはさんで就寝時間まで、千花子は弓佳から話をきくことになった。会社のこと、夫のこと、夫の実家のこと、これからの出産や育児への不安。千花子にはどれもうなずけることばかりで、子どもを産むことはどの女性にとっても長篇小説一冊分のストーリーになるのだと思った。

まだこのストーリーは半分にも達していない。これからも予想外のことが続くのだろう。その夜、千花子は音を立てないように、そっとキーボードをたたいて、弓佳の話の内容をメモしていった。

29

同室になった西岡弓佳が働いていたのは、住宅用の内装材を製造する中規模の企業だった。株式会社だけれど上場はせず、経営者の一族が過半数の株を所有しているという。弓佳の仕事は営業の補助で、男性社員のさまざまな事務作業の手伝いだった。伝票の精算やコピーとりといった仕事だけでなく、当然のようにお茶くみもふくまれている。千花子は中堅の出版社で働いている。大手に比べればそれほど高給ではなかったが、男女の仕事も給与の額もほぼ平等である。千花子自身、ほとんど先輩のためにお茶をいれたことなどなかった。逆に副編集長の芹澤菜央美が紅茶を全部員にいれてくれる。あれは趣味のようなもので、仕事とはいえないだろう。千花子はパソコンでメモをとりながら、急に副編集長がいれたストレートの紅茶をのみたくなった。病院ではおいしい紅茶など望めないし、妊娠してからカフェイン抜きにしているので、一杯も口にしていない。一度頭のなかに菜央美の紅茶が浮かぶと、あの香りが頭から離れなくなった。

弓佳の場合、お茶くみはまったく別な仕事だった。熱いのが好きな人、ぬるいのが好きな人、いっぱいに注ぐほうがいい人、半分だけ注いでお代わりをしたがる人。ひとりひとり部員の好みを覚えておき、最適のタイミングでしっかりとお茶をだす。お茶くみなんて、女性を差別した最低の仕事だと考えていたが、極めればこれも多くの気づかいを必要とする立派な仕事なのだった。

それでも妊娠した女性社員へのあつかいは、同族経営の会社らしく古くさかった。結婚はともかく妊娠したら辞めるというのが、不文律になっているという。人事部からも上司からもやんわりと職を辞するように圧力がかかり、仮に産休をとってももどってくる場所はないと遠まわしに宣告される。弓佳は営業統括の取締役にいわれたそうだ。立派な赤ちゃんを産んで家庭にはいり、後進の若い社員のために道を空けてほしい。

産むのはいいけれど、そのあとどう育てていけばいいのか。会社で道をふさいでいるのはまだ三十歳にしかならない自分ではなく、あなたがたのような高給とりの重役ではないのか。弓佳は腹のなかでそう思ったが、ひきつった顔で笑ったまま結局なにもいえなかったという。

千花子はカーテンを閉めた病室のベッドで、パソコンでメモをとりながら、ひとりで腹を立てていた。弓佳は新しい命をひとつ得て、それまでの仕事をなくしてしまった。このところの不景気で、会社はつねに社員を減らしたがっている。そのための口実として、妊娠や出産がつかわれるのは、どう考えてもおかしな話だった。少子化や人口減少が国全体の問題だと誰もがわかっているのに、ひとりひとりが働く職場では、なかなか子どもを産むための態勢が整わない。仕事か出産かという貧しい二者択一を、いつまで女性に押しつけるのだろうか。

サイドテーブルの目覚まし時計に目をやった。青い蛍光塗料の針がかすんで見える。もうすぐ夜中の一時だ。編集の仕事をしているころなら、とうてい就寝時間とはいえなかったが、ノートパソコンの電源を落として千花子は無理やり眠ることにした。

白いカーテンのむこうに薄明るく窓の形が透けて見えた。

いったいいつまでこの病室にいなければならないのだろう。不安でたまらなくなった。薬のせいか、入院してから出血はとまっていた。腹部の痛みもない。ここには夫の一斗もいなかった。大好きな編集の仕事だってできない。

不安に波立つ心をなんとか抱えたまま、千花子は浅い眠りについた。

30

頭のなかでチャイムの音が鳴っていた。ひどくうるさいし、いつまでたっても鳴り止む気配がない。千花子は全身におかしな汗をかいて目を開いた。

まだ病室のなかは暗かった。

ストレッチャーががらがらと走る音が、廊下からきこえてくる。

「西岡さん、だいじょうぶ?」

悲鳴のように声をかけているのは、この部屋を担当する若い看護師だった。獣がうなるような声を漏らしているのは、弓佳なのだろう。ひどく痛むのだろうか。地の底から響いてくるような重いうなりだ。

看護師がもうふたりストレッチャーの音とともに入室してきた。

「西岡さん、もうすぐ先生がきます。だいじょうぶですよ。集中治療室のほうへ移動しましょう」

白いカーテンのむこうから、間違いようのない血のにおいがしてきた。ゆとりのある三人部屋の空気がこれほどのにおいでむせかえるなんて、少々の出血ではないのかもしれない。千花子はベッドのなかで震えていた。寒くはないけれど、身体の震えはとまらない。夕食後、元気におしゃべりをしていた弓佳の姿が目に浮かんだ。そこにいたのは会社への不満を抱えていても、赤ちゃんの出産を心待ちにする幸福そうな若い母の姿だった。

ストレッチャーが病室をでていった。弓佳の悲痛なうなり声と看護師が遠ざかっていく。血のにおいはあいかわらず部屋に残っていた。カーテンのむこうで人影が動いて、割れたすき間から最初の若い看護師が顔をのぞかせた。千花子と目があってしまった。

「なにがあったんですか」

自分の声が老人のようにしゃがれていて、千花子はびっくりした。

「西岡さん、急にお腹が痛くなったみたいです。高部さんはゆっくりおやすみください」

看護師はカーテンを閉め直そうとした。千花子は追いかけるようにいった。

「血のにおいがしますけど、西岡さんはだいじょうぶでしょうか」

振りむくと看護師は窓を半分ほど開けて換気した。背中越しにいった。

「さあ、わたしは先生じゃないから、よくわかりません」

言葉の調子で、なにかを隠しているのがわかった。千花子は編集者で、なにかが起きたときに放っておくことができない性分だ。遠まわしに質問してみる。

「これまでにもこういうことはありましたよね。そういうときは、どうなることが多かったんですか」

再びカーテンから顔をのぞかせた看護師の顔色は暗かった。

「残念でしたけど、お腹の子は助からないことが多かったです。でも、まだわかりませんから。西岡さんはだいじょうぶかもしれない。高部さんはあまり気にしてはいけないですよ。お腹の赤ちゃんにはたっぷりとした睡眠が必要ですから。あったかくして、おやすみください」

手馴《てな》れた様子でタオルケットをかけてくれる。最後にぽんぽんと軽く千花子の腹を押さえていった。看護師はベッドを離れるとカーテンを閉め、病室をでていった。

こんな血のにおいがする部屋で、どうやってもう一度眠れというのだろうか。千花子は気づいていた。あの看護師はもうなにが起きたか、わかっていたのだ。その証拠に部屋をでていくまで、千花子とは一度も目をあわせようとしなかった。

その夜、千花子はもう眠ることはできなかった。ただなにかを一心に祈っていた気がする。朝がくると祈りの内容は忘れてしまった。弓佳の赤ちゃんが助かりますようにとは祈らなかった。千花子は本能的になにが起きたのか理解していたのかもしれない。

31

西岡弓佳が帰ってきたのは、翌々日の朝だった。

すっかりやつれて顔が変わってしまっている。もう千花子のように子宮収縮剤の点滴はつけていなかった。お腹のなかに赤ちゃんはいないのだ。千花子はかける言葉もなかった。閉め切ったカーテンのむこうから、弓佳の抑えた嗚咽《おえつ》が切れぎれに漏れてくる。千花子もついもらい泣きをした。弓佳はもう妊娠していなかった。会社も辞めてしまっている。自分が弓佳と同じ状態だったらと想像しただけで、頭がおかしくなりそうだ。

その日の夕方には、一斗が病室に見舞いにやってきた。手には池尻《いけじり》にある洋菓子店のチーズケーキの袋をさげている。千花子が頼んだものだった。一斗はまっすぐに千花子のベッドにやってきて、パイプ椅子を開いて腰かけた。小声でいった。

「チーズケーキはふたつずつでいいんだよな」

「ええ」

千花子は点滴の針が抜けないようにそっと身体を起こした。紙袋のなかを見ると、こぶりの白いカーネーションとカスミソウの花束が、ケーキの箱のうえにのっている。千花子は一度うなずくと、花束と箱のはいった袋をもって立ちあがった。

自己満足かもしれないけれど、弓佳になにかひと言いわなければ気がすまなかった。このままではいつまで続くかわからない入院暮らしに耐えられそうもなかった。

そのときまじめそうなスーツ姿の会社員がやってきた。千花子は身動きがとれずにフリーズしてしまった。弓佳の夫だ。

その人は立っている千花子に会釈すると、すぐに閉じたカーテンのなかに消えてしまった。ひそひそと話す声と弓佳の低い泣き声がきこえた。千花子は点滴スタンドをぎゅっとにぎり締めた。一斗が声を殺していった。

「おいおい、どうするつもりなんだ」

「ケーキだって悪くなっちゃうし、なにもしないなんてわたしには無理だよ」

スリッパの足をゆっくりと運んでいく。千花子は弓佳と同じ切迫流産で、絶対安静をいいわたされていた。ひとつおいたベッドのまえにいくと、そっと声をかけた。

「すみません、高部です」

しっかりとした男の声がもどってきた。

「はい、なんでしょう」

白いカーテンが滝のように目のまえにあった。このむこう側は悲しみの場所だ。

「すみません、お邪魔します。うちの夫がケーキを買ってきたので、おふたりでどうぞ。それから、あのお見舞いの花を……」

カーテンが割れて、弓佳の夫が顔をのぞかせた。ネクタイはゆるんで、シャツの襟元は広げられている。流産のしらせを受けたあと一日中仕事をしてきたのだろう。赤い目をした男が手をさしだしながらいった。

「高部さんのことはメールできいています」

千花子は紙袋をわたした。妻を隠すように立つ男とカーテンのすき間から、ベッドに横たわる弓佳と目があってしまった。青白い顔は泣き腫《は》らしてぼろぼろである。きっとにらみつけられたような気がした。怒られると思い、千花子の肩がすくんだ。やっぱりケーキも花も余計だったのかもしれない。弓佳がいった。

「あなた、ちょっと手を貸して。カーテンを開けて」

弓佳の夫はカーテンをさっと開けると、妻の手を支え上半身を起こしてやった。じっと点滴スタンドのわきに立ち尽くす千花子を見つめる目から、涙が一滴だけこぼれた。千花子は覚悟を決めた。まだ自分は流産していないし、出産後にもどる職場がある。きっと弓佳は憎らしくてしかたないことだろう。

「ちゃんと書いてね」

なにをいっているのか、一瞬意味がわからなかった。

「コラムでわたしのことをちゃんと書いてね」

千花子は気おされてうなずいた。まっすぐに見つめてくる弓佳の視線にはそれだけの気迫がこもっている。黙っていると子どもを亡くした女がいった。

「このまえ話した会社のことも、わたしの流産のことも、天国にいった赤ちゃんのことも、全部ちゃんと書いてね。わたしは千花子さんのコラムたのしみに待ってるから」

千花子の身体のなかでなにかに火がついたようだった。この人にあんな目をして頼まれたら、自分の命をかけて書かなければならなかった。文章がうまいとかへたとかではない。題材がいいも悪いもない。ただ、ひっそりと普通の暮らしを生きて、こんなふうに妊娠し、それでも赤ちゃんを失わなければならなかった若い女性がここにいる。そのことだけはなんとしても書かなければならなかった。弓佳はそのあとで、驚くべきことをいった。

「わたしにはできなかったけど、千花子さんは元気な赤ちゃんを産んでください。それでいつか赤ちゃんを抱っこさせてね」

「弓佳」

妻の名前を泣きながら叫んだのは夫だった。ベッドで上半身を起こした弓佳を抱き締めている。力がはいりすぎたようで、弓佳は微笑みながら人形のように揺さぶられていた。あれだけの苦しみのあとで、人にこうしてエールを送れるのだ。人間というのは強いものだった。怒られると単純に思いこんだ自分は、まだまだ人を見る目がなかった。目立たずにひっそりと生きている普通の人が、これほどの強さと気高さをもっている。そのことが千花子はひたすらうれしかった。

点滴の針を刺した手で涙をぬぐうと、部屋の反対側から男のみっともないくらいの泣き声が響いてきた。振りむかなくてもわかった。一斗だ。あの人は純粋というか馬鹿というか、妙に涙もろいところがある。

「わかった。絶対にいいコラム書くからね」

弓佳がうなずいて、泣きながら笑っていた。夫はてのひらで顔をぬぐうといった。

「ケーキとお花、ありがとうございます。ちょっと話があるので」

頭をさげて、カーテンを引く。千花子はキャスターつきの点滴スタンドを引っ張りながら、なにかおおきな大会の決勝戦にでも勝ったような気分で、自分のベッドにもどった。夫の一斗が立ちあがって、手を貸してくれた。まだ足がふらつくのは、ずっとベッドに横たわっていたせいかもしれない。絶対安静は伊達《だて》ではない。

「千花ちゃん、すごかったな。おれ、すこし感動したよ」

一斗の声は耳元でやさしかった。

「うん、思い切ってお見舞いを頼んでよかった」

「だけど、これでえらいプレッシャーになったな。あのコラム、絶対に駄作は書けなくなったからな」

千花子はベッドの端に座ると、一斗を見あげた。そんなことはぜんぜん心配なかった。自分が書くのではなく、弓佳が書かせてくれるのだ。ひとりでなくふたりで書くなら、一ページ分のコラムくらい安いものである。

「ねえ、一斗、カーテン閉めてくれない」

「ふーん、どうして」

夫はそういいながら、椅子から立ってカーテンを閉めてくれた。一昨日からこの人とハグをしていない。ちょっとくらいならキスをするのもいいかもしれない。この病室にいるのは自分たちと弓佳のところのふたつの夫婦だけだった。千花子は腕を広げて、声にださないように唇の形だけで、「抱いて」といった。一斗はすぐに気づいたようだ。ちょっと鈍い男にしたら上出来だった。ベッドのわきにひざをついた夫の腕のなかで、千花子は久しぶりの安心感を覚えた。やはり帰る場所は、病院のベッドではなく、この人の腕のなかだ。抱き締めた胸の厚さと肩の広さに切なくなりながら、千花子は何度も一斗の頬に自分の額をこすりつけるのだった。

32

一週間の入院生活がなんとか終わった。

絶対安静のベッドで横になっているのは、呪われたように退屈だった。もう退院してしまったが、同室の西岡弓佳の流産という恐ろしい事件も目撃した。

(病院でじっとしているなんて、たくさんだ)

意気ごんで、産科の診察室にむかう。朝一で退院の許可をもらおうと、千花子は思っていた。昼ごはんはあの薄味の病院食ではなく、がっつりと焼肉か鮨《すし》をたべたい。そのつもりで夫の一斗にも前日から連絡をしてある。

診察室まえのソファには、たくさんの妊婦が待っていた。少子化なんて、嘘みたいだ。都立病院にはこれほど妊娠中の母親がいる。お腹のつきだしぐあいは、ばらばらだった。おおきなスイカを丸々腹に収めたような妊娠後期の苦しげな人も、千花子のようにほとんど目立たない者もいる。千花子は妊娠十四週目だった。もうすぐ五カ月にはいるところで、お正月にすこしたべ過ぎた程度のふくらみである。

それでも赤ちゃんは順調に育っているようで、千花子の場合妙にトイレが近くなって困っていた。よく年をとると頻尿になるというけれど、こんなふうに短時間にトイレにいかなければならないのは、苦痛でならなかった。しかも、毎回でる量はわずかで、残っている感じが強いのだ。

診察の順番まで、あとふたりだった。千花子はひざのうえのマタニティ雑誌をおいて、近くのトイレにいった。清潔な個室にはいり、用をたそうと、色気のまったくないおへそまで隠すショーツを引きさげた。

驚愕《きょうがく》で、頭のなかが真っ白になった。中腰のまま、固まってしまう。

白いショーツの綿のクロッチ部分に、シャープペンシルでつついたような赤黒い染みがついていた。ほんのわずかだが、出血している。千花子はがっくりと肩を落として、しょぼしょぼと切れの悪いおしっこをした。

「あら、そうなの」

不正出血の話をすると、中年の女性医師がカルテにさらさらとなにか書きこんだ。内診と超音波の検査はすでに終了している。そういえばこの先生は四十代なのだが、いつもタイトなミニスカート姿だった。入院したときはあわてていて気づかなかったが、きれいな足をしている。千花子は恐るおそるきいた。

「あの、わたし、退院できるでしょうか」

手元から視線をあげて、医師がいった。

「そうねえ、高部さんはお仕事のほう、だいじょうぶなのかしら」

退院の日時ははっきりしていなかったので、副編集長には午後にでも連絡するつもりだった。すぐには復職できないかもしれないと、千花子はいちおう伝えてある。

「だいじょうぶといえば、だいじょうぶなんですけど」

「そうなの。だったら、もうすこし入院してもらえないかな」

恐れていたひと言がでた。千花子の顔から血の気がさっと引いていく。

「やっぱりダメなんですか、それは出血のせいですか」

女性医師はうーんとうなって、天井の隅を見あげた。組んだ足先が揺れている。千花子はこの人はどんなセックスをするのだろうかと、ふいに考えてしまった。こんなときにおかしなものだ。

「あのね、それはあまり関係ないの。不正出血がなくても、きっともうすこし様子を見てみましょうといったと思う。子宮にできた血の塊はずいぶんちいさくなってきたし、新たな出血もこのところなかったようだけど、今ちょうど安定期にはいる境目のところでしょう。赤ちゃんの安全を期して、もうすこしここで様子を見てもらえないかしら」

そこまでいわれたら、どうしようもなかった。千花子は嫌だったけれど、しかたなくいった。

「わかりました。それで、あとどれくらい入院するんでしょうか」

自分の辛抱が続くのは、せいぜいあと三日だ。祈るような気もちで女性医師を見つめる。

「そうねえ、あともう一週間」

がらがらと積み木の家が崩れ落ちるようだった。再起不能だ。それではつぎの月の「ENDLESS」の編集会議に間にあわない。来月号には新しい企画をひとつもだせないのだ。それどころか、さらに入院が長引く可能性もある。入院費用もバカにならないし、なによりあの病室で点滴を受けたまま絶対安静を強いられるのがつらかった。

千花子は幽霊のようになって返事をした。

「わかりました」

もう気を失ってしまいそうだ。千花子はどうやって診察室をでたのか、あとになっても思いだせなかった。

33

都立病院の広い中庭には、クスノキの大木が立っていた。

常緑の葉はロウを塗ったように艶《つや》やかに光って、深まる春をよろこんでいる。風も日ざしも、春本番の軽やかさを身体に伝えてくれる。

ベンチに座る千花子の心は、まるで弾まなかった。真冬の冷たい雨に打たれているようだ。一斗には真っ先に電話をかけた。あの人はお気楽で、一週間入院が延びたことよりも、ランチで焼肉をたべられないほうにがっかりしていた。最後の台詞《せりふ》はこうだった。

「だけど、あと一週間がまんすれば安定期にはいって、先生もまず安心だといってるんだろ。だったら、ぼくは千花ちゃんが入院してくれてたほうがいいよ。それに……」

そこでひと息おいて、一斗が黙った。繊細さなどかけらもない人がめずらしいことだった。

「……西岡さんみたいなことがあったら、たまらないから」

千花子ははっと胸をつかれた。ひと晩で赤ちゃんを亡くした弓佳の涙は、胸に焼きついている。

「うん、わかった」

ちょっと自分の都合ばかり考えすぎていたのかもしれない。千花子は働く女性で、一斗の妻だったが、今なにより優先させるべきなのは、この子の命の安全だ。千花子はうっすらとふくらんだお腹に手をおいていった。

「じゃあ、病院で残念会しようよ。わたし、昨日からフルーツをたべたくてしかたなかったんだ。恵比寿の駅ビルに千疋屋《せんびきや》があるよね。あそこで買ってきて」

「了解。じゃあ、午後になったら顔だすから」

通話が切れると、急に淋《さび》しくなった。そういえば、千花子はこの半月ほど一斗に抱かれていなかった。妊娠出産本を読むと、妊婦の欲望はさまざまなようだ。まったく性欲がなくなる人もいれば、逆に高まってしかたないという人もいる。なかには妊娠中に初めてのオーガズムを得る女性もいるらしい。千花子の場合は、以前とあまり変わることがなかった。おたがいのタイミングがあえば、そっとやさしく身体を重ねていたのである。

「もう一週間かあ」

丸々と太ったヒツジのような雲を浮かべた病院の中庭の空を見あげた。そうなるとひと月近く、一斗としないことになる。結婚してから最長のセックスレス期間になるだろう。切迫流産の心配をしたり、欲求不満になったり、仕事のスケジュールを確認したり、現代の妊婦はひどくいそがしかった。

ひと呼吸おいて、肝心の電話をかけることにした。呼びだし音のあとで、いつもの冷静な声がきこえる。

「はい、芹澤です」

「二宮です。ちょっと今、お時間いいでしょうか」

誰かがキーボードをたたく音が背景にきこえた。コピー機のソーターがまわる元気のいい音もする。なつかしい編集部の匂いだ。

「ええ、どうぞ。身体の調子はどうなの」

「それが思わしくないんです。お医者さんから、もう一週間入院しなさいといわれてしまって」

一拍間が空いた。

「……それはちょっと困ったわね」

「はい、来週の編集会議には出席できそうもなくて。申し訳ありません。ただ新しい企画だけは何本か文書にして、送りますから」

「わかりました。ちゃんと会議の議題にあげさせてもらいます。でも、今は千花ちゃんの身体とお腹の赤ちゃんが一番大切ですからね。無理はしないでね」

風が吹いて、目のまえのクスノキが全身の葉を揺らした。この木はこの場所から一歩も動かないけれど、力いっぱい生きている。千花子は気合をいれていった。

「あの、副編集長、お願いがひとつあるんですけど」

「なにかしら」

「わたしの巻末のコラムなんですけど、来月号では倍の二ページいただけないでしょうか」

千花子はそれからたまたま同室になった西岡弓佳の話をした。営業補助の仕事をしていて、妊娠と同時に肩たたきにあい、やむを得ず辞職したこと。残念なことに流産してしまい、今では新しい命も仕事も失ってしまったこと。流産の模様を明けがたの病室で、目撃してしまったこと。

「そうだったの、お気の毒に」

「弓佳さんにいわれたんです。わたしのことをちゃんと書いてね、絶対に読むからって。マタニティ雑誌には幸福な妊婦の話ばかり書いてありますけど、妊娠初期で十パーセントから十五パーセントくらい流産の可能性はあるといいますよね。妊娠の影の部分もちゃんと書いておきたいんです」

千花子は自分でもぐっときてしまった。泣きながら、いい記事を書いてといった弓佳の顔を思いだす。

「副編集長、わたし、肩たたきにも、流産にも負けないひとりの女性を、ちゃんと書いておきたいんです」

また風が強く吹いて、クスノキが身もだえするように枝先を揺らした。それでも深緑の葉一枚もこぼさずに木は風に耐えている。菜央美の声は変わらず冷静だが、心を動かされているのが千花子にはわかった。

「了解しました。それなら、長さを気にせずに、思う存分書いてごらんなさい。わたしには第一稿の段階で読ませてもらえないかな」

「はい、がんばってみます」

千花子の胸に新しい力が湧いてきた。このコラムの出来が悪くなるはずはない。自分が書くのではなく、弓佳と天国にいった赤ちゃんが書かせてくれるのだ。千花子は副編集長に礼をいって、静かに携帯電話のボタンを押し、通話を切った。

空を見あげてみる。このすこし鈍い春の空を、弓佳も見ているだろうか。今回は生まれてくることができなかった赤ちゃんは、この広い空のどこで遊んでいるのだろう。千花子は普段はまったくロマンチックな空想などすることはなかったけれど、そのときだけは空を見ながら、すこしだけ涙ぐんで微笑んだ。

34

その日の夕がた、千花子は満ち足りた気分でノートパソコンを開いていた。調べているのは流産に関連した情報で、コラムに書くために原因や治療法をもうすこし明確にしておきたかったのだ。

気分がいいのは、菜央美の了解を得て、コラムが倍増されたせいだけではなかった。午後イチでやってきた一斗は、望みどおりのフルーツヨーグルトを、気をきかしてみっつ買ってきたのである。メロンにイチゴ、パイナップルに白桃といろいろな種類のフルーツをのせたヨーグルトを、千花子はふたつぺろりと平らげた。かなりのボリュームだったが、気がついたときには容器が空になってふたつならんでいる。自分でも怖くなるほどの食欲だった。

そのあとベッドをかこむカーテンを閉じ切って、一斗と長いハグと深いキスをした。身も心もとろけるというけれど、若いふたりは禁欲生活が続いているので、キスだけで切羽つまってしまった。これ以上なく心地いいキスは、たくさんのささやきをはさんで、十五分ほど続いた。それはこのところいいことがなかった千花子を幸せにするには十分なごほうびだった。

三人部屋には弓佳が退院してから、新しい患者ははいってこなかった。広々とした病室が千花子ひとりで気兼ねせずにつかい放題なのだ。これなら入院費の元もとれるし、なによりプライバシーが気もちがいい。あとはいいコラムさえ書ければ、文句なしだ。一週間休んだら来週、仕事に復帰して、ばりばり誌面をつくるぞ。意欲に燃えて、パソコンにコラムの第一稿を打ち始めたところだった。

「ヤッホー、千花ちゃん、元気？」

開いたスライドドアのすき間から顔をのぞかせたのは、先輩・後藤未央だった。未央は十本以上外国製のデザイナージーンズをもっている。きっとそのうちの一本なのだろう。棒のように細いスキニータイプだ。

「あれ、どうしたんですか」

「取材で近くまできたから、顔を見ておこうかと思って。はい、おみやげ。いっしょにたべよう」

紙袋を受けとった。開いてみると、評判のロールケーキだった。こちらにも中心の生クリームのなかに、刻んだフルーツがたくさんはいっている。病室には皿もフォークもないので、女同士の気安さで手づかみで始めた。未央はパイプ椅子を広げ、口のわきにクリームをつけたままいった。

「さっき副編からきいたんだけど、来週の編集会議休むんだってね」

ちいさな編集部のなかでは情報が速かった。千花子はさっきヨーグルトをたべたばかりなので、だいじょうぶだろうかと思ったが、ひと口たべるとケーキはまた別な甘さで、すいすいとはいっていく。

「それにさ、巻末のコラムもボリュームアップするんでしょう」

「まだ原稿も書いてないから、どうなるかわからないです」

未央がケーキの手を休めていった。

「だけど、千花ちゃん、なるべく早く帰ってきたほうがいいよ」

どういう意味だろう。未央の目は意外なほど真剣である。

「なにか変わったことがあったんですか」

最後のひと口分のケーキを放りこんで、未央がいった。

「このまえ見ちゃったんだ」

未央は仕事ができる先輩だったが、ちょっと思わせぶりなところがある。会社の話に飢えていた千花子の声が高くなった。

「なんですか、未央先輩、早く教えてくださいよ」

すると未央が思ってもみなかった名前をあげた。

「本村くんだよ」

「えっ」

本村俊彦は千花子の三歳したの後輩だった。女性誌の編集部のなかで唯一の男性編集部員である。千花子はこの後輩をライバルと考えたことはなかった。今ひとつ女心がわからないようだし、時代の変化を読む目も鈍かった。これまでヒット企画をだしたという印象もない。それでいて、副編集長の菜央美や形だけの編集長には妙にべたついたお世辞をいう。

「本村くんがどうしたんですか」

「今さ、千花ちゃんがお休みしているでしょう。その分の仕事がみんなに割り振られているんだけど、本村くんがすごくがっついて手をあげてね。どんどん自分の仕事にしてるんだ」

嫌な感じだった。

「脚本家の吉見周蔵《よしみしゅうぞう》の連載エッセイとか、アスミさんの誌上ブログとか」

人気脚本家のエッセイは千花子が何度断られてもあきらめずにかよいつめ、半年がかりで連載にこぎつけたものだった。モデルのアスミは南房総《みなみぼうそう》に生活の拠点を移すときいて、千花子が真っ先に原稿依頼にいっている。あっけにとられていると、未央がいった。

「それだけじゃなく、今月号の原稿も千花ちゃんが無理なら自分がやるって、猛アピールしてるのよ。あのガッツキかたは並じゃないなあと思っていたら、わたし一昨日菜央美さんと本村くんが会社の近くのカフェで話しているところ目撃しちゃったんだ」

「どこの喫茶店？」

人さし指を振って、未央がいった。

「ほら、宮益坂裏のロンド」

そこは志パブリッシングの社員がよくつかうカフェだった。輪舞曲《ロンド》という名前のとおり、いつも控えめな音量でクラシックがかかっている。

「でね、わたし、ちょっとスパイしてみたんだ。ばれても別にひと休みしにきたといえばいいでしょう」

さすがに大胆な先輩である。自分だったら、絶対にそんな場にいあわせる気などしないだろう。

「パーテーションをひとつはさんできき耳を立てたんだけど、そんなことしなくてもぜんぜん平気だった。本村くん、すごく力がはいっていて、声がおおきかったんだよ」

雑誌の編集者というより、公務員のような四角四面の若い男の顔を思いだした。げんなりしてしまう。

「それでさ、あいつこういったんだよ。今回の休みから二宮さんがもどってきても、また遠からず産休にはいりますよね。だったらいい機会ですから、担当のいくつかを臨時じゃなく、恒久的にぼくにまかせてもらえませんか」

なんてやつだ。千花子はケーキにかぶりつきながら、むやみに腹が立ってきた。

「それで、そのときに名前がでたのが、周蔵先生やアスミさんだったんですか」

「そうなのよ」

失礼してしまう。自分の将来に役立ちそうなビッグネームばかり狙ってくる。

「それで菜央美さんはなんてこたえてましたか」

「ちょっと考えさせてもらうって、言葉を濁していた。それにしても、本村って嫌なやつだよね」

未央は苗字《みょうじ》の呼び捨てになったことに自分でも気づいていないようだった。興奮して身をのりだしてくる。

「あいつったらさ、うえには徹底してゴマするくせに、うちの契約社員やバイトの女の子には変に偉そうなんだよね。このまえ校了のとき、いってたもん。ほら、木戸崎《きどざき》さんて、うちで十年以上がんばってるベテランさんじゃない」

木戸崎は三十代後半のフリー編集者だった。給料は正社員よりもすこし落ちるうえに、契約社員なのでいつ解雇されるかわからない不安定な身分だ。だが、木戸崎は仕事がよくできた。文章もうまいし、創刊当時最初のヒット企画を立ちあげてもいる。千花子も一目おく実力者だった。

「本村のやつ、木戸崎さんになんていったの」

千花子は意識して、呼び捨てにした。木戸崎は千花子が新入部員だったころ、指導をあおいでいた先輩だ。

「契約社員なんて、将来不安にならないんですか。ぼくだったら、身分も確かじゃないのにとても徹夜作業なんてできないな、ですって」

千花子は自分のことなら、まだがまんができた。吉見周蔵とアスミの連載はじっくりと続けて、何年かたったら単行本にしようと思っていた。「ENDLESS」発の叢書《そうしょ》をシリーズ化して書店の店先に並べるのが夢だった。それは会社の財産になるのだから、まあ担当が自分でなくても別にかまわないだろう。

けれど、木戸崎を馬鹿にしたのは許せなかった。自分よりはるかに仕事のできる先輩を、たまたま制度に守られただけの青二才が軽く見る。なにより本村という男の人間性があらわれているではないか。

闘ってやる。絶対にあんなセンスのない男に負けるものか。

腹の底から、闘志が湧いてきた。千花子の目の色に気づいたようだ。未央がうなずいていった。

「わたしもさ、あいつうっとうしいんだよね。早くもどってきてよ、千花ちゃん。あいつをぼこぼこにへこませてやろうよ」

千花子は点滴を刺していない右手で胸をたたいた。勢いがつきすぎて、すこし痛かった。そういえば、胸は以前よりも重さを増してきたようだ。静脈が青く透けて、乳首の色も幾分か濃くなっている。一斗は当然おおよろこびだ。まったく男という生きものは。

「わかりました。あと一週間の辛抱ですから、待っててください。あいつを見返してやります」

「そうこなくっちゃ。ところでさ、わたしが引き継いだ例の自然派産院の話なんだけど」

そこからは通常の仕事の打ちあわせになった。その産院は千花子が自分で赤ん坊を産もうと決めた場所なので話はつきない。やはり心おきなく仕事の話をできる相手がいるというのは、いいものだった。

千花子は妊娠中だけれど、下り坂の平成に遅れて生まれてきた仕事人間であった。

その夜は明かりを消しても、なかなか寝つけずに困ってしまった。

ちいさな出版社の女性誌の編集部など、出世争いや功名とはもっとも遠いところだと思っていた。誌面上のアイディアや新企画ならいくら競争してもかまわない。けれど、そういう実質と離れたところで自分の地位をあげようとするのが、千花子には違和感があった。

それは男と女の違いなのかもしれない。

千花子はいい雑誌をつくって、一冊でも多く読者の手元に届けたいと願っている。大切なのはおもしろい雑誌だった。けれど、人の手柄を横どりしてでも本村が欲しがっているのは、自分の評価だろう。連載の内容は担当が誰に変わっても、読者に大差ないのだ。

偉くなりたい男といい仕事をしたい女。この対立は永遠に続くのかもしれない。

その証拠は、編集長の大谷信二と副編集長の芹澤菜央美のコンビを見れば明らかだった。実質的な編集責任者は菜央美だが、編集部門を統括する専務は大谷だ。仕事量は菜央美のほうがはるかに多いけれど、給料では断然取締役の大谷のほうがうえである。

まったくうちの会社ときたら、どうなっているのだろう。

その夜、千花子はむかむかと腹の底を煮立てながら、なんとか眠りについた。

一週間でこの牢獄《ろうごく》から出所して、本村にがつんとやるためには、質のいい睡眠が欠かせなかった。こうなったらちゃんと寝ることも、闘うのといっしょだ。

そう思うことで、千花子は初めて目を閉じることができた。

35

安定期といわれる時期の始まりを、千花子は病室のベッドのうえで過ごす羽目になった。

絶対安静という医師の命令は忠実に守った。なんといっても流産は恐ろしかったし、今回は一日も早く退院して、編集部に顔をだしたかった。センスがなくて、つかえない後輩編集者・本村俊彦に、自分の仕事を奪われるのは絶対に嫌である。

数日まえまで西岡弓佳がつかっていたベッドには、新たな妊婦がやってきた。まだ二十代になったばかりの若い女性で、髪は鮮やかな黄色に染まっていた。すこしヤンキーがかっているようにも見える。一度だけ挨拶《あいさつ》をしたのだが、新参者はすぐに顔をそむけてしまった。

あのベッドで夜明けに起きた悲惨な事態を、彼女はしっているのだろうか。あのときの血と体液のにおいを千花子は忘れられなかった。もしかしたら、自分のベッドでもなにか嫌なことが起きていたのかもしれない。そう考えると、病院という場所自体が恐ろしくなってきた。

妊婦の入院にもいろいろな症状があるようだ。千花子と弓佳は不正出血による切迫流産のためだったけれど、新しくやってきた妊婦は一日中口にガーゼの切れ端をくわえていた。細いひものようなガーゼの先は洗面器に続いている。なんでも悪性のつわりで、妊娠してから吐き気と唾液《だえき》の分泌がとまらないのだという。ベッドに横むきに寝て、必死で吐き気をこらえながら、牛のようにだらだらと唾液を垂らし続ける。妊娠にも恐ろしい副作用があったものだ。

二週間を耐え抜いた千花子は、ようやく退院の許可を得た。これほどうれしかったことは、この数年なかったくらいだ。もう病院のベッドではなく、お気にいりのベッドで眠れる。しかも同じ寝室に、よだれを垂らすヤンキーの妊婦ではなく、夫の一斗がいるのだ。千花子は最後の診察で、いつものミニスカートの女性産科医に質問していた。退院してどれくらいたったら、夫婦生活を始めていいんですか。

女性医師はすこし眉《まゆ》をつりあげてから、ほがらかに笑った。

「はっきりきく人はめずらしいわね。別に今日からでもかまいませんよ。でも、身体の様子を確かめながら、やさしくね。パートナーにもちゃんとそう伝えるように。なんといっても高部さんは二週間も絶対安静だったんだから」

千花子にはもうひとつ重要な質問があった。

「会社の仕事のほうはどうでしょうか」

医師には自分の仕事について話してあった。ただ生活のためだけでなく、自分にとっては雑誌編集の仕事は生きる支えで、ほんとうにやりがいがあると力説したのだ。

「退院して二、三日身体を慣らしたら、出勤してもかまわないですよ。ただし、仕事中もあまり無理しないように。疲れるまえに休む。身体を冷やさない。定時には帰宅する。そのみっつをきちんと守ってください」

普通の職場ならともかく、出版社の編集部ではどれも厳しい条件だった。けれど、こんなところで事実を話して、出勤をとめられたらたまらない。千花子は殊勝にうなずいてみせた。

「わかりました。気をつけるようにします。どうもお世話になりました」

スツールから立ちあがり、一礼して診察室をでようとすると、額にメガネをあげて医師がいった。

「西岡さんから、ききました。彼女のことコラムに書くんですってね。いい記事にしてあげてね。わたしも、『ENDLESS』絶対に読むから」

思わず頭をさげてしまった。こんなふうに自分の書く文章をたのしみにしてくれる読者がいる。それが千花子にはただ誇らしかった。千花子はふくらみが目立ち始めた腹を両手で抱え、胸を張った。

「全力でがんばります。わたし、妊娠してる女性が元気になるような文章を書きたいんです。そんなこと自分が赤ちゃんを授かるまでぜんぜん思いもしなかったんですけど」

看護師がつぎの患者の名前を呼んでいる。医師が笑っていった。

「うちの病院のことも、よく書いておいてね」

料理がまずかったことは書いてもいいけれど、きっと病院の出番はないだろう。それでも千花子はいった。

「はい。うまく書けるかわかりませんが、がんばってみます」

なぜだろうか、妊娠するまえは、こんなふうに素直でもまえむきでもなかった気がする。自分の署名記事のページをもっというのも、昔の千花子なら考えられないことだ。新しい命が仕事にも新しいエネルギーをくれたのだろうか。つくづく妊娠というのは、不思議な経験だった。

36

その夜の夕食は、近くにある焼肉店にでかけた。

二週間も千花子が家を空けたので、冷蔵庫のなかは悲惨なことになっていた。新しい食材は補給していないし、野菜室の隅でニンジンやキャベツが干物のようになっている。一斗も料理は得意だが、豪華な食材を奮発した一発勝負が多かった。こまめに日々の食材を買ってきて、残りものをうまく消化し、感動はしなくともそこそこおいしいひと皿をつくるといった芸当はできない。

千花子は炭火で真っ赤に焼けた網に、好物のタンしおをのせた。ここの店では薄切りではなく、ちょっとしたステーキくらいの厚さがある。そこに刻んだネギをたっぷりと盛って頬ばるのだ。病院の薄味で脂気の抜けた食事に慣れた千花子には、頬を引っぱたかれたように効いた。美味《うま》すぎる。手を伸ばして、一斗のジョッキをとり、生ビールをひと口だけのんだ。

「あー、生きてるって感じだなあ」

一斗はジョッキを奪い返していった。

「いいのか、今朝まで入院してたくせに。妊婦がビールなんかのんで」

千花子は唇をとがらせた。

「ひと口くらいだいじょうぶだよ。だって、見てよ」

自分のまえのテーブルをあごで示した。

「ビールどころか、カフェインがはいってるからウーロン茶ものめないんだよ」

そこにあるのは、氷がひとかけら浮いた水のコップだけである。オレンジジュースやコーラなどは甘すぎて、焼肉にはあわなかった。

「はいはい、わかりました。じゃあ、こっちもビールはこのジョッキ一杯にしておくよ」

手を振って、千花子はいった。

「いいよ、そんなに遠慮しないで。せっかくの退院祝いなんだから、一斗はどんどんのんじゃって」

浮かない顔をして、カメラマンの夫がいった。

「今月はあまり仕事がはいってないんだ。スケジュールは真っ白。おまけに千花ちゃんが入院しただろ」

千花子はつぎのタンしおを焼き網にのせて、なに気なくきいた。

「そうだ。一斗が入院費、精算してくれたんだよね。二週間分でいくらくらいかかったの」

大卒の初任給を軽く超える金額を、一斗はあっさり口にした。千花子はショックで肉をひっくり返す手がとまってしまった。

「そんなに高かったんだ。個室じゃないとはいえ、二週間も入院してたんだもんね。あたりまえなのかな。でも、やっぱり痛いなあ」

一斗がちびちびと生ビールをのんだ。

「いや、ほんと。それだけあれば、新しいレンズが買えたのになあ」

千花子はすこし焼きすぎたタンしおをたべて、つぶやいた。

「これからなにが起きるかわからないし、わたしたちちょっと節約しなくちゃね」

一斗がキムチをつまんでいった。

「おれも考えてみるよ。なんなら、このあとの上カルビ、キャンセルしようか」

千花子はタンしおを頰ばりながら、あわてていった。

「それはダメ。わたし、病院のベッドで何度ここのカルビのこと想像したか、あなたわからないでしょう」

一斗は頭をかいていった。

「はいはい。ぼくの生ビールお代わり分だけ、節約しますよ」

「ごめんね、一斗」

千花子は口ではそういったが、あっさりとつぎのタンしおを焼き網にのせた。


その夜、千花子はゆったりと一時間半かけて入浴した。

病院にもシャワーはあったけれど、やはり気分が違う。千花子はこのマンションをリフォームしたとき、キッチンよりもバスルームのほうに凝ったのだ。予算もずっと重く配分している。足つきの白いバスタブは両足をゆったりと伸ばしてはいれるおおきさで、ドイツからの輸入品だった。水栓やシャワーヘッドなども、がっしりとしたドイツ製を選んだ。水に濡《ぬ》れてもだいじょうぶなオーディオとテレビもおいてある。

千花子は好きなピアニストのモーツァルトをかけながら、ていねいに身体を洗った。なんといっても、病院に二週間も泊まりこんだのだ。千花子は自分は健康的な若い女性だと思っていた。自分たち夫婦はセックスレスではなかったし、男性への欲望も人なみにある。というより、二十代の終わりのころから、なぜかセックス自体がすごくよくなっていた。よく男女の肉体的な相性について人は口にするけれど、それよりももっと大切なことがあるのではないかと、自分の経験から考えるようになった。好きな人とたくさんする、それも長い年月をかけて、すこしずつおたがいの身体について理解していく。出会い頭の相性などより、そちらのほうがずっと重要なのではないだろうか。相性は愛情と努力で改善するのだ。

入院する二週間ほどまえから、一斗の仕事の都合で身体を重ねていなかった。合計するとひと月ほどセックスをしていないことになる。日本性科学会では、カップル間の合意した性交あるいはセクシュアル・コンタクトが一カ月以上ない状態をセックスレスと定義している。そうなると、うちもセックスレスぎりぎりだった。

そんな危険な状態はなんとしても、今夜中に脱出しなければならない。

千花子はやる気まんまんだった。

なぜ妊婦用にはセクシーな下着がないのだろうか。

千花子は手もちの一番ましなショーツとブラジャーのセットを身につけて、ガウンを羽織りバスルームをでた。レースで縁どられたラベンダー色の上下で、うしろはTバックに近いくらいの造りだ。

「あなた、お先に」

一斗はパソコンで動画を見ていた。好きなアンティークカメラや外国のスポーツカーのサイトだろうか。テーブルに頰づえをつき、真剣な表情で画面を見つめる夫が、やけに男らしかった。眉《まゆ》をひそめているので、いつもよりぐっと彫りが深く見える。男性の落ちくぼんだ眼窩《がんか》とまっすぐな鼻筋は、千花子の大好物だ。

「千花ちゃん、疲れただろ。先に寝てていいよ」

ノートパソコンから目もあげずに、一斗がそういった。冗談ではない。なんのためのTバックなのだ。千花子はかわいい女の振りをした。

「久しぶりだから、いっしょに寝ようよ。話をしておきたいことも、たくさんあるし」

千花子は夫のうしろにまわり、肩に手をおこうとした。なぜかあわてて、一斗はディスプレイをぱたんと閉じてしまった。

「どうしたの、かわいい子のヌードなら、わたしもいっしょに見るよ」

夫の手をそっと払って、画面を開いた。やはりどこかの動画サイトだった。まだ十代の少女が白いヒモのようなビキニでビーチを走っている。ツインテールの先がバネ仕かけのように跳ねている。胸は板のように平らだ。

「へえ、一斗にロリコンの趣味があるとは思わなかった」

腕組みをして、夫がいった。

「やめてくれよ。今度、仕事でその子を撮ることになったんだ。どういう表情やアングルがいいのか下調べだよ」

「なんだ、だったら最初から隠すことないじゃない」

一斗は頭をかいていった。

「男って不思議なものでさ、下心がぜんぜんない相手でも、セミヌードなんか見てるところを奥さんに発見されると、ばたばたあわてちゃうんだ」

いくつになってもかわいいところがあるのが、男というおかしな生きものらしい。千花子は一斗の肩をもんでやった。カメラをホールドする左のほうだけ、ひどく凝っている。

「あー、きもちいいなあ。そういえば、入院するまえはよく千花ちゃんに肩をもんでもらったっけ」

目を閉じて、一斗が全身の力を抜いた。千花子はそのまま十分間ほど、肩をほぐしてやった。大サービスもいいところだ。千花子も退院と久しぶりの外食で疲れていた。最後にかがんで、汗のにおいがする一斗の首の裏にキスをした。さっと男の襟足に鳥肌が立つ。なんだかひどくたのしかった。今夜はこうして、男の身体をおもちゃにするのもいいかもしれない。

千花子から逃れるように身体をひねって、一斗がいった。

「ちょっと待ってくれ。そんなことされたら、とまんなくなるよ」

爪の先を立てて、千花子は鳥肌の立った首筋を軽くひっかいた。

「とめる必要なんてないでしょう、わたしたち結婚してるんだから。今日ね、先生にきいてきたんだ。もう夫婦生活をしてもだいじょうぶでしょうかって」

　ぱっと夫の顔色が明るくなった。おあずけをくらっていた子犬のようだ。

「それで、それで、先生なんていってた？」

「乱暴にしなければ、今夜だってだいじょうぶだって。わたしたち、いつからしてないか覚えてる？」

　瞬時に一斗が返事をした。

「四週間と二日」

　たまたま正解をしっていた生徒をほめるように、千花子は微笑んでうなずいた。

「だから、いっしょに寝ようよ。わたし、ベッドで待ってるから」

　一斗がダイニングテーブルから立ちあがった。腰の引けた姿勢で、上半身だけ千花子を抱き締めると耳元で囁《ささや》いた。

「わかった。乱暴じゃなく、やさしくするよ。千花ちゃん、待ってて。特急でお風呂《ふろ》浴びてくるから」

　千花子は夫の胸の厚さを両手で測っていた。この肉の厚さこそ、女にはない男らしさだと思う。

「ダメ、ちゃんと洗ってきてね。今夜はあなたの身体、全部たべてあげる」

　唇をふれあわせるだけの軽いキスをした。出会ったばかりのころのようにぎらぎらした目で、夫が見つめてくる。こんなふうに見られるのが、千花子は好きだった。

一斗はダッシュの勢いで、バスルームに飛んでいった。千花子はリビングの明かりを消して、卵形の寝室にむかった。とっておきのインド土産のお香を焚《た》いて、照明を落とした。エアコンの暖房は強めに設定する。ガウンを脱ぎ、ラベンダー色の下着だけになって、羽毛布団に潜りこんだ。

二週間もあの砂漠のような病室でがまんしたのだ。妊婦だって、たのしんでいけないわけがなかった。

千花子は愛《いと》しい男がシャワーでぴかぴかに磨かれてやってくるのを待った。男をこんなふうに待つことができるのだ。結婚というのも、そう悪くはないものだった。

37

自宅静養の一週間を、千花子は全力でコラムを書いてすごした。

ボリュームは普段の倍の原稿用紙八枚。白黒の巻末だが、掲載スペースは異例の二ページももらっている。千花子は生まれてからこれほど真剣に言葉に立ちむかったことはなかった。手を洗い、祈るような気もちでパソコンのまえに座り、すこしずつ文章をすすめていく。ひとつの言葉の選択に、丸々半日をついやしたこともあった。

理由ははっきりしていた。入院中に同室だった西岡弓佳に託されたからだ。あの恐ろしい夜明けに突然の流産で赤ちゃんを失った弓佳が、自分の思いをすべて千花子に手わたしていったのである。弓佳は涙を流していたが、決して恨み言をいわなかった。健康な命を身体の奥深く抱えた千花子をうらやまなかった。晴ればれとした笑顔で、自分のことを書いてくれと頼んできたのだ。

それだけの思いをバトンタッチされたら、自分に力がないなどとはいっていられなかった。千花子は全力で流産について調べ始めた。マタニティ雑誌を読んでも、流産に割かれるページは決して多くはなかった。読者のほとんどは健康な赤ちゃんを望んでいる。授かった命を失うという暗い記事など読みたくないのだろう。それでかわいくて便利な育児グッズやベビー服やベビーカーで、誌面は埋め尽くされることになる。けれど「ＥＮＤＬＥＳＳ」は専門の育児雑誌ではなかった。無理に読者受けを意識する必要もない。だいたい無名の編集者の巻末コラムなど、どれだけの人が読んでいるのかさえ定かではない。その分、千花子は自由だった。

コラムを書きすすめていくうちに、弓佳だけではなく、流産を経験したたくさんの女性のために書いている気もちになった。こんな自分でもきっとなにかを伝えることができるはずだ。悲しみの底にいて声をあげることもできず、ひとりぼっちで母親学級から去っていったあの人たちになにかメッセージを手わたせるはずだ。千花子の思いはしだいに祈りに似てきた。空に帰った無数のちいさな命を鎮め、わが子の顔を見ることもなく母であることを奪われた多くの女性の心の平安を祈る。千花子は生まれて初めて言葉の力に目覚めた。

原稿が仕あがったのは、出社前日の夕方だった。分量は予定よりさらに増えて、原稿用紙十枚になってしまった。何度も削ろうとしたのだが、自分ではもうどうにもならなかった。十三枚半あったものを四分の一近く削ったあとだったのである。あとは副編集長の芹澤菜央美に見せて、意見をきいてみよう。別な視点が加われば、必要のない部分がわかるかもしれない。

アルミサッシのむこうには都会の公園と沈む夕日が広がっていた。少年野球のかけ声がのどかに響いてくる。あの男の子たちの誰もが、それぞれ別な母親から生まれ、あそこまで元気におおきく育ったのだ。その事実だけで、千花子は胸がいっぱいになった。鍵《かぎ》が開く音がした。夫の一斗が帰ってきたのだろう。黒いカメラバッグを肩からさげた一斗がいった。

「どうしたんだ、千花ちゃん。明かりもつけないで」

自慢のスタジオに、ななめに夕日がさしこんでいた。千花子が振りむくと、一斗が驚いたようにいった。

「なんだ。泣いてるのか」

千花子は頬にあたる風の冷たさに、自分が涙を落としているのに気づいた。

「うん。やっとあのコラムが書きあがったんだ」

一斗は弓佳の流産も、千花子が全力で取り組んでいたこともしっている。顔を崩していった。

「やったじゃないか。よくがんばったな。二ページも署名記事が書けるなんて、有名な作家の先生みたいだ」

千花子は指先で目尻《めじり》から涙をぬぐった。

「そんなんじゃないよ。書かせてくれたのは、たくさんのお母さんたちの悲しみだから。わたしはなにもしていないと思う。一斗、こっちにきて」

カメラバッグをそっと床におろすと、一斗がダイニングテーブルにやってきた。千花子は座ったまま抱きついて、男らしい汗の匂いがする夫の腹に顔を埋《うず》めた。

「お願い、しばらくこうしていて」

一斗の手が髪をそっとなでてくれた。ふざけた調子でいう。

「ああ、いつまででもいいぞ。千花ちゃんには明日《あした》から編集部で、わが家の生活費を稼いでもらわなきゃならないからな」

千花子は顔をあげずにいった。

「バカ」

この人は照れくさいのだ。でも、こういうときには理由をきかずに、いつまでもそばにいてくれるやさしさがある。頭が少々悪くても、稼ぎが妻よりすくなくても、やはり断然、一斗を選んでよかった。

千花子はそう思いながら、夫のなつかしい匂いを胸いっぱいに吸いこんだ。

38

翌日は、就業時間の午前十時より三十分まえに渋谷の編集部に到着した。切迫流産の疑いで、予期せず三週間も会社を休んでいる。千花子の仕事は別の編集者にまわされ、あちこちに迷惑をかけていた。ちいさな出版社なので、編集部員はすくなく、それでなくともみなぎりぎりで働いていた。

出版社の編集部は、時間にルーズだった。仕事の独立性が高く、ページをつくるのは個人にまかされているせいか、規律ただしい行動ができないタイプが編集者になるせいかはわからない。定刻を一時間すぎても、まだ半分ほどしか集まらないのが普通である。

千花子は誰もいない編集部で、すべての机にぞうきんをかけた。渋谷駅構内の花屋で買った白いバラとカスミソウを花瓶に生けて、打ちあわせテーブルに飾る。冷蔵庫のなかには人数分のフルーツヨーグルトをいれておいた。あとは自分のデスクにむかって、前日のうちに副編集長に送稿しておいたコラム原稿を、もう一度読み直した。わずかでもブラッシュアップするところが見つかるかもしれない。文章はいじり始めると、無限につつきまわせるものだ。

「おはようございます」

静かで落ち着いた声は、菜央美だった。公共放送でニュースを読むにはぴったりの低めのアルトだ。びっくりして千花子は跳びあがりそうになった。すぐに立って、頭をさげた。

「おはようございます。今日からもどってきましたので、よろしくお願いします」

菜央美はいつものようにどこかのデザイナーズジーンズだった。いったいスリムなブーツカットを何十本もっているのだろうか。シャツはぐっとシックな墨染めのグレイだ。素材は麻だろうか。副編集長は険しい顔でいった。

「千花子さん、話があるから会議室にきてください」

しかられると千花子は理由もなく思いこんだ。あの原稿になにかまずいことがあったのだろうか。それとも急に三週間も休んだから、馘《くび》だとでもいいわたされるのだろうか。菜央美は四十代なかばなのに、まったく重力に負けていない尻《しり》で、小脇にノートパソコンを抱えて廊下の先をいく。

会議室は社長室とともに、志パブリッシングの最上階にあった。奥のガラス張りの窓の下方に宮益坂の鮮やかな木々がのぞいていた。ケヤキの葉は塗りたての黄緑だ。菜央美は渋谷の街なみを背景に座ると、パソコンを開いて両手を組んだ。

「さて、どこから始めましょうか」

千花子は無意識のうちにわずかにふくらみ始めた下腹部に手をあてていた。こうしていると、すこしだけ安心する。

「ぼんやりしていないで、座って」

「……はい」

編集部の安ものよりもぐっと座り心地のいい革張りの回転椅子に浅く腰かける。それでも、まるで針のむしろに座っているようだ。メガネの奥で、副編集長の目が鋭くなった。

「いいニュースと悪いニュースがあるの。千花ちゃんはどっちから、ききたいかしら」

まさかの肩たたきにあうのだろうか。この出版社は弱小だし、労働組合もない。いきなり馘を切られたら、お腹の子をふくめて一斗と三人の家族の暮らしが立ちゆかなくなる。まだまだあのマンションの住宅ローンも残っているのだ。千花子の想像は悪いほうへ悪いほうへと流れていく。

菜央美の顔を正面から見られなかった。自分は打たれ弱い人間だとあらためて了解して、千花子はいった。

「……じゃあ、心の準備がありますから、いいしらせからお願いします」

飛行機の離陸まえにキャビンアテンダントに教えられる耐ショック姿勢を思いだした。頭を守り、身体をまえに倒すのだ。心のなかで墜落時の自分の姿を思い描きながら、千花子は副編集長の言葉を待った。

39

会議室は静かだった。壁の時計の秒針の音がきこえてくる。千花子の心は、その音に切り刻まれるようだ。三週間も病欠したあと、副編集長にいきなり呼びだされたのである。会社員なら誰でも覚えがある恐怖だろう。

「まずいいほうのニュースは、あなたが書いたコラムね」

それだけでぱっと気もちが明るくなった。千花子はお調子者で、お天気屋だった。

「とてもいい原稿でした。わたしは感動しました」

副編集長のきつめの顔立ちが、微笑で丸くなっていた。千花子はすっかり忘れていた。この人も二十年ほどまえの流産経験者だ。

「ありがとうございます。でも、まだ二枚も長くて、どうしても削れなかったんです」

菜央美が手にしたファイルを開いた。プリントアウトは千花子が前日に送った原稿だ。

「これはもう削らなくてもいいでしょう。千花ちゃんのコラムは、読者アンケートの評判もいいし、次号では特別拡大バージョンとして、三ページにします。見開きに無理やり詰めこんだら、せっかくの原稿が窮屈だから。カットをすこし多めに発注しておいてください」

「あっ、ありがとうございます」

千花子は座ったまま、テーブルに額がつくくらい深く頭をさげた。やはりもつべきものは、理解ある上司だった。署名原稿を三ページももらえるなんて、ほんとうにベストセラー作家のようだ。信じられない。千花子はそこで気もちを引き締めた。

まだ悪いほうのニュースが残っているのだ。エンジントラブルを起こした飛行機のように、耐ショック姿勢はとり続けなければいけない。

「どこまでこのコラムが育っていくか、千花ちゃんは最後まで見届ける義務ができたわね。期待している読者がいるんだから、これからもがんばってください」

副編集長の顔から笑いが消えて、いきなり真剣になった。千花子の背中も棒をいれたようにまっすぐになってしまう。

「それに、もうひとつ話があるの」

先輩の後藤未央から噂はきいている。千花子はうっかり口を滑らした。

「本村くんのことですか」

菜央美が眉《まゆ》をひそめた。ちょっと考えこむといった。

「それもあるかな。彼は千花ちゃんが入院してから、すごくやる気がでたみたいだから。わたしのところにもあなたの担当を引き継ぎたいと、自分からアピールしてきた」

にっくき本村め、企画力も仕事の仕切りも半人まえのくせに。

「でも、本村くんから話をもちかけられるまえから、わたしは千花ちゃんの仕事をどうしたらいいのか考えていた」

わたしの仕事をどうにかする？　女性誌の編集という仕事は、千花子の天職だった。現場で経験を積んで、やりがいが初めてわかったのである。時代の流れや読者の意識の変化をきちんと読みながら、自分が心底興味ある題材をうまくすりあわせて誌面にしていく。反応は毎月ダイレクトだし、部数も企画があたれば伸びていく。仕事は長時間の拘束で厳しいけれど、給料は同世代の女性よりも恵まれていた。千花子は恐るおそるいった。

「あの、わたしはずっと『ENDLESS』で働かせてもらいたいんですけど」

菜央美が腕組みして、むずかしい顔をした。

「それは確かに編集者として、千花ちゃんは優秀だと思う。でも、産休まであと三ヵ月以上もあるでしょう。安定期にはいったとはいえ、今回のように三週間も入院するような状態だと、あなたの身体のほうが心配なのよ。わたしも身に覚えがあるからわかるんだけど、編集の仕事では妊娠していても、どうしても無理してしまうでしょう」

千花子には言葉もなかった。副編集長の言葉には千花子に対する思いやりがあったからだ。

「どうするのがいいと、思われたんですか」

「うーん、あと三ヵ月は編集部を離れて、比較的業務が規則ただしくて、軽めな総務部のほうに異動してもらいたいの。ただし、あのコラムの連載は続けること」

千花子は出産ぎりぎりまで、仕事を続けるつもりだった。産休より育休を長くとりたい。出産予定日の三週間まえまで、雑誌編集の予定をいれている。出産後の育児休暇を十ヵ月とすると、あわせて一年近く編集の現場を離れることになる。

稲妻のような勢いで、千花子の頭は回転した。仮に約一年後に編集部に復帰したとしても、最初の数ヵ月は時短での勤務になるだろう。赤ん坊が一歳以下では、長時間の保育は頼めない。総務部なら編集部よりはずっと時間の都合はつけやすい。肉体的にも精神的にも、仕事のストレスは半減するはずだ。千花子はふくらみが目立ち始めた腹に手をおいた。このなかに赤ちゃんがいる。それだけで不思議な一体感で幸福になるし、この子のためならなんでもできると思う。

けれど、千花子はどうしても大好きな編集の仕事を手放すのは、嫌だった。母親として失格といわれようが、雑誌づくりを続けたい。

「総務で三カ月働いて、また編集部に復帰できるんですか」

菜央美がむずかしい顔をした。

「育児休暇明けまでは、一年くらいあるから、絶対とはいえないかな。うえの人たちは今度の産休制度の導入だってしぶっていたくらいだから」

「そんなあ……」

自分から編集の仕事をとりあげたら、なにも残らなかった。

「わたしのほうから、うえには頼んでみるけど、絶対とはいえない」

ついに千花子のなかで、ぷつりとなにかが切れてしまった。

「だったら、どうして総務部への異動なんて副編集長は考えたんですか。わたしは編集の仕事を一生続けたいのに」

菜央美の目は悲しげで、病気になった自分の娘でもじっと見つめているようだった。なにがあったのだろう。千花子のしらないところで、社内で権力闘争でも起きたのか。

「あなたの今の状態が、わたしのときとひどく似ているの」

「それは、あの流産の……」

菜央美はテーブルに両手を組み、自分の手を見おろして、ゆっくりと話しだした。

「わたしも安定期にはいる直前で、切迫流産で二週間強制的に入院させられた。会社にもどったときには妊娠五ヵ月だったから、もう心配ないと思ったの。以前と同じようにばりばり働いていたら、十日もたたずに流産してしまった」

千花子には言葉もなかった。秒針の音がひどくおおきくきこえる。

「長い人生の三ヵ月でしょう。この会社でずっとやっていくためには、総務で別な勉強をしてくるのも悪くないと思う」

即座に断ろうと考えていた副編集長の提案も、かんたんには返事ができなくなった。千花子の身体の状態は、まだ完調にはほど遠い。総務の仕事も企業にとってはなくてはならない大切な業務のひとつだ。それでも編集部で新しい企画を立てるほうが、何倍も好ましいけれど。千花子はようやく返事をしぼりだした。

「わかりました。ちょっと考えさせてください」

菜央美はうなずくといった。

「来月のコラムも、この調子でがんばってください」

はいといって席を立つと、千花子は幽霊のようにふらふらと会議室をあとにした。

40

「ＥＮＤＬＥＳＳ」編集部では昼休みを目前にして、ようやく編集部員の顔がすべてそろっていた。千花子がデスクにもどると、となりの後藤未央がこっそり声をかけてきた。

「菜央美さん、なんだって」

千花子は周囲を見わたした。本村はフロアの端のコピー機のところにいる。

「コラムはほめてくれました。次回はスペシャル版の三ページでいこうって」

未央がわざとらしい叫び声をあげた。本村にきかせたいのだろう。

「すごいじゃない、千花ちゃん。三ページももらえるなんて、周蔵先生も真っ青」

確かに人気脚本家の吉見周蔵の連載エッセイも見開き二ページだった。本村の白いシャツの背中がぴくりと動いて、ショックを受けたのがわかった。千花子は声のボリュームを一段とさげていった。

「でも、産休までの三ヵ月、総務にいかないかっていわれてしまって」

「総務？　どうして。千花ちゃんが事務処理の能力ないのわかってるはずなのに」

事務能力がないのは確かだが、余計なお世話だ。

「まあ、身体のことがあるから」

そのときデスクの電話が鳴った。千花子はさっととると、いつものように低い声で電話口にいった。

「はい、『ＥＮＤＬＥＳＳ』編集部です」

「あら、千花ちゃん。わたし、アスミです」

千花子が口説き落として、誌上ブログを連載しているモデルのアスミだった。

「つぎの号でつかううちの菜園の写真なんだけど、ちょっとさしかえてもらおうかなと思って。あっ、でも、こういうことはもう本村くんに頼んだほうがいいのよね」

アスミのページは雑誌のなかでも、ベストスリーにはいる人気連載だった。この担当を横からさらわれるのは、悔しくてたまらない。

「いえ、わたしもまだ編集部にいますから」

アスミの声は屈託がなかった。こちらの内部事情などなにもしらされていないのだろう。

「だけど、本村くんがいってたよ。千花ちゃんは、長い産休にはいるし、その後も編集部にはもどらないって。赤ちゃんを育てるのも、立派なライフワークだよね。わたしは千花ちゃんの選択もありだなって思う。がんばって、いい子を産んでね」

「……はい」

全身から力が抜けていく。あの男はそんなことをいって、自分から担当を引き継いだのだ。

「本村くん、いるんだよね。ちょっと替わってくれないかな。来月号の打ちあわせもあるし」

「……わかりました」

千花子は送話口を押さえて叫んだ。

「本村くん、アスミさんから電話」

「すみません」

白いシャツにブルーのニットタイを締めた本村が、爽《さわ》やかに席にもどってきた。千花子の様子を見て、未央がいった。

「どうしたの、顔色が真っ青だよ」

千花子はなんとか笑顔をつくった。

「ちょっと気分悪いから、トイレいってくる」

同じ階のエレベーターわきにあるトイレの個室にはいり、千花子は声を殺してすこしだけ泣いた。そんなことをしたのは、新人としてこの編集部に配属されて以来のことだった。あのときはラボの写真をまとめて十一枚紛失して、百万円近い補償金を支払った。それでも、今回のほうが悲しさも悔しさもずっと強かった。

狭い個室の壁には誰かが書いた落書きを消した跡が残っていた。こんな会社辞めちまえ！　千花子は泣きながら微笑んで落書きを見つめ、自分は絶対に辞めないと心に誓った。

千花子はその日、定時に会社をでた。

帰ってから料理をつくる気になれず、渋谷のデパ地下へ夕食の惣菜《そうざい》を買いにいった。会社の近くにデパートがあると、こんなときはとても便利だ。なにせ世界と日本各地の見たこともないようなごちそうがガラスケースのなかで無数に輝いている。

とはいえ、千花子の足どりも胸の内も重いものだった。副編集長の異動の提案は、きっと善意から発しているのだろう。だが、それがそのままいい結果につながらないのが、日本の会社組織だった。本村のように横から千花子の手柄を奪おうとする下品な男もいる。

七種類の有機野菜の筑前煮《ちくぜんに》を買おうとしたところで、千花子はきいたことのある声を耳にした。この声は妙に夫の一斗に似ている。やさしいだけでとり立てて特徴のない声だが、さすがにきき違いをするはずがなかった。

一斗は今日は午前中に打ちあわせが一件あるだけだといっていた。渋谷で買いものでもしているのだろうか。千花子が柱のかげに隠れたのは、夫を驚かせるつもりだった。

「一斗……」

ひと声かけようとして、千花子は凍りついた。デパ地下のデリカテッセンからでてきた一斗のとなりには、三十歳くらいの髪の長い美人がいっしょだった。千花子とは対照的な静かな雰囲気の黒髪の女性である。サンドベージュの麻のワンピースのしたには白いスパッツ。白い革サンダルの先からのぞく足の爪には赤いペディキュアが塗られていた。

妊娠中に浮気をする男が多いという話は、千花子も何度か耳にしていた。だが、そんなもの都市伝説にすぎない。うちの一斗がそんなことをするはずがない。そう固く信じていたのだ。女のとなりで照れたように顔を赤くしている一斗が、憎らしくてたまらなかった。女も女だ。妻が妊娠中の男に手をだすなんて、女の風上にもおけない。千花子はそのまま柱のかげから飛びだそうか迷った。

会社近くの一番よくつかうデパートで、妊娠五ヵ月の女が夫の浮気相手と騒動を起こす。千花子は夕方のデパ地下の人波を見わたした。たくさんの女たちがエコバッグをさげて、買いものに熱中している。こんなところでは、とても騒動など起こせなかった。

その代わりに千花子は、ショルダーバッグから携帯電話をとりだした。通路を遠ざかっていく一斗と女の背中を撮影する。カシャリとはさみの鳴るような音がして、仲よさげなふたりの姿が千花子の携帯に収まった。

職場とプライベート、苦しみと怒りは二重になり、二倍ではなく四倍の強さで千花子のなかで燃えあがっている。一斗にしろ、本村にしろ、男というのはなぜこんなに不誠実な生きものなのだろうか。今夜、一斗をどう責めつけてやろうか。むらむらと湧きあがる黒い炎を抑えながら、千花子はそれからたべもしないTOKYO Xのソーセージと肥後牛《ひごぎゅう》のローストビーフを大量に買いこんだ。こうなったら、たくさんたべて太ってやる。千花子は子どものころから、肉が好きだ。

41

「ただいまー、遅くなっちゃった」

千花子が帰宅してから三十分後、一斗の声が玄関で響いた。千花子はダイニングテーブルに座ったまま、声のほうを見ずにいった。

「今日は仕事、午前中じゃなかったっけ」

一斗がスタジオ兼用のリビングにやってきた。見覚えのある紙袋をテーブルにおいていった。

「ほい、おみやげ。千花ちゃんの好きなフルーツヨーグルト」

妊娠初期に何十個となくたいらげたあのヨーグルトだった。千花子は涙がでそうになった。

「たべものじゃごまかされないからね」

一斗が驚いた顔をしている。なぜ浮気がばれたか不思議なのだろう。浅はかな男め。

「どうしたんだよ、千花ちゃん。目がつりあがってるぞ」

目ぐらいつりあがるはずだった。妊娠五カ月で、おまけに切迫流産で退院したばかりで、夫の浮気現場を発見したのだ。

「しらん顔してもムダだよ。一斗、最低！」

千花子は携帯電話を開いて、ふたりなかよく歩いている証拠写真を呼びだすと、一斗の顔につきつけてやった。

「この人、いったい誰なの」

一瞬ぎょっとした顔をしてから、一斗は腹を抱えて笑いだした。

「彼女がぼくの浮気相手なんだ」

「ごまかさないで、ちゃんと説明しなさいよ」

笑いながら、一斗が正面の椅子に座った。ふたりで選んだ北欧デザインの積層合板のかわいい椅子だ。こんな人を夫に選ぶんじゃなかった。収入は不安定なフリーのカメラマンだし、女に手が早い。しかも浮気がばれても、堂々としたこの落ち着きはなんだろう。一斗はこんな役者だっただろうか。

「はいはい、わかったよ。ちょっと待って」

一斗が自分の携帯を抜いて、どこかに電話をかけ始めた。相手がでると、浮気者がいった。

「悪いけど、うちの奥さんとちょっと話してくれない。すぐにすむから」

そのまま携帯をわたされた。千花子はうけとりながら、小声でいった。

「どういうこと？　いきなりあの女と話せっていうの」

「いいから、はい」

千花子は古くなって傷だらけの携帯電話を耳に押しあてた。

「二宮千花子です、あなたはどちらさまですか」

電話のむこうではじけた声は、耳慣れたものだった。

「やめてくれよ、千花ねえ。ぼくだよ、真樹夫」

フリーターの弟が、一斗の浮気相手となんの関係があるのだろうか。千花子は送話口を押さえて小声で叫んだ。

「一斗、どういうことなの。ごまかさないでっていってるでしょう」

夫は憎らしいほど、平然としていた。テーブルのうえの紙袋を開けると、さっさとフルーツヨーグルトをたべ始める。

「やっぱりここの店のはうえにのってるフルーツがうまいよな。真樹夫くんに、裕香《ゆうか》さんのことをきいてみてよ。ぼくはゆっくりこいつをたべてるから」

訳がわからないまま、千花子はいった。

「ねえ、裕香って誰なの」

二十八歳の弟が舌打ちをしていった。

「なんだよ、もうばれてるのか。ぼくの彼女だよ。真剣に結婚しようと思ってる」

千花子は呆然《ぼうぜん》としていった。

「その人、髪が長い？」

「ああ」

「赤いペディキュアしてる？」

「はあ？　今となりにいるから、替わろうか。今日は一斗さんといっしょに千花ねえの出産祝いをこっそり探す予定だったんだ。こっちのバイトが急に残業になって、ぼくはいけなかったんだけど」

どうりで余裕があるはずだった。千花子の怒りはあっという間に、しぼんでしまった。

「ごめんね、真樹夫。また電話するから。裕香さん、今度紹介してね。じゃあ」

「なんだよ、あのさ……」

弟がなにかいいたそうにしていたが、千花子はあわてて電話をぶち切りした。つくり笑いをして正面の一斗にいった。

「ごめん、わたしのかん違いみたい。おいしいローストビーフがあるんだけど、晩ごはんにする？」

千花子が席を立とうとしたところで、一斗が手首をつかんだ。

「ちょっと待って。まえからいおうと思ってたんだけど、千花ちゃん、そろそろお父さんやお母さんと仲なおりしないか？」

妊娠が判明してからも、ほとんど実家には寄りつかない千花子だった。暴君のような父・由紀夫と専業主婦になってキャリアをあきらめたことを一生後悔している母・清子。どちらも千花子の嫌いな人間だった。

「真樹夫くんの結婚に、ご両親は反対なんだ。いい機会だから、ふたりの結婚を認めてもらって、同時に千花ちゃんのわだかまりも解消させようよ。今のままの関係じゃ、生まれてくる赤ちゃんがかわいそうだ」

千花子は後頭部をなぐりつけられたようなショックを受けた。自分が親とうまくいっていないと、お腹の赤ちゃんがかわいそうなのか。体調不良や編集の仕事がいそがしくて、親のことなど考えている暇もなかった。

千花子はダイニングテーブルで固まったまま動けなくなった。子どものころから、あんな人間にはなりたくないと願っていた反面教師のふたりと、仲なおりなどできるのだろうか。

「……うん、考えてみる」

退院したばかりなのに、考えることばかり増えていく。神さまはわたしにいったいなにをさせたいのだろう。千花子はめまいがして、こめかみに手をあてた。同時にお腹のなかで、まるで返事をするように赤ちゃんが動いた。

あの両親との関係を修復しろ。赤ちゃんにそう命じられた気がして、千花子の気分は最低に落ちこんでいった。

42

すべての人には、親がいる。

誰も自分自身を産むことはできない。

千花子には、それが腹立たしくてたまらなかった。血のつながった親とはいえ、人の心までかんたんにつながることはない。周囲を見まわしてみても、親との関係がうまくいっているのはせいぜい半分だった。人間同士だから、親と子でも相性のよしあしがある。それが当然だと、千花子は高校生のころから考えていた。なかには毎週のように買いものにでかける一見仲のよさそうな母子が、心の底から憎みあっていることもある。歴史上世界でもっとも多いのは家族間の殺人だと、以前ある記事を書くための資料で読んだことがあった。愛情が深いのも、憎しみが深いのも同じ一枚の布の裏表だった。

どこの国でも、どんな時代でも、親との関係は困難な問題だった。千花子が妊娠五ヵ月の安定期を迎えても、その問題はまったく変わらなかった。自分の親とどう接していけばいいのかわからない自分が、また子どもの親になろうとしている。ときどき元気にお腹の内側を蹴《け》るこの子が、いつか自分のことを他人だったらよかったのにと思うときがくるかもしれない。妊娠も出産も、その先の育児も楽しみだったけれど、成人してからの子どもとの関係に千花子は自信がなかった。だから、同じ都内に住んでいながら、なるべく実家には近づかずに離れて生活しているのだ。

「ああ、ここの店みたいだな」

一斗が無邪気に指さしたのは、ログキャビンのようなカフェだった。店先には木製のワゴンがでていて、無農薬の有機野菜が泥のついたまま売られていた。うちの「ENDLESS」にぴったりの雰囲気だ。駒沢《こまざわ》公園近くのこのロケーションをきちんと覚えておこう。あとでショップカードをもらって、携帯電話で写真を撮っておけばいい。

千花子は女性誌の編集者らしく一瞬のうちにそう考えたが、はずみだした心はすぐにしぼんでしまった。副編集長には総務部への異動を打診されている。返事はまだしていなかった。

一斗がドアを開いて、千花子にいった。

「お先に、どうぞ」

どうも妊娠してから、この人はつけ焼刃のレディーファーストになったようだ。店内にはいると、奥のテーブルで弟の真樹夫が手を振っていた。隣には一斗の浮気相手と勘違いした女性がいる。ナチュラルメイクの美人で、白いシャツを爽《さわ》やかに着こなしていた。真樹夫は千花子の四歳下だから、相手もきっとそのくらいの年齢なのだろう。

千花子と一斗が近づいていくと、緊張した様子でその人が立ちあがった。確かに小《こ》姑《じゅうとめ》と最初に顔あわせをするのは、かなりのプレッシャーだろう。真樹夫がいった。

「えーっと、こちらが佐々木《ささき》裕香さん。今度、結婚しようと思ってるんだ」

「よろしくお願いします」

緊張した面もちで、裕香がていねいに頭をさげた。真っ先に一斗がいう。

「おめでとう、真樹夫くん。やったじゃないか、こんなベッピンさん」

千花子も笑っていった。

「こんな三十近いフリーターとよく結婚してくれる気になりましたね。こちらこそ、真樹夫をよろしくお願いします」

「ひでーな、最初がそれかよ」

笑い声が起こって、四人は席に着いた。一斗は水だしの有機アイスコーヒーを、千花子はカフェインレスのハーブティを頼んだ。裕香がだいぶおおきくなってきた千花子の腹に目をやっていった。

「何カ月なんですか。うらやましいなあ」

おやっと思った。声がやけに落ち着いている。人の声には年齢がきちんとでるものだ。目尻《めじり》や首のしわと同じで、経験と加齢はごまかせない。

「五カ月なんです。最近はお腹のなかですごく元気がよくて、かわいいですよ」

一斗がいった。

「夜寝てるときとか、手をお腹にあてるんです。そうすると赤ちゃんのかかとがてのひらにあたるのがわかるんですよ。サッカーでもしてるのかな。すごいよなあ、赤ちゃんも女性の身体も」

考えなしで気軽にしゃべってくれる夫が、こういう緊張した空気ではありがたかった。千花子が話すこともなく黙っていると、一斗が頭をかきながらいった。

「なんで、こんなに美人さんとの結婚に、ご両親は反対なんだろうな」

千花子が質問したかったことを、すんなりといってくれる。やはりもつべきものは、あまり頭のよくない、けれど優しいカメラマンの夫かもしれない。真樹夫は婚約者と顔を見あわせている。

「うーん、それが……その……」

いいにくいことがあるようだ。うつむいていた裕香が顔をあげて、きっぱりといった。

「わたしは真樹夫さんより八歳年上なんです」

「嘘みたいだなあ。お若いですねえ」

一斗がのんきにそういった。真樹夫が二十八歳だから、この人は三十六歳になるのだ。この場の最年長だった。最近の三十代はみな若いけれど、裕香の若々しさは異様なほどだ。ちょっとした魔女である。その魔女がいいにくそうにちいさな声でいった。

「それと、以前一度結婚して、離婚しました」

「あー……」

今度は一斗もうまい返しができなかったようである。なにかをいいかけて、固まってしまった。

「真樹夫さんには結婚しないで、このままつきあっていけばいいんじゃないかしらって、いったんですけど、押し切られてしまって」

真樹夫がいった。

「だって裕香はすぐに四十歳になっちゃうだろ」

「ちょっと、女性にそのいいかたはないんじゃない」

かちんときてしまった。男はなぜ女の年のことを、すぐ口にするのだろう。

「いいんです、千花子さん」

真樹夫が婚約者にうなずきかけていった。

「以前から、裕香は四十歳までに赤ちゃんを産みたかったんだ。そう考えると、もうあんまり時間がないだろ。すこしはふたりだけの新婚気分も味わっておきたいし」

四十歳までの初産を計画しているなら、確かに三十六歳はぎりぎりの年齢だった。

「わたしは結婚しなくてもいいといったんですけど」

「ダメダメ、よく若い子がそんなことというけど、男の手を借りずにひとりで育てるなんて、たいへんすぎるよ。それに自分の子に苦労はさせたくないし、ぼくも子どもの父親であることから逃げるのは嫌だ」

「なるほど、そーか、そーか」

しきりにうなずいているのは一斗である。真樹夫の決心に感心しているようだ。千花子はいった。

「真樹夫のほうこそ親の責任を果たすなら、ちゃんと就職して、正社員にならないとね」

真樹夫が苦笑いしていった。

「わかってますって。就職試験は受けてるよ。ただね、今の景気だと、なかなかむずかしくてさ」

「あの、失礼ですけど、裕香さんはどういうお仕事をされてるんですか」

すっと背筋を伸ばして、千花子より年上の女がいった。

「輸入家具のお店で働きながら、インテリアコーディネーターとして独立しようと動い

ています。何人かお得意さまができたので、自分のオフィスをつくろうと思っていると
ころなんです」
「わあ、すごい」
三十代というのは、そういう年齢だった。よくも悪くも二十代から積みあげてきたも
のが形になるのが三十代だ。裕香は自分の仕事とキャリアに自信をもっていたのだろう。
八歳年下の真樹夫があこがれるのも、よくわかる気がした。
フリーターの弟がさばさばといった。
「もうぼくたちだけで勝手に結婚式をあげてもいいと思ってるんだよね。ほら、うちの
両親は頭固いだろ。もう彼女のことじゃなく、年齢とバツイチのとこしか見てないんだ
よね」
一斗が腕組みをしていった。
「平均寿命を考えると、ちょうど同じくらいに死ねるから、八歳くらい女性が年上のほ
うがいいのかもしれないなあ」
「ちょっと一斗、なにいってるの」
これから、結婚するのに死ぬ話なんてとんでもない。平手で夫の肩をたたいて、千花
子は続けた。
「わたしもそれでいいと思うよ。別にうちの親に祝福されなくても、ぜんぜんしあわせ
になれるんじゃないかな」

真樹夫がとなりに座る凛《りん》とした女性に目をやった。あの情けなかった弟が、こんな穏やかな男らしい目で異性を見るのだ。ずいぶんと成長したものだ。真樹夫が首を横に振っていった。

「それは絶対にダメだって、裕香がいうんだ。ぼくの親からも祝ってもらえなければ、結婚はできない。結婚式に双方の親は欠かせないって」

裕香が座ったままいきなり深々と頭をさげた。

「お願いします。おふたかたもご両親を説得するために、お力を貸してください。わたしは会ってもいただけなくて」

真樹夫が怒っていった。

「ひどいんだよ、うちのおやじ。裕香を玄関先で一時間も待たせておいて、お会いすることはできません、お引きとりくださいって、おふくろに伝言したんだ。自分で直接帰れともいわなかったんだよ」

千花子は冷静に返した。

「あの人ならありそうなことね。自分がどんな失礼をしても、なんとも思わない人だから。ほんのすこしでも自分がされたら、テーブル引っくり返して大騒ぎするくせに」

その日はカフェで二時間近く話し続け、場所を千花子の家に移すことになった。土曜日の夜でお腹のおおきな千花子を気づかって、夕食は一斗が近所の寿司をとってくれた。特上のにぎりを頬ばりながら、年上の未来の義理の妹と話をする。それはとても楽しい時間で、千花子は一度で裕香を好きになった。

両親がふたりの結婚に反対しているというのも、その好意の裏にはあったのかもしれない。敵の敵は味方なのだ。それは家族という離れることのできない静かな敵対関係でも変わらない真実だった。

43

「だけど、どうするんだ？　千花ちゃん自身だって、あまり両親とはうまくいってないだろう」

蒸し暑いベッドルームだった。春が深まって気温があがり、空気が重くなっている。千花子は冷房が好きではなかったので、夜は除湿もしない。一斗はいつも寝苦しいのをがまんしていた。

「困ったな。説得するどころか、わたしのほうが先にけんかしちゃいそう」

「明日、実家に帰ってみないか」

いきなり一斗がそういった。千花子が黙っていると、ベッドで上半身を起こして、こちらの顔をのぞきこんでくる。

「せっかくの日曜日だっていうのはわかるよ。千花ちゃんも疲れてるだろうし。でも、こういうことはあまり引きずらないほうがいいんだ。ぼくもいっしょにいくから、ちゃんと話をしてみよう。明日はふたりだけなんだろう」

千花子は薄暗い寝室でうなずいた。

「うん、真樹夫は週末同棲《どうせい》だから、土日は裕香さんのところにいりびたりだって」

一斗がにやりと笑うと、暗がりのなか白い歯だけが浮きあがった。

「今ごろ、せっせとHしてるんだろうな。あんな美人だとは、真樹夫くんもなかなかやるもんだなあ」

千花子はくだらない想像をたくましくしている夫を無視して、サイドテーブルの携帯電話をとった。迷っていてもしかたない。すぐに母の番号を選ぶ。

「あら、千花子めずらしいわね」

電話のむこうから、やけに生々しい母の声が響いた。

「明日お父さんとお母さんは、うちにいるの」

「定年退職してから、日曜日はあまりでかけることがないの。どこにいっても、東京は人でいっぱいでしょう。それよりあなた……」

千花子は母親の長話につきあう気はなかった。

「妊娠も安定期にはいったから、一斗といっしょにちょっと挨拶《あいさつ》にいこうと思ってるんだ。昼すぎでいいかな」

「あら、だったらお昼うちでたべない？」

四人で食卓をかこむ姿を想像した。うんざりしてしまう。

「ううん、まだ気もち悪くてたべられないものがたくさんあるから、こっちでかんたんにすませていく。じゃあね」

「ちょっと待ちな……」

千花子はすぐに通話を切ってしまった。ベッドのとなりで一斗が心配そうにいった。

「明日の練習だと思って、もうすこし愛想をよくしたらよかったのに」

「そんなことはいいの」

断ち切るようにそういうと、千花子は夫に背中をむけてさっさと寝てしまった。お尻《しり》をさわる手を払いのける。

「そういう気分じゃないんだ、おやすみ」

夫がしゅんとしおれていくのがわかった。千花子の頭は、明日どんなふうに両親と話をするかでいっぱいだった。この世界で一番苦手なものが、千花子の場合親である。だんだんと不安になってきた千花子はなにも考えずに眠ることにした。まったく胎教によくない土曜の夜だ。

44

西荻窪の実家は、訪れるたびに縮んでいくようだった。玄関先の金属製の門も、ならんだ踏み石も、玄関の扉さえ、子どものころに比べるとだいぶちいさくなっている。千花子は紺のフォーマルなマタニティウエア、一斗は黒いスーツに白いシャツで、めったにしないネクタイを締めている。元経産官僚の父にはまず形からはいる必要がある。そういったのは、一斗だった。

「ああ、嫌だなあ」

一斗が実家の門扉に手をかけたところで、千花子はつぶやいた。

「あのさ、このまま西荻でおいしいラーメンでもたべて帰らない？」

苦笑して一斗がいった。

「逃げるなんて、千花ちゃんらしくないよ。ぼくのしってる千花ちゃんは、自分のためはともかく、人のためならいつもの倍以上がんばれる人だ。今日は自分の話をするんじゃないんだよ。真樹夫くんと裕香さんのために、ひと肌脱ごう」

一斗が玄関のインターホンを押すと、待っていたかのようなタイミングで扉が開いた。清子が顔をのぞかせる。母はめずらしく和服姿だった。

「あら、いらっしゃい。お久しぶりね、一斗さん。千花子、お腹のほうはだいじょうぶ？　冷やしていない？」

千花子はさばさばといった。

「もうだいじょうぶ」

「もうって、なにかあったの」

「切迫流産で二週間入院してた」

清子が口に手をあてて叫んだ。

「まあ、あなた……」

「いいからいいから。その話はあとで」

清子のわきをとおって、玄関にはいる。頭をかきながら、こんにちはと声を張って、一斗もあとに続いた。短い廊下を抜けて、一階奥の居間に移動した。床の間を背にいつものように父の由紀夫が座っていた。白い開襟シャツにループタイを締めている。ああいうヒモのようなネクタイはいったいどこで売っているのだろう。一斗が頭をさげて、手土産をさしだした。

「お父さん、ごぶさたしています。つまらないものですが」

朝一番で赤坂《あかさか》の本店まで、一斗が買いにいったとらやの芋ようかんだった。清子の好物である。千花子は座布団に座りながら、妙な違和感を覚えていた。見慣れたはずの実家の居間の様子が違って見える。いったいなんのせいだろう。

理由はすぐにわかった。床の間の横に黒い布をかけたかなりおおきなものがおいてあるのだ。由紀夫が台所に声をかけた。

「おーい、ようかんいただいたぞ。おまえも早くきなさい」

清子がお茶をのせた盆をもってやってきた。

「まったく急だから、なにもおかまいできなくて」

そういいながらさしだす小皿のうえには、この季節らしい深緑の抹茶をつかった和菓子がちんまりとのっていた。

「ねえ、あなた、千花子は二週間も入院していたんですって」

父の顔色が変わった。座卓のむこうで身体をのりだしてくる。

「なにがあったんだ」

声がおおきい。千花子は気をつかっていった。

「すこし出血があって、それでね……」

清子が割ってはいった。

「切迫流産だったんですって。あれは普通、絶対安静よねえ。ほんとうにだいじょうぶだったの、千花子？」

「なんだと、どうしてそんなに大切なことを黙っていたんだ」

早くも由紀夫の雷が落ちた。こんなふうに大騒ぎになるのが面倒だったから、連絡しなかったのである。

「すみません」

一斗がいきなり畳に手をついて謝った。

「動転していて、お父さんとお母さんに連絡するのを忘れていました」

まったくの嘘である。一斗の両親には話をしたし、二度ほど見舞いにもきてもらった。話していないのは、千花子の親だけである。

「まったくのんきなものだなあ。おまえたちは」

父が困った顔をしていた。文句のもっていきどころがなくなったのだろう。

「それでお腹のなかの赤ちゃんは、健康なのか」

父の言葉に母もうなずいている。千花子はいった。

「もう安定期にはいってるから、無理しなければだいじょうぶだって。それで今日、元気な顔だけでも見せておこうと思ってね」

清子が立ちあがった。床の間の横に移動する。黒い布をめくっていった。

「お父さんも、わたしも、赤ちゃんのものを見ると、どうしても買わずにいられなくて。千花子に嫌がられると思ったけど、どんどん集まってしまったの」

赤ん坊用品の箱の山だった。かわいらしいロンパースや肌着やおもちゃは、きっと清子が選んだものだろう。逆に、ゼロ歳から始める英会話や児童文学全集や北欧の知育玩《がん》具《ぐ》は、父・由紀夫のセレクトのはずだ。

「お父さん、お母さん」

千花子は胸を打たれて、父と母を呼んだ。かぶせるように一斗の泣き声がきこえた。

「ありがとうございます……こんなに大事に思ってもらってるのに、ぼくたちときたら」

男泣きというのは、こういうものだろうか。ぎゅっと口元を引き締めて、ぼろりぼろりと大粒の涙を落とす。半分あきれて、単細胞の夫を千花子は見ていた。

「ほんとはもっとこちらに顔をだせばよかったんです。入院のことも、ちゃんと話しておきたかった。でも、全部、千花ちゃんにとめられていて」

「なんだって、それはどういうことなんだ。一斗くん、説明しなさい」

父が冷静に怒り始めた。こうなると、この人はしつこくて、長くて、面倒くさい。

「すみません。ぼくが悪かったんです」

関係のない一斗がひたすら謝っている。せっかくの日曜日が台なしだった。千花子は真樹夫と裕香のことなど、完全に忘れてしまった。

「もういいよ、一斗。頭なんかさげることない」

清子が叫んでいた。

「千花子、お父さんにそんなこというもんじゃないわよ」

なぜこの人たちのまえにでると、こんなにすぐ腹が立つのだろう。両親が買いそろえた赤ちゃんグッズには感動したのに、好きではない親に心を動かされた自分が急にいまいましくなった。いけない、おかしなスイッチがはいりそうだ。千花子は抑えきれずに口にしてしまった。

「どうせ、この人たちには普通の話なんてつうじないよ。真樹夫と裕香さんにも、そんなふうに相手のいうこともきかずに、いきなり怒鳴ったんでしょう。ダメだとか、けしからんとかしかいえないの？　お父さんも、お母さんも見そこなったよ」

由紀夫が腕組みをして、顔を真っ赤にしている。一斗は正座したまま縮こまっていた。清子は娘と夫のあいだで視線をおろおろとさまよわせ、千花子は積みあげられた赤ちゃんグッズの山を悲しい気もちで眺めていた。今日は自分のためにきているのではない。弟とあの素敵な年上のお嫁さんのためなのだ。

お腹のなかの子どもに話しかける。

やっぱりがんばったけど、あなたのおじいちゃんとおばあちゃんとは仲よしになれなかったよ。ごめんね、わたしの赤ちゃん。切ない気分でそう謝ったとき、お腹のなかで赤ん坊が勢いよく動いた。盛んに腹の内側を蹴《け》りつけてくる。

あきらめたらいけない。ママ、がんばれ。

そう背中を押してくれるようだった。

千花子は顔をあげた。そうだ、けんかなんかしている場合ではない。ここで踏ん張らなければ、女がすたる。千花子は必死に頭をしぼり始めた。一斗が横目で、こちらに視線を送ってくる。もう撤退したほうがいいかという顔をしていた。

千花子はちいさく首を横に振って、あきらめない姿勢を示した。真樹夫と年上の婚約者のため、自分と一斗のため、それになによりお腹のなかの赤ちゃんのために、今日は尻尾《しっぽ》をまいて逃げるわけにはいかなかった。

胸を張って、深呼吸をひとつしてみる。さて、どこから始めよう。千花子は心の深くから、和解のための言葉がやってくるのを、素直な気もちで待った。

45

よく晴れた春の終わりの日曜日、実家の居間にいてこんなストレスを感じる娘は、東京中探しても、そうはいないだろう。しかも妊娠は安定期にはいったばかりだ。

一斗は千花子のとなりで、ちいさくなっていた。一斗は昔から厳格すぎる由紀夫が苦手だった。中央省庁のエリート官僚と売れないフリーのカメラマンである。そうかんたんに気心のしれた間柄になるとは、千花子も期待していなかった。

誰もが黙りこんで、重い時間が流れていく。

時間が水あめのように濃くなって、そこに家族四人がからめとられている。

千花子は床の間のわきに山のように積まれた、赤ちゃん用品を眺めていた。どれも父と母が初めての孫のためにおおよろこびして、選んだものだろう。ときどき方向が間違っているけれど、ふたりとも千花子のお腹のなかの赤ちゃんを思う気もちに変わりはなかった。それがどうして、こんなふうにいつももめてしまうのだろう。

足を崩して座っていた千花子の腹の内側が、強く蹴られた。顔をしかめて、つい口にしてしまう。

「うっ、痛た」

「どうした？　千花子だいじょうぶか」

由紀夫がループタイの先を揺らして、腰を浮かした。顔色が変わっていた。先ほどの切迫流産の話がきいているのかもしれない。父は豪胆だが、反面ひどく心配性のところがある。

「だいじょうぶだよ。赤ちゃんがお腹を蹴っただけだから」

千花子はそこではっと思いついた。この子の力を借りれば、両親との距離を縮めることができるかもしれない。

「よいしょ」

中年のおばさんのようにひと声かけて、立ちあがった。産科医に決められた上限の体重増加を半年でクリアしそうな千花子だ。身体が重くてしかたなかった。なにをするつもりだろうという三人の視線が、自分に集まっている。

座卓をまわって、父のところにいった。横に腰をおろす。

「この子、すごく元気で一度蹴り始めると、何度もやるの。お父さん、手を貸して」

千花子は父の手をとった。硬くて、ごつごつした、乾いた手だ。父の手にふれたのは、もう十年ぶりのことになるかもしれない。父が照れて、表情が固まった。かまわずに千花子は突きでた腹の右側に、由紀夫のてのひらをあてた。

タイミングよく、赤ちゃんがその手を蹴ってくれた。

「おおっ、動いてる」

由紀夫が感嘆の声をあげた。清子もにじり寄ってきて、千花子の腹にさわった。なぜか妊婦の腹に手をおくときは、みな赤ちゃんの声でもきくように、首をかしげ耳をかたむける。今度は清子の手を、ちいさなかかとが蹴った。

「すごいねえ、こんなに元気なら、立派に育つわ」

清子の頬が若い娘のように上気していた。その場にいる誰もが歳を忘れ若返るのが、赤ちゃんのつかう魔法かもしれない。おまけに普段よりすこしだけいい人になる。千花子は赤ちゃんは浄水器のようだと思った。それにふれる者が、みな浄化されてきれいな気もちになる。それにしても、この子はこんなにちいさいのに、もう母親のピンチがわかるのだろうか。千花子は心のなかでつぶやいた。ありがとうね、赤ちゃん。

目を細めてよろこんでいる父親にいった。

「あのね、お父さん、真樹夫の彼女、すぐにでも赤ちゃんがほしいんですって。ふたりめの孫も、いいとは思わない？」

きいているのか、どうかよくわからなかった。父は母と手を重ねて、千花子の腹にのせている。

「確かに八歳も年上で、バツイチは厳しいかもしれない。でも、真樹夫も三十近くになって、まだフリーターでしょう。おたがいダメなところがあって、それくらいでちょうどいいんじゃないのかな」

由紀夫が丸い腹から手を離し、お茶をのんだ。来客用の高級品の玉露である。千花子はなるべく感情が交ざらないように注意しながら、言葉を選んでいった。

「お父さんとお母さんのころは、誰もがぴかぴかしていたじゃない。未来にかける夢だってたくさんあったし。国のために自分のことなんかかまわずに働く高級官僚と、みんなのあこがれだったキャビンアテンダント。ふたりは誰も文句のつけようがない夫婦だったもんね」

一斗が盛んにうなずいていった。

「おふたりはぼくのあこがれです」

歯が浮くような台詞《せりふ》だった。千花子は夫を視線でとめた。この先はデリケートだ。

「でも、わたしたちにはぴかぴかの夢はもう見られないの。未来なんて、できるだけ考えたくないことだもの。わたしはちいさな出版社の編集者だし、一斗は収入が不安定なフリーのカメラマン。真樹夫は三十歳近くでも、フリーターのままでしょう。それだって、大学を卒業したとき、すごい就職氷河期だったんだから、自分のせいだけじゃないよね」

由紀夫が目を半分閉じて静かにいった。

「時代が悪いから、みんな不幸だといいたいのか」

役所の会議にでも出席しているようだった。父の言葉にはさからえないような迫力がある。この威圧感が苦手で、なるべく近づかないようにしていたのだ。赤ちゃん、力を貸して。ちいさな足が千花子のお腹を元気よく蹴った。

「違うよ。だけど、今はぴかぴかに幸福な人は、よほど優秀な人か、よほど幸運な人しかいない時代なんだよ。お父さんみたいに失敗したことがない人には、わかりにくいかもしれないけど、誰にでも傷があるのがわたしたちの世代なの。そう考えたら、バツイチだって別にいいじゃない。裕香さんって、すごくしっかりしてるよ。わたしたち四人のなかで、一番稼ぎもよさそうだし」

父は背筋をぴしりと伸ばして座っていた。この人はどうしていつも姿勢がいいのだろうか。つねに誰かに見られることを意識しているのかもしれない。

「失敗なら、わたしだって無数に犯している。ただ、自分の不幸や努力不足をいいわけにしないだけだ」

千花子はもどかしかった。それはいくら説明してもわからないことなのかもしれない。国や会社がぐんぐん成長している時代には、仕事で成果をあげるのも、昇進するのも、追い風にのせられたようなものだろう。でも、すべてがちぢんでいく時代には、同じ位置にとどまるだけでも、全力でその場にしがみつかなければならないのだ。父も母も「手を離したら落ちていく」恐怖を味わったことがない。千花子はようやくわかった。両親と自分のあいだがうまくいかないのは、性格上の不一致だけが問題なのではなかった。同じ時代を生きているのに、見えている世界があまりに異なっていたせいだ。

「こんなところで、いい争っていてもしょうがないよね。わたしが入院のこと、連絡しなかったのはあやまります。ごめんね、お父さん、お母さん。絶対安静っていわれたから、病室でもめるとたいへんだなあって、勝手に決めつけてしまったんだ」

千花子はそこで、夫に目をやった。アイコンタクトだけで、自分のやるべきことがわかったようだ。一斗がおおきな声をだした。

「お父さん、お母さん、ごめんなさい。でも、ぼくたちには赤ちゃんがなにより大切だったんです。千花ちゃんのとなりのベッドに入院していた人も、同じ切迫流産だったんだけど、ほんとうに赤ちゃんが流れてしまったから」

ナイスアシストだった。千花子は軽く頭をさげた。

「わたしたちが同席してもいいから、裕香さんに会ってあげてほしいの。あの人は結婚式をあげるなら、ちゃんと真樹夫のお父さんとお母さんが出席してくれなければ、ダメだっていうの。いいところあるんだよ。ねえ、一度だけ話をきいてあげて、お願いします」

由紀夫が腕を組んで、目を閉じた。これ以上いうことはなかった。じっと待つ。三十秒、六十秒、九十秒。息苦しくてたまらない。一斗が何度か視線だけで、もうあきらめて帰ろうと合図を送ってきた。そのたびに千花子は、短く一度だけ首を横に振った。

しびれを切らしそうになったとき、由紀夫がいった。

「あの背広はクリーニングから返っているな、清子」

「はい」

役所の仕事で国際会議に出席したとき、ロンドンのサビルローでオーダーした父の勝負服だった。ぎろりと目を開けると、父はいった。

「真樹夫と裕香さんに伝えておきなさい。来週末に食事会を開くから、スケジュールをだすようにと。ホテルのレストランを押さえなければならないからな」

千花子の胸の奥で、たくさんの泡がはじけたようだった。うれしくてたまらない。

「ありがとう、お父さん」

「ありがとうございます、お父さん」

千花子と一斗の声が重なった。

「あら、わたしも美容院にいかなくちゃいけないわね」

清子が髪を押さえて、そういった。由紀夫が横目でちらりと千花子をにらんだ。

「毎週とはいわないから、隔週で顔を見せにきなさい。お母さんも、お父さんもずっと心配していた。一斗くん、気の強い娘だが、千花子をよろしく頼む」

「はい、よろこんで」

こんなときはいつも返事だけはいいのが、フリーランスで世をわたる一斗らしかった。千花子はそんな夫と赤ちゃん用品の山を見ていて、なぜかすこしだけ涙ぐんでしまった。

46

その夜、千花子は久しぶりに一斗といっしょに風呂《ふろ》にはいった。リフォームしたときに浴室はふたまわりほど広いユニットバスに替えてある。明かりを落としたバスルームにアロマキャンドルの炎が揺れている。千花子は浴槽で足を伸ばしていた。背後には一斗の厚い胸板がある。一斗の手は湯のなかで、千花子の丸い腹をなでていた。

「今日はさすがだなって思ったよ。千花ちゃんは馬力があるなあ。打ちあわせでも、いつもあんな調子だったもんな」

一斗の手がときどき胸にあがってきた。千花子はその手を何度も腹のうえにもどした。

明かりを落としたのは、この胸のせいでもある。乳房がふたカップほどおおきくなったのは、平均的なサイズだった千花子にはうれしかった。けれど、どんなことにも欠点がある。胸がふくらんだのはいいけれど、乳首の色が黒ずんで、いつも立っているようなおかしな形になっていた。一斗には明るいところで正面から見られたくなかった。

「わたし、お父さんのいうことにも一理あるなって思ったんだ」

一斗のてのひらが玉をなでるように、千花子の腹をさすっている。湯のなかの手の動きはひどく気もちがよかった。

「どういうこと？」

耳元で千花子の好きな男の声がする。これもひどく気もちがいい。

「ほら、いってたでしょう。なにかをできないことのいいわけにしてはいけないって」

「うん、そんな気もする」

一斗はカメラマンのせいか、視覚的なイメージの記憶力は抜群だけれど、言葉の覚えが悪かった。

「それでね、わたしも妊娠をいいわけにするのはやめることにした」

一斗が湯のなかで、がばりと上半身を起こした。浴槽におおきな波が生まれて、ざーっとこぼれていく。この贅沢《ぜいたく》な音が千花子は好きだ。

「どういうこと？」

千花子はキャンドルの火を見つめながらいった。

「だから、編集部の仕事はちゃんと続けることにする。総務への異動は断るよ」

「だけど千花ちゃんの身体のことを考えて、副編集長が動いてくれたんだろう」

両手で包むように腹を抱えて、千花子はいった。

「うん、でも赤ちゃんのためにも、自分が好きな仕事をしたほうがいいと思うんだ。わたし、うちのお母さんみたいにあなたのために好きな仕事ができなかったって、この子にいいたくないの。身体には十分気をつけるから、それでいいよね、一斗」

「うーん、考えさせてくれ。すぐにはこたえられない」

一斗がそういうときは、あとで必ずイエスの返事がもどってくるのだった。千花子は振りむいて、夫の鼻にキスをした。

「ありがとうね、一斗。わたし、あなたと結婚してよかったって、思ってるよ」

両手ですこし強く乳房をつかまれた。ちょっと痛かったけれど、千花子はがまんした。なにせ今日はこの人が大活躍だったのだ。

「ほんとか？　うれしいな。明日《あした》からもっと仕事がんばるよ。千花ちゃんと赤ちゃんのために、ぴかぴかのカメラマンになってやる」

一斗が浴槽のなかで踊るように動きだして、湯があふれだした。千花子は水音をききながら、目を閉じた。あと五カ月で、この子は生まれてくる。そのとき自分は、なにを思い、なにを感じるのだろう。どちらにしても、この人はそのときも今と同じようにそばにいてくれるはずだ。

母になることへの期待と好奇心が、千花子のなかで自然に高まってきた。

47

翌日の朝一番で、千花子は副編集長のデスクにむかった。芹澤菜央美の机のうえには、いつもちいさな一輪ざしが生けてある。その朝はオレンジのガーベラがうつむくように控えめに咲いていた。

「副編集長、ちょっとお話があるんですけど」

千花子はなるべくお腹が目立たないように、おおきめのパーカを着ていた。ちらりとパソコンのディスプレイから顔をあげて、菜央美がいった。

「ここでいい？　それともうえにいく？」

うえとは志パブリッシングの最上階にある会議室のことだ。先輩の後藤未央はまだ出社していないけれど、本村俊彦はもう机にむかっていた。編集者なら無駄に朝早くくるより、あちこち出歩いて、もっといい企画を立てればいいのに。

「うえでお願いします」

じっと千花子の顔を見つめると、副編集長がウィンドウを閉じて立ちあがった。

「わかりました。いきましょう」

短い廊下を菜央美のあとについて歩いていく。背中越しにいわれた。

「あなたのコラム、すごく評判いいみたい」

胸のなかでなにかが弾《はじ》けるようなうれしさだった。

「ほんとですか」

菜央美がエレベーターのボタンを押して振りむいた。前立てにフリルがついたグレイのシャツ、ジーンズはまたどこかのブランドのスーパースキニーだ。四十歳をすぎて、この腰まわりと太ももの細さを維持しているのはすごい。にこりと笑うと、少女のような雰囲気がこぼれた。

「このまえ『PROUD』のパーティがあったでしょう?」

その雑誌は最近絶好調の女性誌だった。ターゲットは二十八歳プラスマイナス二。不景気な出版業界で、久々に百万部を刷った人気のファッション誌である。

「あそこの編集長にいわれたの。あのコラムはいいって。編集部の子たちも、みんな読んでるみたい。もし、千花ちゃんが『ENDLESS』の編集者でなければ、自分のところも原稿頼みたいくらいだって。わたしはいったんだけどね。どうぞ、ご自由にって。ほら、うちはアルバイト自由な会社でしょう」

あの雑誌の編集長なら、目は確かだし、この業界でも力をもっているはずだった。百万部を超えるような怪物誌で、自分の署名入りのコラムを書く。そのページのレイアウトを想像するだけで、千花子の足元はふわふわと定かでなくなった。

五月の緑は曇り空の灰色としっとりなじんでいた。

渋谷は宮益坂の看板やネオンサインが半分以上隠されて、いつもよりすこし上品な街に見える。菜央美はその緑を背に足を組んで座っていた。まるで採用試験のような雰囲気だ。千花子はまえもっていうことを考えてきたが、それでも緊張してしまった。

「返事が決まったのね」

助け舟をだすように副編集長が口を開いた。

「はい。まず菜央美さんのお心づかいに感謝します。わたしの身体と赤ちゃんのことを考えての異動のお話だと、ありがたく思っています」

菜央美はとがったあごでうなずいているだけだ。ここからが千花子の踏ん張りどころだった。

「ですが、やはり編集の仕事を続けさせてください。お願いします」

出産休暇と育児休暇をあわせると、一年近くの長い休みになる。総務部で休暇にはいり、復職してからまた編集部に戻れるかどうかは、まったく予測がつかなかった。だいたい産休制度さえしっかりしていなかった会社である。時代の先端の出来事をあつかう出版社とはいえ、中小企業はあくまで中小企業だった。

「うーん、千花ちゃんはそういうと思った。でも、困ったなあ」

「なにか問題があるんですか」

菜央美は浮かない顔をしている。

「総務部のほうでも人が足りなくて困っているのよね。あなたの能力は、わたしも高く買っているし、編集の仕事以外でもうちの会社に貢献できると思うんだけど」

確かに千花子は面倒な書類の整理は最初にばりばりと片づけてしまうほうだ。さっさと嫌いな仕事を終わらせて、残りの時間で新しい企画を考え、取材にでかけたいから、嫌な雑用もやる気になる。

「違うんです。あれは実力じゃないんです。早いだけでやりかたはいい加減だし、総務で通用するようなものじゃないです」

おかしな汗をかいてしまう。千花子はこれまでの失敗を考えた。伝票で一桁《ひとけた》数字を間違えたり、大切な企画書を失くしたりしたことはなかっただろうか。できた仕事ではなく、できなかった仕事をいいわけに探すのだ。会社というのはおもしろい場所だった。

「総務部の関口《せきぐち》さんも、千花ちゃんのこと買っていたんだけどねえ」

その部長は出版社というより、どこかの区役所で窓口係を何十年も務めているような雰囲気のおじさんだった。意外な評価だが、それは困る。おや、なんだか副編集長の口調が残念そうだ。これはもしかしたら、いけるのかも。

「うちの編集部としても、千花ちゃんの企画力や時代を見る目は戦力だから、できることなら手放したくはないのよ。あのコラムがいいっていってくれたのは、『PROUD』の編集長だけじゃなかった。あなたはまだしらないだろうけど、けっこうこの業界にあなたのファンが増えているみたい」

天にも昇るというのは、こんな気もちなのかもしれない。千花子は自分がどこにいるのか、一瞬わからなくなるほど舞いあがった。

「う、うれしいです。わたし……」

そのとき、お腹のなかで赤ちゃんが身動きした。内側から蹴《け》るだけでなく、両手両足をぐりぐりと突っ張っているようだ。

「痛っ、痛い」

顔をしかめて、お腹を抱えてしまった。菜央美が顔色を変えていった。

「だいじょうぶ？　千花ちゃん」

無理やり笑顔をつくって、千花子はいった。

「これくらいだいじょうぶです。この子、やけに元気みたいで、しょっちゅうお腹のなかで暴れるんです」

どちらに似たのかわからないけれど、やけに元気な赤ん坊だった。もしかすると男の子なのかもしれない。菜央美が真剣な顔になった。

「いいかな？　もし編集部で働いていて、流産するようなことになっても、会社はいっさい責任はとれないのよ。それでも、千花ちゃんはいいのね。編集の仕事を続けるのね」

じっと目の奥をのぞきこんでくる。この人はわたしの本気度を確かめているのだ。千花子は目に力をいれ、時間をかけてうなずいた。

「はい。もしそういうことになっても、誰もうらんだりしません」

千花子を見つめる菜央美の目がやわらかくなった。肩の力を抜いて、菜央美がうなずいた。

「わかったわ。関口部長には、わたしのほうからあやまっておきます。会社には誰かほかの人を手あてするようにいうわ」

千花子は飛びあがって叫びたい気分だった。

「やったあ、ありがとうございます、副編集長」

菜央美は足を組み直していった。

「でもね、本村くんにわたしたあなたの担当は、もうもどってこないから。そこはあきらめてちょうだいね。ころころと担当を替えるわけにはいかないし、あなたの産休もあるから、しかたないでしょう」

残念だけれど、あきらめるしかないのだろう。また別な書き手を探して、口説けばいいのだ。編集部にいれば、いつか必ずつぎのチャンスはめぐってくる。

「わかりました、そちらのほうは了解です」

気がつけば、粉のように細かな雨が渋谷の街にふり始めていた。群がるように生えだしたケヤキの葉が濡《ぬ》れて、うれしげにおしゃべりでもしているようだ。そのとき、会議テーブルの電話が鳴った。菜央美より先にとって、千花子はいった。

「こちら、会議室ですが」

後藤未央の声だった。

「ああ、千花ちゃん、そこにいたんだ。モデルのアスミさんから、電話だよ。なんだか、かんかんに怒ってるみたい」

いったいなんのことだろう。千花子はつい口走っていた。

「えー、なんでアスミさんから。わたしはもう担当をはずされたし、電話を受けるなら本村くんじゃないですか？」

未央が電話のむこうで困っていた。

「だって、アスミさんが千花ちゃんをだせっていうんだから、しかたないでしょう」

副編集長が心配そうにこちらを見ていた。送話口を押さえていった。

「アスミさんからわたしあての電話です。なにかトラブったみたいで、ひどくご立腹らしいんですけど」

菜央美は腕を組んでいった。

「しかたないわね。いいから、ちゃんと話をきいてみなさい。トラブルの処理はあとから考えましょう」

千花子は電話機に目をやった。外線のボタンが赤いLEDで怒ったように光っている。いったいなにがあったのだろう。このボタンを押したら、電話機が爆発でもしてしまえばいいのに。千花子は深呼吸をひとつすると、赤く点滅するボタンにそっとマニキュアを塗っていない指先を伸ばした。

48

耳元で雷が落ちたようだった。

「千花ちゃん、どういうつもりなの」

モデルのアスミはふんわりとした雰囲気のナチュラルビューティがもち味だった。もう四、五年のつきあいになるが、こんなに荒っぽい声をきいたのは初めてだった。受話器をにぎりしめたてのひらに汗がにじんだ。志パブリッシングの会議室で、つい頭をさげてしまう。

「すみません、すみません」

自分でもなぜ怒られているのか、よくわからなかった。アスミのコラムは読者アンケートで、つねに上位を競う人気連載だ。来年には本にまとめて、出版予定だった。編集部としては決しておろそかにできない執筆者である。

「まったくどういうことなの、写真も違うし、おかしな商品もはいっているし」

恐るおそる千花子はうかがいを立てた。

「あの、わたしにも意味がぜんぜんわからないんですけど。連載の担当は今月号の分から、本村に替わっていると思うんですけど」

あの憎き本村俊彦のつるりとした卵肌を思いだした。人の仕事のいいところだけ狙ってくるお調子ものハゲタカだ。

「あの人、昨日一度電話で話してから、ぜんぜんつかまらないのよ」

ため息のような返事がもどってきた。千花子はぴんときた。アスミは本村とうまくいっていないようだ。すくなくとも仕事のパートナーとして、信頼できるところまではいっていない。

「しばらくお待ちください。相談してみます」

芹澤副編集長は心配そうにこちらを見つめていた。送話口を押さえて、千花子はいった。

「アスミさんの連載で、トラブル発生です。本村くんは昨日からつかまらなくて、アスミさんカンカンなんですけど」

副編が腕組みをしていった。

「そう、困ったわね」

「電話で話していてもらちが明かないので、ちょっとアスミさんのところにいってきてもいいですか。わたしは今日の午後は都合がつけられるので」

アスミの別荘は南房総の館山《たてやま》にあった。いくなら一日仕事である。

「あなたにお願いしようかな。本村くんはトラブると、腰が引けちゃう癖があるんだよね」

やった！　うまくすれば、これで本村に貸しをつくれるし、アスミとの関係もつなげるかもしれない。電話口にもどる。胸ははずんでいたが、口調はぐっと抑えてへりくだ

お話をうかがえないでしょうか」

「もうしわけありません。わたしがこれからアスミさんのところにうかがうので、直接お話をうかがえないでしょうか」


「わかった。待ってる」

千花子は電話を切ると、副編集長に一礼して会議室を飛びだした。

49

JR内房線《うちぼう》が木更津《きさらづ》をすぎたあたりで、海が明るくなってきた。雨雲が切れて、カーテンのように揺れる日ざしが、沖を銀紙のように輝かせた。午後イチのローカル線にはほとんど乗客の姿はなかった。

千花子のとなりには、渋谷駅まえのデパ地下で買ったてみやげがおいてある。紅茶のジャムとフランス産のハーブいりバターだ。どちらもパン好きなアスミの大好物で、ちぎったバゲットにひと塗りすれば、いくらでもパンのお代わりができてしまう。

館山駅のロータリーでタクシーにのりこんだ。

「房総フラワーライン、諏訪《すわ》神社のほうにやってください」

バックミラーで千花子を確認して、中年の運転手がいった。

「アスミの別荘にいくの？」

「ええ、そうです」

地元では誰でもしっているのだろう。有名人の苦労がしのばれる。市街地を離れると、南房総の緑が雨あがりをよろこんで、生きいきと身を震わせている。千花子はアスミの連載のバックナンバーを読み返していた。

このところの半年ほど、アスミはファッションや芸能関係の仕事を縮小して、ほとんど別荘に移り住んだような生活を送っていた。不景気が続き、芸能の世界でもマイナス成長が続いていた。タレントもそれぞれの形で生き残りを探っている。アスミの南房総ナチュラルライフも、本人の自然志向だけでなく、生き残りをかけた事務所サイドの意向がからんでいるのだろう。

タクシーが停車したのは海沿いの高台に建つ、白いログキャビンの前だった。玄関わきには背の高いヤシの木が植えられている。砂利敷きの駐車場にはベンツのRVが見える。アスミはでかけていないようだ。このあたりの足は自動車しかない。

ポーチにあがって、インターホンを押した。アプローチに植栽されたローズマリーの匂いが爽《さわ》やかだった。このあたりは蚊が多いのだが、虫除《よ》けにきくときいたことがある。

「はーい」

別荘の奥から、アスミの声が響いた。先ほどの電話とは違って、伸びやかなものだ。機嫌が直っているといいのだけれど。ドアが開いて、ノーメイクのアスミが顔をのぞかせた。ファッションモデルをしているだけあって、アスミは背が百七十五センチほどあった。自然に見あげるような姿勢になる。

「これ、おみやげです。今回はどういう事情かわかりませんが、たいへんもうしわけありませんでした」

さしだしたデパートの紙袋をわきにおくと、なぜか強く手をにぎられた。アスミがうれしそうにいう。

「やっぱり千花ちゃんだ。すぐにきてくれるなんて、フットワークが軽いなあ」

日焼けしたお姫さまのようなアスミは、喜怒哀楽の表現が激しかった。今日の天気のようだ。雨だと思っていたら、気がつくと晴れている。

「さあ、はいって」

リビングは広々として、奥の木製サッシの半分を南房総のからりと青い海が占めていた。家具はアーリーアメリカンで統一され、素朴だがリラックスした雰囲気だった。ソファに腰かけると、身体がクッションに埋まるほど沈んでいく。アメリカ製のソファらしい座り心地だった。アスミがみずからハーブティをいれてくれた。透明なティカップの底に、ちいさなバラの蕾《つぼみ》が沈んでいる。いい香りだ。

「本村くんは、もともとミスが多かったのよね」

ため息をつくように、そういった。いい気味だと思ったが、反射的にあやまっていた。

「うちの後輩が、すみません」

「いいのよ。千花ちゃんのミスじゃないんだし。赤字が直っていなかったり、サブの写真が別なものになっていたり」

そこまでは笑っていたアスミの目つきが急変した。猫の目のようにつりあがって、光が強くなる。

「だけど、これだけは許せない」

志パブリッシングの封筒から色校をだして、センターテーブルに広げてみせた。

「これよ、これ。信じられる？」

細くきれいな指先が写真を示す。日本の化粧品メーカーが発売した天然成分だけを使用した洗顔石鹸《せっけん》だった。どうやら新製品のようで、見開きの隅っこにちいさなカットが掲載されている。そのとなりには切り抜きで、石鹸のパッケージをもって微笑むアスミ自身の写真ものっていた。これが問題になるということは……。千花子はすぐに気づいた。

「アスミさん、今、どこかの化粧品会社の広告やってるんですか」

高い出演料を得られるコマーシャルには、細かな縛りがあった。同業他社の製品を推薦するなど、もってのほかだ。同じページに写るだけでも契約違反になる。アスミがあっさりといった。

「ううん。どことも契約してないよ」

「……そうですか」

千花子の返事も宙ぶらりんになってしまう。アスミがきっと千花子をにらんだ。

「わたしは今、自分の名前をつけた基礎化粧品のブランドを立ちあげようって、準備してるの。大手と組んで、企画をもちこんでいるところ」

アスミが提携先の名前をあげた。誌面にでている洗顔石鹸を発売している会社とは、永年のライバルメーカーだった。

「あー、そういうことですか」

広告の契約違反とまではいかないが、微妙なところだった。

「わたしの担当者も毎回、この連載をチェックしてるし、このあつかいだとわたしが正式に石鹸をすすめているみたいでしょう」

「どうして色校で写真をさしかえなかったんですか」

アスミの目がさらにつりあがった。

「そんなこと、本村くんにきいてよ」

千花子はとりあえずあやまっておく。

「すみません」

「わたしも何度か、写真のチェンジをお願いしたんだけど、もう間にあわないとか、なんとかいって、結局そのままになっちゃったの」

ちょっと待てよ。そういえば、その石鹸のメーカーはほとんど「ENDLESS」に広告を出稿していなかったはずだ。千花子はバッグのなかから最新号をとりだして、ぱらぱらとページをめくった。センターのいい見開きに、そのメーカーの広告が堂々とのせられている。

筋書きが読めてきた。これは最初から確信犯だ。本村は雑誌広告部と組んで、アスミの人気ページに商品を掲載する約束をしたのだろう。その代わり新しいクライアントとして、本誌にも広告出稿をお願いする。いわゆるバーターというやつだ。そうなると、本村が連絡をとれないようにして、アスミから逃げているのもわかってきた。雑誌は刷りあげて発送してしまえば、もう回収はできない。すくなくとも、この程度のことではそこまではしないだろう。

「本村くんはアスミさんが広告の契約をしてないことは確認してましたか」

「そうね、そういえばきかれたことがあったかも」

むずかしいところだった。本村がしたことは志パブリッシングにとっては利益になる。この不景気に新しい広告主を開拓したのだ。だが、著者のアスミには明らかに不利益だった。仮にこのページが問題になって、新ブランドの立ちあげが流れたら、事務所とアスミの逸失利益は計りしれない。

「わかりました。ちょっと上司と相談してみていいですか」

携帯電話を片手に、玄関からポーチにでた。潮風にあおられて、英国風のハーブの庭がざわめいている。副編集長とすぐにつながった。事情を説明して、千花子は思いついたばかりの解決策を伝えた。最終校正にはまだ間にあうだろう。

千花子が室内にもどると、アスミもまた誰かと電話で話していた。どうやら事務所の人間のようだ。

「ちょっと待ってて」

つながったままの携帯電話をテーブルにおいて、アスミは千花子のほうをむいた。千花子はソファで足を組むアスミのまえに背を伸ばしてまっすぐに立った。

「なんとか緊急の対応策を立てました」

疑い深そうな目で、アスミが見ている。

「それで、どうしてくれるの」

「はい、アスミさんが石鹸をもっている写真はイラストのカットに、なんとかさしかえることができました。ただあの石鹸の写真はもう代わりがなかったので、そのままイキになってます。ただし」

まんざらでもない顔でアスミがいった。

「ただし、なあに」

いい感じだ。アスミにとって一番の問題は、自分とスポンサーのライバル会社の商品がからんだ写真なのだろう。

「キャプションを直しておきました。アスミさん推薦ではなく、編集部の推薦に変えておきましたから、なんとかご容赦ください」

「へえ、ありがと。本村くんはキャプションの直しも間にあわないといっていたんだけどなあ。おかしいな」

写真のさしかえができるのに、墨一色の文字直しができないはずがなかった。それもきっと本村の策略だったのだろう。確かめているひまはないが、広告営業のほうでは本文の記事に、それも人気のあるアスミのページに商品を掲載する約束をしているはずだった。もう一歩踏みこんで、アスミと商品をからませるというところまで、口約束しているのかもしれない。そちらの写真も変更は可能だったが、それでは今後のクライアントとの関係にひびがはいる。千花子はわざと商品写真だけ残したのだ。

アスミがさばさばといった。

「なんだか、話が違うね」

どういうことだろうか。そういえば、未練を断つ意味で、担当替えがあってからアスミとは接触しないようにしていた。

「なにか本村にいわれたんでしょうか」

アスミが両手を頭のうしろで組んで、海のほうをむいた。

「あの人いってたよ。あの石鹸は千花ちゃんの最後のおきみやげで、気がすすまないけど登場させなきゃならなかったって。あなたにはお世話になったし、この連載の声をかけてくれたのも千花ちゃんだから、恩返しだと思っていた」

あの男！　人のせいにした。しかも、問題になるとバックれたのだ。男の、いや人間の風上にもおけない。裏側をすべてばらしてしまいたかったが、千花子はこらえた。

「はあ……すみません」

「それにさ、千花ちゃんはもう編集部に帰ってこないんでしょう」

「いえ、そんなことはないです。また編集部に帰ってきますよ」

「でも、本村くんは千花ちゃんは総務に異動して、もう編集部には帰ってこないといってたよ。だから、しぶしぶ担当替えを受けいれたんだから」

担当者としてはありがたい言葉だった。だが、それよりも本村への怒りが先に立つ。

「その話は今朝、芹澤とすませてきました。わたしは出産後、できるだけ早く編集部にもどってくるつもりです。それから石鹸のほうも、わたしのからみじゃありません」

ぱちんと手を打って、アスミがいった。

「そうか、本村のやつ、なんか腹黒いと思ってたけど、わたしの勘は間違っていなかったんだ」

ソファから立ちあがると、アスミが正面に立ち、手をさしだしてきた。

「ねえ、千花ちゃん。もどってきたら、またわたしの担当になってよ。本をつくるなら、やっぱりあなたといっしょがいい。はい、約束の握手」

涙がでそうで、千花子は必死でこらえた。アスミはぎゅっと千花子の手をにぎり締める。

「こちらこそ、お願いします。ほんとはこの連載を、本村にわたすの死ぬほど嫌だったんです」

アスミが笑っている。

「千花ちゃんの手って、あったかくて、ふわふわしてるね。やっぱりお腹に赤ちゃんがいるからなのかな」

リビングにさしこむ日ざしに、午後の熟れた色が加わっていた。太陽はずいぶん水平線に近づいている。

「もう太ってしまって、たいへんです。お医者さんには七キロまでといわれているのに、もうリミットを超えそうで」

千花子は丸みを帯びた腹を両手で抱えた。アスミがそっと手を伸ばす。

「なんかいいなあ。わたしもいつか子どもがほしいんだよね。相手はまだいないけど」

アスミの細い指が千花子のお腹にふれた。このスマートさやスタイルのよさが、赤ちゃんにも移るといいのだが。

「そうだ、わたし、今日のお昼抜いたんだよね。早めに晩ごはんにするから、うちでたべていかない？　牛スジの赤ワイン煮こみ、うちの庭でとれた五種類のハーブいり」

「ありがとうございます」

それから日が沈むまで、千花子とアスミは夕食の準備をしながら、連載の話、本の話、ファッションや有機野菜、妊娠出産や子育ての話など、女同士だから盛りあがる話を、たくさんしゃべり散らした。

千花子はその夜、アスミの別荘を離れるまでに妊娠中は禁止されている赤ワインを、グラスに半分だけのんだ。それはとても素晴らしい味で、幸福でたまらなくなるくらい千花子を酔わせたのだった。

50

夜の会議室には、四人の顔がそろっていた。

副編集長の芹澤菜央美、お調子者の後輩・本村俊彦、千花子。それにいつもは渉外のためにでていることが多い名ばかり編集長の大谷信二だ。窓のしたに広がる渋谷宮益坂のケヤキ並木にネオンサインがあたり、ぼんやりと未来の緑のように光っている。

「さてさて、今回はどうしたのかな」

おっとりとそういって、菜央美がいれた紅茶をすすったのは大谷だった。菜央美が千花子にうなずいて口を開いた。

「アスミさんの連載エッセイのトラブルです」

本村は目をふせたまま、誰とも視線をあわせようとはしなかった。千花子も感情的な対立があると思われるのが嫌で、本村を無視している。菜央美は冷静にいう。

「まず本村くんが新しいクライアントの洗顔石鹸《せっけん》をアスミさんのページに記事広告の形でのせると、広告部に約束したところから問題はスタートしました。けれど、アスミさん自身はその石鹸をつくっているところのライバル会社と、ひそかに自分の化粧品ブランドの立ちあげを計画していた。そのことは本村くんも承知していました」

大谷が会議テーブルのうえに広げられた色校を手にとった。修正前と修正後のものが二枚赤字をいれてならべられている。

「それでできあがったのが、最初の色校です。本村くんはアスミさん推薦というキャプションと、商品といっしょに写っているカットの変更は間にあわないから不可能だといって、アスミさんとの連絡を断ちました。アスミさんはかんかんになって、編集部に電話をかけてきました。事後処理にあたったのは、二宮さんです」

菜央美はさすがに頭がよくて、犯人を追いつめる検事のように、さっさとトラブルの形をまとめあげてしまう。編集長の疲れた声が響いた。

「ああ、それで写真がイラストにさし替えられていて、キャプションも変更になってるんだな。アスミさんではなく、編集部推薦か。まあ、よくある編集上のトラブルといえば、そんなものだがな」

本村がちらりと大谷に目をあげた。

「すみません。そのクライアントは新規で、うまくすれば毎月レギュラーで広告ページを買ってくれそうだったものですから。少々あぶない橋をわたっても、むこうの条件をのんでみていいかなと思って。すべてわが社と、うちの雑誌の利益のためにやったことです」

千花子はぼんやりと渋谷の明るい夜空を眺めながら考えていた。こういうところで、男と女の差がでるのかもしれない。男性編集者は会社に貢献すること、雑誌の部数を伸ばすことに夢中な場合が多い。どちらもはっきりと数字でわかる貢献だ。けれど千花子だけでなく女性編集者のほとんどは、売上を増やすことよりいい雑誌をつくることに熱心だった。成功の尺度が根本から違うのかもしれない。

大谷が質問した。

「それで、アスミさんのご機嫌は、今どんな様子かな」

菜央美が顔色をまったく変えずにいった。

「二宮さんの対応がうまくいってからは、うちの編集部と元の関係になっています。先ほど謝罪の電話をいれて、わたしが直接確かめておきました。ただ担当編集者の変更を求められましたので、その件については了承しておきました」

大谷が本村と千花子を順番に見て、にやりと笑った。

「また千花ちゃんにもどるのか」

しおれた花のような本村は一瞬くやしそうな顔を見せた。菜央美がうなずいた。

「著者との信頼関係がなければ、連載の担当は続けられません。産休にはいるまでは、二宮さん。二宮さんが休んでいるあいだは、後藤さんにまかせます。アスミさん本人からの強い希望で、エッセイを本にまとめるときには、ぜひ二宮さんにまかせたいとのことです」

「了解。著者の希望とあってはどうしようもない。二宮さん、いい本をつくってください。まあ、きみが最初にアスミさんの連載をもってきたんだから、当然といえば当然なんだがな」

穏やかに大谷編集長がそういった。拍子抜けするようなトーンだった。

「はい、がんばらせてもらいます」

一回が原稿用紙四枚ほどのエッセイなので、まだまだ本にするまでは時間がかかるだろう。千花子はお腹に手をおいて想像した。本ができるころには、この子はきちんと生まれて、この世界で息をしているだろう。どんなふうにお乳をのむのだろうか。編集長がいった。

「本村くん、どこで自分がミスをしたか、わかるか」

決してしかりつける様子ではなかった。親戚《しんせき》の若者をさとすような落ち着いた声だ。それでも本村の両手はぐっとにぎりしめられ、テーブルのうえで白くなっている。声はほとんどききとれないほどちいさかった。

「アスミさんへの対応、ですか……」

大谷が笑顔をつくった。千花子には無理やり笑っているように見える。

「そうだな。きみがうちの雑誌のために、新しいクライアントを増やそうと努力したことは認める。部数は伸びているが、この出版不況で広告はずいぶん減ってるからね。だけど、著者から逃げたのはまずかった。トラブルを誰にも報告せずに、連絡を断ったのも問題だ。報告があればいくらでも編集部で手を打てたはずだ」

千花子にもそれはよくわかっていた。それでも本村が誰にも相談しなかったのは、成功したときの手柄をすべて自分のものにしたかったからだ。アスミのスポンサーとのトラブルは、広告の契約違反ではないし、うやむやにごまかせると考えたのだろう。

「結局はバランスなんだな。雑誌の出来と売上と広告、著者の先生がたに気もちよく書いてもらえる環境。すべてのバランスだ。一部で広告の数字が伸びても、著者からの信頼を失えば、雑誌のバランスは崩れてしまう。いい著者も、いい原稿も、集まらなくなる。まあ、そのバランスも毎月一千万円も広告を買ってくれるなら、無視していいんだが」

千花子にはあたりまえの話にきこえた。大谷は腹を立てているわけでもないようだ。だが本村の顔色が真っ青だった。肩が震えている。この後輩は泣きだすのだろうか。

「すみません。こんな失敗は二度としません」

男性編集者の目が真っ赤になっていた。

「まあ、そこまで思いつめることはない。女性誌にいるんだから、女性の著者が感情的になったときの怖さは、いい勉強になっただろう。今回のトラブルでは、副編集長と二宮さんに迷惑をかけたんだから、ひと言あやまっておきなさい」

本村はいきなり立ちあがった。深々と頭をさげる。

「ほんとうにもうしわけありません。これからもご指導よろしくお願いします」

「よし、それでいい。本村くん、もういいから、帰りなさい」

「はい」

さらに深く編集長に頭をさげてから、本村はあやつり人形のようにぎくしゃくした動きで、会議室をでていった。ドアが閉まって、足音がエレベーターのほうに消えてしまうと、大谷編集長がネクタイをゆるめていった。

「やれやれ、最近の若いやつはしかるときにも気をつかうなあ。本村くんは明日、ちゃんと会社にこられるのかね」

菜央美が冷めた紅茶をのんだ。

「さあ、彼は生まれてから、誰かにしかられたことがないといってましたから。受験でも、シューカツでも、一度も失敗していない。ちょっと心配ですね。わたしのほうから、あとでメールで激励しておきます」

千花子も若い男性の傷つきやすさや心のもろさには、感じるところがあった。ちょっとしたトラブルや口げんかで、いきなり仕事を投げだしてしまうアルバイトには何人かあたったことがある。頭がよくて、センスもなかなかで、人あたりも悪くない。それなのに、突然電池が切れたように会社を辞めていく人たち。豊かで、繊細で、間違いを許さない社会が生んだ造花のような男たち。千花子は一斗をあらためて見直していた。うちのダンナは丈夫だし、ちょっとやそっとのトラブルで心を折ることはない。なにせカメラマンのアシスタントなど、師匠から人間あつかいされることはないのだ。それに何年も耐えてようやく独立である。

大谷がにこりと笑って千花子を見た。

「今回はお手柄だったな、千花ちゃん。あいつのまえではほめられないが、よくやってくれた。すぐにアスミさんの別荘に飛んだフットワークがよかった。その後のトラブル処理もばっちりだ。昔はそういう役は男の編集者の独壇場だったんだけどね」

千花子は座ったまま会釈していった。

「いえ、別に。後輩をフォローするのも、著者をつなぐのも、編集の仕事ですから」

「本村も悪いやつじゃないんだが、若いからすぐに結果をださなきゃってあせってるんだろうな。あまりいじめないで、うまくカバーしてやってくれ」

「やめてくださいよ、大谷さん。いじめてなんかいませんよ」

大谷が頭のうしろで手を組んでいった。

「そうかな、ぼくがこの部屋にはいってきたとき、千花ちゃんはぶんなぐってやるって顔で、本村くんを見ていたぞ」

千花子は菜央美に救いを求めたが、副編集長はしらん顔で紅茶をのんでいる。

「ほんとですか。そんなつもりはぜんぜんなかったですけど」

「いいんだ。本来なら、一発頭をごつんとやるくらい当然なんだが、もうそういう時代じゃないからな」

菜央美は静かにうなずいている。大谷がいった。

「副編集長、本村くんの担当している先生がたに、それとなく探りをいれておいてくれないか。ほかにもなにかトラブルの種があるか、すこし心配だ。彼は人を利用するのはあたりまえだと思っている節があるからな」

「わかりました」

大谷が千花子のほうに身体をむけた。

「千花ちゃんは祝杯をあげてもいいんじゃないか。いや、妊娠中だからアルコールはダメか」

千花子はアスミの別荘でのんだグラス半分の赤ワインを思いだした。あれは実においしかった。この子を産んだら、うまい酒をのんでやる。

「どうして、祝杯なんですか」

大谷が慣れないウインクをして、目をひきつらせている。

「まだ、きみの編集部復帰は本決まりじゃなかったんだ。編集担当の取締役がうんとはいわなくてね。でも、今回の件で産休明けに『ENDLESS』編集部にもどってくるのは確定した。アスミさんの本をつくる約束をしたんだからな。千花ちゃんは、これでお母さんになっても、編集部で働くことになった」

千花子はそんなことはなにも考えていなかった。大好きなアスミが困っているから、すぐに南房総に飛んだ。商品の宣伝に勝手に著者をつかうのはおかしいから、写真をさし替えた。どちらも業務上、当然のことをしたまでだ。それが思わぬところで、自分を救うことになった。

「菜央美さん、今の編集長の話、ほんとうですか」

今度は目をそらさずに、菜央美がうなずき返してくれる。顔にはおおきな笑み。やはりこの人はきれいだ。

「そうね。そういうことになるのかな。上層部でどういう判断があったにしても、わたしとしては千花ちゃんを、編集部にとりもどすつもりだったけど」

千花子は会議室のすこし高級な革張り椅子から、ぴょんと立ちあがった。頭をさげて、歓声をあげる。

「わーっ、やった。じゃあ、わたしは赤ちゃんを産んでも、ずっと『ＥＮＤＬＥＳＳ』で働けるんですね。ほんとうにうれしいです。ありがとうございます」

なによりも好きな雑誌編集の仕事を、これから先もずっと続けられるのだ。千花子はすべての人にありがとうといいたかった。あの本村だって、抱き締めてもいい。

一日がどんなふうに始まり、どう終わるかなど、誰にも予想はできないものだった。昼間見たマリーゴールドのうつくしさ、沖を照らすカーテンのような日ざし、アスミの庭のローズマリーの香り。すべてが一瞬のうちに記憶によみがえってくる。家に帰ったら、どうやって一斗に最高に幸運な一日を話そうか。

千花子はその順番を考えながら会議室を離れ、帰りじたくをするために編集部におりていった。

51

穏やかだけれど、厳しい夏がやってきた。

宮益坂のケヤキ並木が、緑を濃くして頭上をにぎやかに埋めつくしている。坂道を吹きあがってくる風はからりと香ばしく、渋谷の街の嫌な湿気を吹き飛ばしてくれた。

本村とのトラブルが解消して、千花子の編集部での日々も安定していた。出産後も編集部にもどれることが確定したせいで、なにより将来への不安がなくなった。仕事は再び妊娠まえと同じ、たのしいルーティンになった。自分がおもしろいと思う新企画をつぎつぎと提案し、採用されたり採用されなかったりする。編集会議のたびに一喜一憂するのだけれど、千花子にはうまくいかない仕事さえたのしかった。

ひとつは雑誌に自分の署名コラムをもっていることがおおきかった。仕事や私生活でのフラストレーションをすべて文章のなかに投げこめるのだ。ものを書く人の自由とはこれなのかと、千花子はひそかに納得した。内容は妊娠レポートなのだけれど、できることなら、ずっとこのページをもち続けたい。いつか自分の名前をちいさくのせた薄くて装丁のかわいい本を一冊つくることができたら、すごく素敵だろうな。幼いころから本好きだった千花子の夢がかなうのだ。さいわい読者アンケートでは上位三番を滑り落ちることはなく、この調子ならその夢にも手が届きそうだ。

もうひとつは、千花子のなかで成長する新しい命だった。

安定期にはいり、それまではほとんど目立たなかった腹部が丸みをおびてきた。日に日に確実に育っていく。それが身体の内側から感じられるのだ。母親になる幸福というのは、こういうものなのだろうか。ひたひたと豊かな潮のように満ちてくる充足感。それは編集部での仕事では得られない生きものとしての満足感だった。

残念なのは、プラス七キロまでといわれたおばあちゃん先生の制限を、もう突破しそうなことだった。激しい運動はできないので、プールのなかでおこなう水中エアロビクスか、マタニティヨガにでもかよおうと千花子は思っていた。すこし調べてみなければならない。きっとコラムの材料としてもつかえるだろう。それまでは、できるだけ歩くのだ。

三軒茶屋の産科医には、妊婦にはなにより歩くことがベストだといわれていた。千花子も妊娠が判明してからヒールのある靴（デザインはいいしお気にいりが何足もあった！）をあきらめて、もっさりと見栄えがしない平底のウォーキングシューズをはいていた。天気のいい日はひと駅てまえでおりて、颯爽《さっそう》と両手を振りながら家まで住宅街を歩く。それが新しい習慣になっていた。

この時期に千花子はあれこれとベビー用品をネットで購入するようになった。

ネットにはたくさんの赤ちゃんグッズがあふれていた。しかも、元の価格はなんなのだというくらいのバーゲンプライスである。千花子の発見は韓流《ハンりゅう》の赤ちゃんサイトだった。日本製に負けないデザインのベビー服が半額以下で売られている。

臨月が近づけばショッピングもむずかしくなるし、出産後は赤ちゃんにつききりになるだろう。夏のあいだに育児の必需品をそろえておかなければならない。出産祝いは普通、赤ちゃんが誕生してからもらうものだけれど、その方法は間違っているのではないか。千花子はつぎのコラムで、そう書こうと決心した。出産の三カ月まえに、友人や家族から出産祝いが集まったら、どれほど楽になることだろう。

ネット以外では、千花子は代官山《だいかんやま》でショッピングすることが多かった。あの街は渋谷のとなりにあるファッションタウンなので、売られている商品の値段は少々高い。けれど、さすがにセンスのいいものがそろっているのだ。この数年でなぜかベビー用品の専門店がいくつもできて、休日にはベビーカーを押した家族連れで広い歩道がいっぱいになる。東京で一番赤ちゃんを見かける街だった。家のなかで着る赤ちゃんの日常着はネットでもいいけれど、晴れの日の外出着はやはり代官山で選びたい。お金はいくらあっても足りなかった。自分の洋服を買うときはカットソー一枚でも悩む千花子だが、まだ性別もわからない赤ちゃんの服を買うのは猛烈にたのしくて、手がとまらなくなるほどだ。

妊娠中期から後期にかけての夏、千花子はひと言でいえばとても幸福だった。

52

千花子は妊娠中のセックスについて、調べていた。

編集者で、子どものころから本が好きだったので、手にはいる限りの妊娠出産本には目をとおした。たぶん日本で一番その手の本を読んだのではないかと自負している。もちろん署名コラムの題材を拾うという実利的な目的もあった。

日本と外国（主にアメリカとヨーロッパ）の妊娠出産本で、もっとも違っているのは妊娠中のセックスのあつかいだった。海外のものでは妊娠の初期・中期・後期をつうじて女性にも性欲があるのは当然で、痛みや出血など明らかな症状がでなければ、妊娠まえと同じようにセックスをしてもいいと堂々と書かれていた。

日本の妊娠出産本はその点では保守的で、妊娠中のセックスについてはほとんど「激しくなく」「やさしく」あるいはそのものずばり「控えましょう」と書いてあることが多かった。千花子は何度か欧米を旅したが、むこうでも小柄な女性は日本人と体格的にほぼ変わらなかった。それなのになぜ妊婦のセックスについては、これほど対照的になるのか意味不明である。欧米女性の子宮がとくに強靭《きょうじん》なわけではないだろう。いつかあのおばあちゃん先生に質問してみよう。

千花子自身の性欲はといえば、妊娠まえとほとんど変わらなかった。週に一度は確実に夫の一斗と交渉があったし、できることなら週二回になると、もっと望ましいと考えていた。理由ははっきりしている。副編集長に妊娠を告げてから、残業がほとんどなくなり、定時退社する日が増えたのである。いつも夜十一時ごろへとへとになって帰っていたのに、まだ日ざしが明るい夕方に会社をでてしまう。そうなると自由時間と体力をもてあますようになった。

人間はひまになるとセックスのことをむやみに考えるものだ。千花子は渋谷の街を歩きながら、妊婦なのにこんなにいやらしい妄想をする自分はおかしいのかもしれないと怖くなることがあった。

その日は六本木《ろっぽんぎ》で打ちあわせがあるという一斗と、ヒルズのなかで待ちあわせだった。約束の時間の三十分まえに到着した千花子は、またもベビー服を見ていた。昔なら自分の服以外、このモールでは見たことがない。

青と白と赤、トリコロールカラーのひどくかわいいロンパースを買って、水音のきこえる広場で一斗を待った。夕方からお腹のなかでちいさな命が暴れていた。赤ちゃんがぐっと足を突っ張ると、かかとの形が外からでもわかりそうだった。

「また買ったんだ、好きだなあ。お待たせ」

一斗の声は明るかった。当然である。久しぶりの仕事だし、新しいクライアントだという。この不景気でフリーカメラマンの収入は半減している。

「どうだった、新規の話」

ふふふと鼻で笑って、丈夫なだけがとりえの夫がいった。

「手間はかかるけど、もうけは薄い。今の仕事はそんなのばかりだよ。でも、うまくいけば、ずっとレギュラーでもらえるかもしれない。ネットショップのブツ撮りと取材のドキュメントなんだけど」

悪くない話だった。産休期間中収入が半減する千花子の財布を考えると、いくらでもいいから一斗には増収してほしかった。

「よかったね。じゃあ、お祝いに今夜は外食していこう」

「ああ、いいね」

一斗はそういうと、一歩さがって千花子の全身をしげしげと眺めた。

「どうしたの、なにか今日のコーディネート変かな」

千花子はまだマタニティウエアを着ていなかった。ウエストのゆるいサマードレスに、お腹を冷やしたくなくてハーフ丈のレギンスをはいている。ドレスの柄は夜のジャングルのような紺と緑の迷彩だ。素足の足元はあざやかな緑のナイキだった。

「いや、変というんじゃなくて、ほんとにお腹が目立つようになったなあと思って」

「それどういう意味なの」

一斗が手を伸ばしたので、千花子はその手をにぎった。裏手の公園に面したレストラン街にむかって歩きだす。

「あのさ、昔AVを見ててさ」

はずかしそうにそっぽをむいて一斗がいった。

「いきなりAVの話なんだ」

「そうだけど、ちょっと待ってくれ。あのね、おれは昔ぜんぜん妊婦もののAVの魅力とかわからなかったんだけどさ」

もうすぐエスカレーターだった。まだ時間が早いので、ディナーの客はすくなかった。千花子は右手をうしろにまわして、一斗の硬い尻《しり》をそっとなでた。

「ふーん、妊婦ものAVなんてあるんだ」

想像もできないけれど、一斗がいうのだからきっとあるのだろう。今度コラム用に見てみてもいいかもしれない。千花子としても自分以外の妊婦の性欲がどうなっているのかしりたかった。誰もが興味あるはずなのに、その部分を正面からとりあげた妊娠出産本はほとんどない。

「あるよ、そりゃあ。日本のAVは優秀であらゆる種類の欲望を満たしてくれるから。で、話が遠まわりしたけど、千花ちゃんを見ていて、妊婦って色っぽいんだって今思ったんだよ」

一斗は嘘も世辞も苦手な男だった。その人が照れながらいうのだから、ほんとうの気もちなのだろう。千花子のなかで花が咲いたようだった。たとえ夫でも、男性から真心でほめられるのはうれしい。

「ねえ、妊婦はどこが素敵なの」

そう質問したところで、和食店のまえに着いた。足元をちいさな水流が走っている。なぜか妊娠してから千花子の舌が変わっていた。脂っこい西洋料理よりも、日本食が妙においしく感じる。和服で迎えてくれたお運びの女性に連れられて、窓際のテーブルに座った。窓のむこうには毛利《もうり》庭園の池が紺色の鏡のように落ちている。

「生ビールとほうじ茶をください」

一斗はそういうと店員を見送った。若い女性の背中から、千花子に視線が移る。

「ねえ、さっきの続きいいかな」

「わかってる。妊婦の魅力というやつだろ」

　自分ではあまり身体の変化に気づかなかった。確かに体重は増えて、お腹がでてきた。それくらいではないのだろうか。一斗が得意そうにいった。

「やっぱり丸さだよな」

　千花子は自分の二の腕を思わずつまんでしまった。手も足も確かに丸みをおびている。

「ぜんぜんうれしくない、だって……」

「ちょっと待って」

　一斗は片手をあげて千花子を制してからいった。

「よくさ、グラビアアイドルなんかでいるだろ。胸も尻もばんっとボリュームがあるのに、手足とかウエストが細くて折れそうな子。ああいうのは見てる分にはいいんだけど抱いたときダメなんだ。男と女が抱きあったときに一番よくふれるのは、背中とか肩とかなんだよ。そこにいい感じに脂肪がついてないと、男は気もちよくないの」

　おかしなことを力説し始めた。

「体重が七キロ近く増えてるんだよ。脂肪がつくのはあたりまえだもん」

　一斗が幸福そうに笑った。

「男にはそれがうれしいんだよ。あとはやっぱりおっぱいかな」

　それならよくわかった。千花子の胸はカップでふたサイズおおきくなっている。一時的にしか使用できないとしても、ブラジャーを新たに買わなければいけないのだ。不経済である。千花子は周囲を見わたしてから小声でいった。

「でも、乳首もおおきくなったし、ちょっと色が濃くなったような」

「それがいいんだよ。ちょっと遊んで崩れた感じというかさ。そういうのが魅力的。それにさ、ただおおきくなっただけじゃなく、ずっしり重くなっただろ。あれがすごくいいんだよな。てのひらにあまる感じというか」

そういえば一斗が胸の愛撫《あいぶ》にかける時間は、以前よりも長くなってきたようだ。乳首のおおきさとは関係ないだろうが、感度は以前よりあがった気がする。それにしても男は単純だ。胸も丸さも、すべての原因は脂肪である。男は女の脂肪が好きだ。

「それにさ」

「まだあるんだ」

メニューを見ながら、千花子はいった。届けられたビールとお茶で乾杯する。

「いいなあ、ビール。わたしも早くこの子を産んで、ビールを思い切りのみたいよ」

「ぼくだけ悪いな。ほら、最近千花子をよく撮影してるだろ。だからわかったんだけど、肌の質感がまえとはまるで違うんだよ。化粧品のCFなんかでいう、肌の張りとか透明感が増してきた。なんで母親になるときって、みんな肌がきれいになるんだろうな」

それは千花子も毎朝不思議に思っていたことだった。顔だけでなく、全身の肌が薄く、透明で、くすみがとれて明るくなった気がするのだ。やはり万能の薬だという女性ホルモンの影響なのだろうか。この肌を一生キープできるなら、素晴らしいことだ。

「うん、わたしもお化粧するたびにそう思ってた」

うえから三番目のコースを注文した。メインは京都の鱧《はも》だという。一斗が若い店員と千花子を見比べた。

「あっちのほうが十歳は若いのに、肌は今の千花ちゃんのほうがずっときれいだ。それに母親になるっていう覚悟のせいかな、すごく包容力がでてきたみたいだ」

そちらのほうは経済的に世話になっていて、マンションのローンもほぼひとりで払っている千花子を頼もしく思う夫の気もちがあるのかもしれない。千花子はお茶をすすりながら平気な顔をしていたが、悪い気はしなかった。店内には水音が低く流れている。

「全身のやわらかさ、肌のきれいさ、抱きとめてくれる包容力、それにおおきくなったおっぱい……あらゆる点を総合して考えると、妊娠中の千花ちゃんが今までの人生のなかで一番きれいだと、ぼくは断言する。妊婦バンザイ！」

一斗が無邪気に白木のテーブルのむこうで両手をあげていた。酔ってはいないのに千花子の目のふちがほんのり赤くなった。

「そんなにきれいかな」

「うん、過去最高にきれいだよ」

一斗はカメラマンで女性を撮影することもあった。撮影のときの癖がでているのかもしれない。モデルをいい気分にさせなければ、いい写真など撮れるはずがなかった。これはカメラマンの自然に身につけたテクニックだ。頭では冷静にそう判断していても、千花子の胸の奥に甘いしびれが走った。今夜この人を抱きたい。この人に抱かれたい。

妊娠中のお腹がきゅっときつくなるような感覚だった。

「ねえ、帰ったらしようか」

千花子はストレートにそういった。一斗から返ってきたのは、予想もしない言葉だった。

「うん、ぼくもしたい。でも、そのまえに千花子のヌードを撮らせてもらえないか。これからその子が生まれるまで、きちんと千花子の身体の変化を記録しておきたいんだ。いつかあのコラムが本になるとき、妊娠中の写真がつかえるかもしれないだろ」

一瞬言葉につまってしまった。妊婦ヌードというのは、ハリウッドの女優が撮るものではなかっただろうか。満月のようなお腹を抱えたセレブの写真が、何枚かすぐ頭に浮かんだ。それが無名の編集者にすぎない自分がモデルになってしまうのだ。一斗はテーブルに頭をさげて、両手をあわせている。

「お願いだ。いい作品になるし、過去最高にきれいなんだから、ちゃんと記録しておこう、いいだろ。ね、千花ちゃん」

しかたない。一斗はプロのカメラマンだ。魅力的だと感じるものは、なんでも撮りたくなる質《たち》である。

「わかった。いいよ。モデルになります」

そういったとたんに、千花子の全身をはずかしさとよろこびが駆けめぐった。顔が赤くなって、胸のあいだに汗をかく。お腹のなかではちいさな命が活発に動いて、早くだせというように内側から蹴《け》ってくる。

妊娠って、こんなにエッチでうれしいものだったのだろうか。千花子はぼんやりした頭で、届けられた最初のひと皿に手をつけた。

53

七月になって、週に一回のヌード撮影が始まった。

ワンルームの自宅スタジオの壁に、白い布を垂らし即席のホリゾントをつくる。そのまえに、千花子が一糸まとわぬ姿で立つのだ。たいていはバストトップを右手で隠し、ふっくらと盛りあがった腹に左手を添えるという形が多かった。カメラマンの一斗はファインダーをのぞきこみながらいう。

「まだ七カ月くらいだと、あんまりお腹は目立たないもんだな」

千花子は短焦点の明るいレンズに目をむけていった。

「そうだね、まだ千グラムくらいだから。あと三カ月でどんどん育って、三倍の重さになったら臨月だよ」

パシャリ、シャッターが落ちると壁に反射したフラッシュで、視界が一瞬真っ白になった。

「あのさ、よく赤ちゃんはお腹のなかで、全生命の歴史を繰り返すっていうだろ。だとするとさ、今ごろはネズミみたいな動物の段階なのかな」

冷房はいれずに、窓を開けてあった。室内には目のまえの公園の緑を抜けてきた風が、気もちよく吹きこんでくる。さすがに夏で、裸でも照明を浴びていると汗ばむほどだった。熱をもった肌に自然の風が心地いい。

「まさか、ネズミのはずないでしょう。七ヵ月なら、もうちゃんとヒトの形をしてるよ。このまえの超音波の画像で、指をしゃぶっていたもん」

「へえ、そうなんだ。顔はこちらにむけたままで、身体だけ右にもうちょっとひねって」

いつも不思議に思うのだが、カメラマンにとって自然で美しい姿勢というのは、モデルにはいつだって不自然で苦しいものだ。千花子は身体をひねり、乳首が写っていないか自分の胸を確かめた。ふたサイズ、カップをあげたブラジャーがきつくてたまらないほど、乳房は張っている。

「だけど、ネズミではなくても、サルくらいかもしれないね。おばあちゃん先生がいってた。赤ちゃんはみんな手にふれたものをぎゅっとつかむ条件反射があるんだけど、七カ月くらいでそれが始まるんだって。それは木のうえで暮らしていたサルが落ちないように、手にふれた枝をつかんでいた名残なんだって」

カメラを交換しながら、一斗がうなずいた。

「ふーん、生きものっておもしろいもんだなあ。千花ちゃんのお腹のなかで、赤ちゃんは木登りの練習してるのか」

「うん、ターザンみたいにつたでスイングして、バナナでもたべる夢みてるかもね」

バナナのあざやかな黄色を思いだしたら、千花子は急にお腹が空《す》いてきた。子宮がふくらんで、胃が圧迫されるせいか、一度にたくさんたべられなくなっている。少量ずつだが、千花子の食事は一日五食で、ときに七食になることもあった。

「よし、これくらいで写真はいいよ。お疲れさま」

一斗がバスローブをわたしてくれた。

「ねえ、わたし、お腹空いちゃったんだけど、フルーツヨーグルトまだ残ってるかな」

妊娠初期にはまったあのスイーツは、いまだに千花子の大好物である。

「ない。昨日の夜、のんで帰って小腹が空いたから、たべちゃった」

バスローブに袖《そで》をとおし、うしろむきになって妊婦用のショーツをはいた。お腹のした半分とお尻《しり》の全部を隠すような色気のまったくない巨大なものだが、都内はどこにいっても冷房が厳しいので冷え対策にはぴったりだった。

機材を片づけながら、一斗がいった。

「だったら、あとで買ってきてやろうか。千花ちゃん、今日の午後はでかけるんだろ。送った帰りにでも、店に寄ってみるよ」

千花子は午後の予定を思いだし、うれしさと同時に身が引き締まる思いになった。自分はこの数カ月きちんといい仕事をしてきたのだろうか。彼女にはそれを判定する資格があった。

54

恵比寿ガーデンプレイスで、一斗が運転するRVをおりた。歩道のわきを流れる人工の小川から水音がきこえる。緑の盛りの木々が点々と異国のような街に、涼しい影を落としていた。

「夕方までには帰るから。夜はいっしょに近くで外食しよう」

「おう。こっちはフルーツヨーグルト三個買っておくよ」

たくさんの種類のフルーツがのったヨーグルトはかなりのおおきさのカップだった。

「そんなにたべられないよ」

一斗がウインクして、薄青いパワーウインドウを閉めていく。

「そのうち一個は、ぼくの分。じゃあ、あとで」

夫はこれからあちこちの中古カメラ店をのぞきにいくという。仕事で一日中デジタルの一眼レフカメラにふれているのに、趣味はフィルム式のアナログカメラなのだ。あの人は一銭ももうからなくとも、カメラマンになったかもしれない。遊びと仕事の境目のない子どものような人である。

外国製のRVのテールランプを見送って、千花子は石張りのテラスを歩きだした。欧風庭園のようにつくられた通路を歩いて、長いスロープをくだっていく。正面にある城のような建物は予約が困難だというフレンチレストランだ。

日かげになったカフェのテラス席に、その人は座っていた。白いサマードレスに白いパンプス。足元には日傘が見える。あのころより、すこしやせたようだ。西岡弓佳は千花子に気がつくと、手を振ってくれた。

「ごぶさたしてます、千花子さん」

なつかしさでたまらなくなって、千花子は腰をおろすまえにいった。

「久しぶりー、なんだかやせて、ますますきれいになったね」

ウエイターがやってくると、千花子はカフェインレスのハーブティを注文した。ほんとうは、濃厚なアイス・エスプレッソとか生ビールを一杯いきたいところだ。

「わたしなんて、どんどん太っちゃって、もう軽く体重制限をオーバーしちゃった。もうすぐ二桁《ふたけた》だよ」

産科医にいわれたのは、プラス七キロまでだった。千花子はすでにプラス九キロである。赤ちゃんが本格的に成長する最後の三ヵ月を残して、体重増加は雪崩のような勢いだった。

弓佳が笑っていった。

「でも、妊婦さんがすこし太めなのは健康的でいいですよね」

すこしだけふくらんだ千花子のお腹を見る。もし弓佳が流産していなければ、同じ丸みをおびていたかもしれない。千花子はなんといっていいのかわからなかった。

「そうだ、千花子さんのコラム、読みました」

そういうと、白いトートバッグのなかを探って、クリアファイルをとりだした。

「見てください。千花子さんのコラム、全部スクラップして、とってあります」

テーブルにおかれたファイルに目をやった。一番うえは弓佳の夜明けの流産を書いた見開きページの拡大版だった。

「ありがとう。弓佳さんにどんなふうに読んでもらえるか、すごく心配してたんだ」

流産していない女が、流産について書く。そのことが傲慢《ごうまん》なように千花子は感じていた。言葉を選ぶときも、細心の注意は払ったと思う。けれど、それと弓佳の受けとりかたはまた別な話だった。千花子は久しぶりに会って、お茶でもしようという誘いに緊張したのである。船が岸を離れるようにそっと弓佳は語り始めた。

「その文章を、彼といっしょに何度も何度も読ませてもらった。わたしが流産した朝のことを書いている部分では、胸が苦しくなって一度に続けて読めなかった。でも、やっぱり千花子さんに書いてもらってよかった。途中で天国に引き返しちゃったそそっかしいあの子にも、きっと届いてると思う。わたしがあの子を大切に思っていることも、千花子さんが全部の力をこめて祈りの文章を書いてくれたことも」

千花子は眉《まゆ》に力をいれて、涙をこらえた。

「ほんとに書けていたのかな。ずっと心配してた。弓佳さんを傷つけることにしかならないんじゃないかって」

やさしく首を振って、弓佳はスクラップを手にとった。

「そんなこと、ぜんぜんないよ。だって、わたしいったじゃないですか。すべて書いて、遠慮する必要はないからって。このコラムの反響はどうだったんですか」

ある朝、編集部の机のうえに積みあがっていた手紙の山を思いだす。普段の何倍ものの高さの読者からの便りは、ほとんどが千花子のコラムへのものだった。編集者冥利《みょうり》につきる大反響である。

「すごかったよ。とくに自分も流産した人からの手紙がどっさり。みんな、弓佳さんのために泣いてくれた。万年筆の文字が涙でにじんでる便箋《びんせん》もあった。誰にもいえずにみんな苦しんでいたんだね。全部、弓佳さんのおかげだよ」

「よかった」

白い服の弓佳が、アイスミルクティをのんだ。カフェイン断ちをしている千花子にはひどくおいしそうに見える。

「わたしのほうも、千花子さんにお礼をいいたいことがひとつあるんだ。彼のお母さんがね、ちょっときつい人で、流産のことをよく思っていなかったの」

病室のとなりのベッドで、抱きあって泣いていた若い夫婦を思いだした。弓佳の夫はやさしそうな人だった。

「結婚して四年たってもなかなか赤ちゃんができなくて、ずっとちくちくいわれていたんだ。それで、ようやくできた子があああいうことになったでしょう。期待していた分、お母さんもがっかりしたみたいで。ある晩、みんなで食事にいったとき、いわれたんだ。

やっぱり女は顔かたちじゃなくて、健康でじょうぶなのが一番ねえ。母親になるには強くなくちゃって」

流産の直後にそんなことを面とむかっていわれた弓佳の気もちを想像すると胸が苦しくなった。弓佳はぺろりと舌をだしていった。

「殺してやろうかと思っちゃった」

「そうだよねえ」

千花子は笑った。弓佳が強い人でよかった。

「その晩はひとりですこし泣いたけど、夜中にいいアイディアを思いついたんだ。そうだ、千花子さんのコラムを読んでもらえばいい。わたしがいってもわからないだろうけど、あのページを読んだら、きっとすこしは理解してもらえる。それで、つぎの日にお友達が書いたコラムがあるっていって、『ＥＮＤＬＥＳＳ』をわたした」

「それ、発売月の話なの？」

にっと笑って、弓佳はいった。

「わたしうれしくて、あの号は三冊買っていたんだ。そのうちの一冊」

「毎度ありがとうございます」

ふたりの笑い声がそろって、ガーデンプレイスの空にのぼっていく。周囲のビルのガラスの壁面は夏の日ざしと空をまばゆく映していた。なぜ、ガラスの入道雲はほんものよりずっと白く輝かしく見えるのだろう。

「雑誌をおいてきた夕方、お母さんからすぐに電話があった。お母さん、涙声だった。わたしはあの人のこと、七年間しっているけど、ごめんなさいといわれたのは、あのときが初めてだった。ほんとにびっくりした。千花子さん、心をこめて書いた言葉ってすごい力があるんだね。わたしのほうこそ、ありがとう」

言葉には鬼を哭《な》かし、天を動かす力があるという。実際に弓佳のいうとおりなのだろう。千花子も文章のもつ本来の力を、あのコラムで初めて実感したのだ。

「それで、お母さんとの仲もよくなったんだ？」

弓佳はアイスティをひと口のんで平然といった。

「流産についてはなにもいわなくなったけど、あとは今までどおりで口うるさいの。やっぱり最終的には、わたしたちはあわないみたい」

千花子の文章には鬼は哭かせても、女同士の相性を変えるほどの力はなかった。世界の文豪でも、それだけは困難かもしれない。

「わたしもまだまだだな。もっといいコラムが書けるようにがんばるよ」

それから、ふたりは夫婦のこと、子どものこと、将来の夢など思いつく限りのおしゃべりに花を咲かせた。

55

気がつくと、ビルを染める日ざしが黄金色に変わっていた。空はまだあざやかな青さだが、夕方の気配が空気を甘く香らせている。

「赤ちゃん、七ヵ月なんだね」

千花子は丸い腹に手をおいた。黙ってうなずく。

「あの、わたしもちょっとさわってみていい？」

「もちろん」

弓佳は椅子から立って、千花子のとなりにひざまずいた。手をあてるだけでなく、千花子のお腹に耳を寄せて赤ちゃんの声をきこうとしている。

「そこはあったかいですか、おいしい栄養をママからたくさんもらえてますか、元気でぐんぐん育ってますか」

とろけるようなやさしい言葉だが、自分の子を亡くした若い妻からきくと、胸がいっぱいになった。

「うんうん、そうなんだ」

弓佳は保育士のようにお腹にむかってうなずいた。顔をあげると、千花子にいった。

「ここは居心地がすごくいいって。素敵なお母さんのところにきてよかったって」

あれ、おかしいな。千花子がそう思った瞬間、涙がひと粒こぼれていた。弓佳はひざをついたまま明るくいう。

「もし、あの子が生きてたら、これくらいのおおきさなんだね。うらやましいなあ」

千花子は泣き笑いの顔で、なんとか返事をした。

「そうだよ。蹴《け》っ飛ばしたり、指しゃぶりをしたり、頭を抱えたり、いつも動きまわって、やたら元気だよ。弓佳さんの赤ちゃんなら、もうちょっと賢くておとなしいかもしれないね」

千花子と弓佳は笑って、なぜか空を同時に見あげた。音もなく空を飛行機がよぎり、白線を残していく。

「わたし、決めたんだ」

弓佳は立ちあがると、胸を張っていった。

「なにを決めたの」

力強く笑って、弓佳は千花子の視線を正面から受けとめた。

「もうひとりつくるって」

弓佳の笑顔がうれしくて、千花子も泣きながら笑った。

「そうだよね、やっぱりそういう気になるよね」

千花子も実際に妊娠してわかった。日々成長する新しい命を、自分の身体のなかに感じるのはいいものだ。ときどき妊娠しているのがあたりまえで、妊娠していないほうが不自然に感じるときさえある。

「流産のあとって、準備ができてるから、妊娠しやすいみたい。わたし、彼に夏休みベビーをつくろうっていってるんだ。もし、つぎの赤ちゃんができたら、また千花子さんのコラムで書いてくれないかな」

今から仕こむのなら、うちの子と一歳違いの友達になれるだろう。弓佳のようなママ友がいたら、心強いかもしれない。

「わかった。あのコラムの続編に、書かせてもらう。そういうことなら、早く妊娠してくれるとうれしいな」

千花子は伝票に手を伸ばしながらいった。

「どうして」

「だって、弓佳さんが妊娠したら、さっそく取材ができるでしょう。取材対象から話をちゃんときくには、豪華なディナーも欠かせない。産休にはいるまえなら、取材費もつかい放題だもん」

「えー、ほんとに。だったら、妊娠する、するー」

深刻な顔で仕事の話をしていたとなりのテーブルのサラリーマンが、顔をあげて不思議そうにこちらを見ていた。誰に見られても、千花子はちっともはずかしくない。つきだしたお腹に手をあてて、弓佳にちいさく叫んだ。

「そうだよ、さっさとみんな妊娠しちゃえばいいんだよ」

なにか恐ろしいものでも目撃したように、男たちが顔をそむけた。気の弱い小心者の男たち。千花子はレジにむかって歩きだした。テラスの大理石の敷石とそのしたにある大地をしっかりと踏みしめて、一歩ずつ前進する。母の一歩は人類の未来への一歩だ。わたしは未来を抱えて、今を生きている。高揚感と幸福がいきなり心の奥から湧きだしてくる。

千花子は熱をもった頭を冷ますため、夏の夕刻の甘い空気を胸いっぱいに吸いこんだ。

56

ついに千花子も妊娠後期にはいった。

妊娠八カ月、お腹にいる赤ちゃんはひと月で一・五倍ほどに成長して、すでに体重は千五百グラムだった。お腹は自分のものではないくらいふくらんでいる。千花子の体重増加はこの時点で、すでに十キロを超えていた。七キロまでと医師にはいわれているのだから、完全に体重オーバーだ。

それでも千花子はまったく落ちこんではいなかった。はいて歩くだけで、足の筋肉が張ってダイエット効果があるというスニーカーを買いこんで、毎日せっせとウォーキングしている。

八月最初の土曜日の朝、目を覚ますと夫の一斗がじっと千花子の顔をのぞきこんでいた。ダブルベッドのうえであぐらをかいている。

「おはよう。なにしてるの」

にっと笑って一斗がいった。

「千花ちゃんの寝顔を見てた」

三十歳を越えてから、千花子はすっぴんにはあまり自信がなかった。しかも、ここはレースのカーテンを引いただけの明るい寝室だ。顔を隠していった。

「なによ、別に見せものじゃないんだからね」

「そりゃあ、誰だって見ちゃうと思うぞ。だって、千花ちゃん、寝ながらにやにや笑っていたから」

びっくりした。自分ではまったく気づかなかった。

「わたし、笑ってた？」

「ううん、ずっとにやにやしてた。いい夢でも見たの」

「ううん、夢なんてぜんぜん覚えてない」

一斗は両手をうしろについて、天井をむいた。

「あーあ、なんか妊娠ってたのしそうだな。千花ちゃん、起きた瞬間から笑ってたから。ぼくなんて、そんなにしあわせな気分で目覚めるなんて、記憶にないくらい昔の話だよ。もしかしたら、中学二年生以来ないかもしれない」

千花子はベッドで上半身を起こした。確かにこのところずっと気分がいい。身体が妊娠に慣れたというのだろうか。疲労感やだるさが、だいぶ治まってきた。

「きっと、わたしのせいじゃないんだと思う。脳内でなにか化学物質でもつくられてるんじゃないかな。幸福になる薬みたいな。なんだか体調がいいときは、すごく高揚感があるんだよね」

「ふーん、そういうことか」

千花子はお腹を抱えながら身体を半回転させ、ベッドをおりた。つい口走ってしまう。

「よっこらしょ」

一斗が口を押さえて、笑いをこらえていた。

「もう、なによ。おばあちゃんみたいだっていうなら、短期間で一斗も十キロ太ってみなさいよ。朝ごはん、つくってあげないからね」

「はいはい、ごめん。ぼくはたっぷり玉ネギをのせたピザトーストがいいな。ちょっとこのまえ撮った写真をセレクトしてるよ」

千花子は短パンにTシャツの夏の寝巻きで寝室をでると、キッチンにむかった。Tシャツはがばがばのオーバーサイズだが無理もない。自分のものはもうお腹がはいらなくて、一斗のシャツを借りているのだ。

夫のためにコーヒーをいれ、自分用にはカフェインレスのハーブティを用意する。お腹に手をおいて考えた。仮に出産したとしても、減るのはせいぜい赤ちゃんと不要になった胎盤の合計で四、五キロだろう。残る半分の体重はちゃんと元にもどるのだろうか。しかも、あと二カ月で、さらに体重は増えていく。

千花子は一斗にはピザトーストをつくったが、自分の分はただのトーストにした。バターはなし。ハーブティは砂糖なし。それでもニコニコできるのだから、脳内物質というのは素晴らしい。

鼻歌をうたいながら、千花子は八月の朝をたっぷりとたのしんだ。

57

結局、二枚目のトーストをお代わりすることになった。

妊婦の幸福も脳内物質も、空腹を満たしてはくれなかったのだ。しかも、二枚目はしっかりとハムとチーズがのっている。

「気もちいいくらいのたべっぷりだよな」

一斗は朝食を終えて、頬づえをついてこちらを見ている。ちいさなサラダボウルいっぱいの生野菜と、トースト二枚を片づけ終わる直前だった。妊娠まえは千花子は生野菜が嫌いだった。

「しかたないじゃない。ものすごくおいしいんだもん」

ピーマンの苦味、レタスのほのかな酸味、ニンジンやトマトの甘さ。どれも身体にしみこむくらい衝撃的なおいしさだった。それにトーストの小麦のなんともいえない旨《うま》み。これは滋養としかいいようがない。生きるためのエネルギーだ。

「まあ、こっちとしては、ちょっと太めなくらいがいいと思うけど。やっぱり最近の若い子はみんなやせすぎだからさ」

ばりばりとサラダを馬のように口に運びながら、千花子は片方の眉《まゆ》をつりあげた。

「太め?」

「おっかないな。でも、ほんとに身体が変わってるんだよ。自分では気づいてないだろ」

　お茶をのんで、気分を落ち着けた。なにか、体調に変化があっただろうか。千花子は母親になるが、それで女性をあきらめる気はなかった。恐るおそるいった。

「やばいほうの変化なの」

　一斗はおおげさに手を振った。

「いやいや、心配ないって。一番変わったのは、背中なんだよ」

　自分では見えないところだった。気になってしかたない。つい不機嫌な口調になってしまった。

「背中やお尻《しり》が汚いなんていわれたら、生きていけない。ほんとにだいじょうぶなの」

　一斗は自信満々の表情だった。憎たらしい。

「だいじょうぶ。ルノアールだ」

　あの巨大な乳房と尻をした女たちだろうか。口にするのが悔しくて、千花子はしらん顔をした。

「わからないよ」

　一斗は眉を寄せ、真剣な顔になった。

「肩や脇腹や手首とか、普通ならとがったところまでやわらかい。千花ちゃんの身体は、今史上最強になってる」

　なんだろう、この人は頭がおかしいのかもしれない。

「しっかりとやわらかな脂肪がついて、そのしたにしなやかな筋肉と骨格があって、抱き締めると声がでそうになるよ」

あきれた。うれしいけれど、単に背中に脂がのったというだけの話だった。

「一斗、ずっとそんなこと考えながら、抱っこしてたの」

目をきらきらと光らせて、一斗がうなずいた。

「うん」

「ばかっ」

千花子もつい笑ってしまった。一斗がいった。

「あのさ、もうちょっとやわらかになってもいいと思うから、もう一枚ピザトーストたべない？」

「いらない」

この夏は節電だけでなく、身体の冷えに気をつけているので、冷房はいれていなかった。開け放したサッシから、朝の風が吹いてくる。まったくいい気分だ。つい三枚目のトーストをたべたくなる。

「それでさ、提案がひとつあるんだけど」

ハーブティなら、もう一杯いってもいいだろう。すこしだけメープルシロップをたらそうか。

「なあに」

「広読社の寮が借りられることになったんだ。夏休みにいってみないか。あそこの寮は世界的な建築家がつくった名作で、プールもテニスコートもついてる」

うっかりしていた。夏の旅行は、毎年ふたりのたのしみだった。一斗の趣味でアジアにいくことが多かったけれど、このお腹で飛行機にのるのはちょっと面倒だ。あれこれといそがしくて先のばしにしているうちに、もう八月だった。

「あそこは総合出版の大手だけど、この出版不況だろ。あの寮も売却話がでてるから、今年が最後のチャンスかもしれない。赤ちゃんが生まれたら、しばらくはてんてこ舞いで旅行なんていっていられなくなるだろうしさ」

千花子はハーブティのカップの底を見つめて、じっと考えた。ふたりきりの旅行なんて、もしかしたらつぎの十年間はむずかしいかもしれない。これからこの家の旅行は、すべて三人でいくことになる。もしかしたら、四人になるのかもしれないが。

「絶対いく。広読社の一斗の担当に、うんとお礼をいわなくちゃ。わたし、着るものないから、マタニティドレス買うよ」

「はいはい」

千花子はあれこれと妊娠出産雑誌で見かけた妊婦用のドレスを思い浮かべた。どれも悪くなかったけれど、この国のマタニティウエアにはセクシーさが足りない。海外のファストファッションのショップでものぞいてみよう。退屈な土曜日に予定がはいって、これでしっかりと盛りあがることだろう。

「よぃしょ」

ハーブティをいれようと、かけ声とともに立ちあがった。

「軽井沢《かるいざわ》では、そういうのはなしにしてくれよ。ぼくにもコーヒーのお代わり」

むっとしたけれど、なんとか表情にださないように努力した。あの寮を押さえてくれたのは、気がきかない一斗にしては上出来だ。

「はいはい、わかりました。その代わり、今日の午後は買いものにつきあってもらうからね。渋谷で見たいところがあるから」

千花子の買いもののつきそいは、一斗にとって最大の罰ゲームだった。

「まあ、いいや。今は千花ちゃんひとりに、たいへんなことをすべて押しつけてるもんな」

一斗の目がやさしかった。見つめているのは、千花子の丸い腹だ。

「男も半分、妊娠できるといいんだけどね。うらやましいよ。千花ちゃん、ご苦労さま」

こいつはいいやつだなあと、千花子は思った。さすがに自分の男を見る目は間違っていない。手柄をすべて自分のものにするしあわせな癖が千花子にはあった。

裸足《はだし》の足の裏に無垢《むく》材の床が気もちいい。足元が勝手に跳ねるようだ。千花子は厚手の白い陶器のカップをふたつ手にもって、広いスタジオの隅にあるキッチンにむかった。

58

「軽井沢といっても、昼はすごく暑いんですね」

千花子は案内された部屋にバッグをおろした。和室の続き間で、奥の部屋の半分は板張りになり、そこに北欧風のソファセットがおいてあった。手前のほうにはダブルの畳ベッドがすえてある。寮のサービス係の女性がいった。

「ええ、もう晴れた日なんかは三十度を超えますから、東京のほうとあまり変わらないです」

サービス係が一気にカーテンを開いた。

「わあっ」

目のまえにシラカバの林が広がった。遠くの山なみのうえには、白く内側から輝きだす入道雲が湧いている。したばえは羊歯《しだ》だろうか。やはり緑はずいぶん涼しげだった。東京の空き地なら、セイタカアワダチソウかタンポポかオオバコのような暑苦しい雑草ばかりだ。サービスの女性が雲のほうを指さしていった。

「あの雲がこちらにくると一気に涼しくなります。今日は夕方から小雨の予報でした。では、ごゆっくりおたのしみください」

地元の人なのだろうか。落ち着いた四十代のちょっと雰囲気のある女性だ。

「はあ、どうもありがとうございます」

やけにていねいに頭をさげて、一斗がおおきな声をだした。

「もう臨月に近いんでいらっしゃいますか。夜、涼しいようなら、ひと言お声をかけてくだされば、羽根布団をもってきます」

千花子は夫の態度と自分のお腹のおおきさにすこしむっとしてしまった。

「まだ八ヵ月です。ごていねいに、どうも」

サービス係がいってしまうと、一斗は畳ベッドにダイブした。そういえば、この人はどこのホテルにいっても、まず最初にマットの固さを確かめるためにダイブしていた。頭が弱いんじゃないだろうか。大の字に両手を広げてベッドに横たわり、一斗がいった。

「あー、気もちいいなあ。さすが日本最大の出版社、軽井沢にすごい保養施設もってるな」

千花子はしわになりそうな服をバッグからとりだし、ハンガーにかけていた。

「そりゃあうちみたいな弱小出版社とは違うよ。お給料だって、福利厚生だって」

白いシーツからがばりと顔をあげて、一斗がいった。

「なんだよ。別に皮肉でいったわけじゃないんだから、そうつっかかるなよ。この施設、ほんとにすごいだろ」

中庭には二面のテニスコートとプールがふたつあった。ひとつは二十五メートルの競泳用で、もうひとつは佐渡島《さどがしま》のような形をした浅い子ども用だ。部屋にも千花子にはよくわからない日本画がかかっている。清流で魚をとる子どもの絵だ。

「さっきから、一斗は気をつかいすぎなのよ。いくら編集者に借りてもらってるからって、そんなに遠慮することないでしょ」

遅れてとった夏休みだった。千花子の腹は、誰もが臨月と間違えるほどおおきくなっていた。体重だって、堂々の二桁《ふたけた》キロの増加である。出歩くのが少々きつくなって、今年の夏は旅行をやめておこうかと思ったほどである。

一斗はベッドから起きだすと、自分の荷をほどいた。千花子は服からだが、一斗はいつもカメラをまっ先にとりだす。電池の残量を確認するといった。

「まあ、そういうなよ。やっぱりフリーで仕事してると、なにかと気をつかうものなんだ。別にコンプレックスというわけじゃないけど、たまに会社とか組織ってのがうらやましくなる。ねえ、ひと休みしたら、散歩にでもいかないか」

妊婦にとってベストの運動は歩くことだった。千花子はそのためにスニーカーを一足もってきている。

「うん、いいよ。今日の夜ごはんは豪勢なんでしょう。その分の体重を先に減らしておかなくちゃ」

59

あちこちに別荘が点在するシラカバ並木の小道を、ふたりはのんびりと散歩した。気温は確かに三十度近くあるのだが、湿度が低いので爽《さわ》やかな陽気だった。深い木陰にはいると、風がひんやりとする。

「軽井沢って、別になにもすることがないところだよね」

千花子はもう何度目の避暑地になるだろうかと考えた。最初にきたのは確か小学校低学年だった。あれもやはり役所の保養施設だったはずだ。

「そうだね。軽井沢銀座《ぎんざ》とアウトレットにいって、鬼押出《おにおしだ》しにドライブいって。あとはなにかな、テニスとかゴルフとか」

どちらのスポーツとも縁がなかった。千花子は身体を動かすのがあまり好きではない。一斗は小型のカメラを首からさげて、気にいった木や葉があると、スナップ写真を撮っている。カメラは仕事用の一眼レフではなく、新型のミラーレス機だった。性能は十分仕事でもつかえるほどらしい。ファインダーをのぞきこんでいった。

「あー、そこの木漏れ日がきれいだ。身体はななめのままでいいから、顔だけこっちむいてくれる」

カメラマンとつきあって長い千花子は、もう慣れたものだった。すこしあごを引いて、気もちうわ目づかいにする。そうするとなぜか写真では普通に写るのだ。

「表情は？　笑う？　普通？」

「普通で。なにもしなくていいよ。今まわりにあるものを感じてくれたら、それで十分」

そのときシラカバ林のしたばえを揺らして、風が吹いてきた。頭はいいけれど、いつも無表情な恋人の指先のような冷たくきれいな風だ。

「気もちいい」

「ああ。その顔、いいよ」

写真を撮るときとセックスのときだけは、ほめ言葉を節約しない人だった。もうつきあいだしてから何年にもなるけれど、そこだけは変わらない。きっとあと十年して、自分が女性としての魅力の多くを失ってもたぶん一斗は変わらないだろう。お金はたいしてないけれど、いい男だ。

「なんだか、この風に吹かれただけで、軽井沢にきてよかった」

ファインダーから目を離して、一斗はダイヤルをまわした。千花子もカメラマンの妻なので、もうなにをしているのかわかるようになった。露出を変えて、一段か二分の一段アンダーにしているのだ。影が深くなって、色ののりがよくなる。

「こっちも同じこと考えてたよ。つぎに軽井沢にくるときには、もうおれたちふたりじゃないんだな。これから、しばらくのあいだ、ふたりだけで旅行するなんてできなくなる」

あらためてそういわれると、千花子も淋《さび》しい気もちになった。旅をしても、もうふたりだけで、べたべたと新婚気分にはなれないだろう。もしかしたら、これから十年はふたりきりの旅行などできないかもしれない。ずっと子どもつきになるのだ。千花子はこれから失うものを考えて、すこしぞっとした。

「妊娠って、いいこともあるけど、悪いこともあるね」

「そうだな」

一斗は千花子を手招きしていった。

「そこの木の幹に寄りかかってくれない？　ポーズはお腹を抱えて、空を見あげる感じかな」

千花子は夏の盛りの葉で埋めつくされた空を見あげた。都会よりも空の色がすこしだけ淡い気がする。東京の夏空がアクリル絵の具のぴかぴかした青なら、こちらは水彩の水色だった。千花子は一斗専属とはいえモデルの経験が長いので、こういうときはなにも考えずに心を空っぽにするのがいいとわかっていた。よく撮れた一枚なら、写真の意味とかモデルの感情は、見る人が勝手に想像してくれる。

一斗が手を休めて、じっと見つめてきた。急に真剣な表情になる。見慣れた夫だが、そんなふうな目で見られると、いまだに胸がときめくのは自分たち夫婦が異常なのだろうか。ドラマや小説の夫婦は、なぜみんなあれほど不幸なのだろう。

「あのさ、千花ちゃん。子どもをつくったこと、ほんとうは後悔してないか」

いきなり胸をえぐるような質問だった。

「どうしたの急に」

大切なものをもつように一斗はカメラを両手で胸のまえに抱えていた。千花子は丸いお腹を抱えているので、位置はすこし違うけれど、誰もいない林のなかで似たようなポーズでむかいあっていた。

「子どもは好きじゃなかっただろう。来月にはもう産休にはいるし、そうしたら好きな仕事を半年以上休まなければいけない。ぼくの稼ぎだけじゃ心細いし、夫婦ふたりの時間はもう終わっちゃうんだ。だいたい子どものいる夫婦って、ロマンチックな雰囲気ないよな。夫婦をやめて、家族を始めるっていうか」

シラカバの梢《こずえ》を削るように乾いた風が空高く吹いている。ずっと一斗がひとりで考えていたことだったのだろう。

「それにさ、今どき子どもをつくらなきゃ一人まえの夫婦じゃないなんて古くさいことをいうやつはいないもんな。もしかしたら、おれたちはおたがい仕事をがんばって、休みのたびにあちこち旅行なんかにいってたほうがしあわせだったかもしれない。それに子どもひとりを大学まで卒業させるには、あのマンションのローンくらい必要なんだろ」

理屈や計算では、確かに一斗のいうとおりなのかもしれない。

「そうだね、夏休みは毎年いっしょに海外旅行にいって、世界中のあちこちでHをするのもよかったかも。お金だって、ずいぶん余裕ができるだろうし。わたしたちには別なしあわせの形があったのかもしれない」

青菜に塩というけれど、目のまえで夫がしおれていくのがよくわかった。カメラをもつ手が重そうにさがっていく。

「やっぱり後悔してるんだ。あのとき、気をつけておけばよかったなあ」

一斗は力なく笑った。

「ねえ、写真撮って」

自分の思いのすべてをこめて、千花子はカメラのレンズをのぞきこんだ。意識しなくともあふれるような笑いが浮かんでしまう。妊娠後期になって、頬がふくらんでいるので、きっとしもぶくれに写っているだろう。そんなことは気にしていられない。

「ほんとのこたえは今、あなたが見てるとおりだよ」

千花子は重くなった胸をそらした。笑顔にすべての思いをこめる。涼しいシャッター音が鳴った。

「一斗は自分が妊娠してないから、わからないかもしれない。でもね、妊娠するって、すごく幸福感があるんだ。自分もお腹のなかの赤ちゃんといっしょにぐんぐん成長していくようなしあわせ。ホルモンかなにかの関係で、無理やり幸福を感じるようにさせられちゃうっていう研究者もいるけど、実際に毎朝起きるたびに今日もしあわせだなあって叫びたくなるくらいだよ」

千花子はレンズにむかって語りかけた。そのあいだ、シャッター音がやむことはなかった。というよりも、やたらとシャッターを切り続けたのではないだろうか。

「それにね、ただ妊娠しただけでなく、一斗の子どもだってことにも、すごく感謝してる。ありがとね、あなた」

一斗がカメラに顔を押しつけていた。顔が真っ赤だ。涙ぐんでいるのがわかった。この人は単純で、お人よしだけれど、心はまっすぐだ。

「もうそれ以上いわないでくれ。みっともない顔になるから」

千花子はシラカバの幹を離れて、一斗のところにいった。目を真っ赤にしている夫の手をとり、すきまの多い林のなかを歩きだす。高原の撮影会はそこでお開きになった。

60

「おい、あれじゃないだろうな」

二日後、千花子と一斗は軽井沢駅近くのアウトレットにきていた。緑の芝にオープンカフェがある。待ちあわせの場所はそこで間違いないはずだった。モールの遊歩道を歩いてくるのは、身体の線にぴたりと沿った白いサマードレスを着た大人の女性だ。つばひろの帽子も白で、パンプスも白。周囲を歩く買いもの客が道を空ける堂々としたクラス感があった。

「芹澤副編集長……」

白いドレスの女がふたりのテーブルのまえに立つと、顔の半分を隠すほどのサングラスをはずしていった。

「お休みのところ、急に呼びだしてごめんなさいね」

千花子の声は驚きのあまりうわずってしまった。

「どうしたんですか、その格好」

芹澤菜央美は編集部では、ジーンズ姿が多かった。海外のデザイナーもので、それはそれでおしゃれだったが、白いドレスとは百八十度違う。一斗が目をきらきらさせている。美人を見つけると、いつもそんな顔をするのだ。悔しいけれど、千花子はそんな目で見られたことがなかった。アホの一斗がいった。

「芹澤さんって、スタイルすごくよかったんですね。ぜんぜん気づかなかった」

白のデッキチェアに腰かけながら、菜央美がいった。

「昨日きて、そこのクロエのアウトレットで買ったの。せっかく避暑地にきてるんだから、バカンス気分だけでも味わっておかなくちゃね」

千花子は一斗と目をあわせてから、微妙な質問をした。

「あの、おひとりなんですか」

菜央美はにっこりと笑って、あっさりという。

「そう、ひとりよ」

一斗は感心したようにいった。

「大人の女性のひとり旅か。余裕だなあ。自分でそのドレス選んだんですか」

「ええ、気分があがるでしょう。アウトレットで半額だし」

千花子も感心した。ボーイフレンドだ、恋人だ、女友達だとさわがないで、ひとりの時間を大切にする夏の旅。そういう豊かさを忘れていた気がする。千花子はいった。

「でも、驚きました。急にメールがきて、軽井沢にきてるからランチでもしないか、なんて」

「わたしね、夏は毎年軽井沢にきてるの。ひとりのときもあるし、そうでないときもあるけど」

一斗がにこにこしながらいった。今日は妙に愛想がいい。

「彼氏がいっしょのときはわかりますけど、ひとりのときはこっちでなにしてるんですか」

菜央美はちょっと間をとって、にこりと笑った。なんだか映画女優みたいだ。

「仕事よ」

一斗と千花子の声がそろった。

「仕事ですか！」

「ええ、東京で毎月の校了にむけてわしわし仕事をしてるときは、目のまえのことに手いっぱいでしょう。軽井沢にきて、いつも『ENDLESS』のコンセプトとか編集方針を練り直しているの。読者には同じように見える雑誌でも、一年二年とたつうちに時代の変化にあわせて、方向性を微調整していかなければならないでしょう。そういう大切な考えごとは、東京のオフィスではできないのよね」

さすがに腕利きの副編集長だった。千花子も一斗も自分の仕事について考えてしまった。休日まで集中して編集の方向性を検討する。そこまで仕事に打ちこんでいるだろうか。

遠くの木々を揺らした風が芝生をめくるように吹き寄せて、菜央美の帽子を飛ばそうとした。高原の乾いた軽い風だ。菜央美は帽子を押さえていった。

「そんなに反省しないで。わたしは独身で子どももいないし、あの雑誌が自分の子みたいなものなのよ。つぎはなにをしようって、ひまがあると考えてばかりいる。仕事というより趣味みたいなものだから」

千花子は苦しいのをがまんして働いている猛烈社員は苦手だった。けれど、菜央美のように編集の仕事が好きでたまらないというのなら話は別だ。いつか自分もこの先輩のように「ENDLESS」について目を細めてうれしそうに話せたら、こんなにカッコいいことはない。まあ、自分にはクロエの白いサマードレスは絶対に似あわないだろうけれど。気分を変えて、千花子はいった。

「あの、お話ってなんでしょうか」

菜央美は遠くの山なみに目をやっていた。スキー場は今は緑の斜面で、リフトの線が模型のように走っている。そのうえはもりもりと育つ元気な入道雲だ。

「来秋、うちの雑誌の創刊十周年でしょう。そこで周年記念の企画をいくつか考えていたんだ。このまえ千花ちゃんが話していたでしょう。一斗くんに妊婦ヌードを撮ってもらっているって。それで思いついたんだけど」

いったいなんの話だろう。周年企画？　確かに「ENDLESS」は来年で十周年だが、それと一斗の写真にどんな関係があるのだろうか。

「あのね、あなたが今書いている妊娠体験の署名コラムがすごく人気あるでしょう。あの文章を柱にして、一斗くんの写真をあわせて、一冊の本をつくる。来年の秋までにね。それを周年企画の目玉のひとつにいれたいんだ」

椅子に座ったまま、ぴょんと飛び跳ねたのは一斗だった。

「えー、ほんとですか。じゃあ、ぼくの名前が表紙にのった最初の写真集がだせるんだ。やったなあ、ここまでがんばってきたかいがあった」

なにをいってるんだろう、この人。千花子はちょっと腹が立った。

「でも、まだぜんぜん一冊の本にするには原稿の分量が足りないですよね。連載のスタートは今年の春からですし、それでちゃんと本にできますか」

菜央美は冷静なものだった。考えてみれば、この副編が穴だらけの企画など投げてくるはずがない。

「それでね、悪いんだけど、産休中も書いてくれない？　今度は育児について。それで来年の夏まで連載を続けて、それでも足りない分は、読者の手紙や妊婦を集めた座談会なんかで埋めていく。どう、ちゃんと一冊の本になるでしょう」

一斗がとなりで無邪気に叫んでいた。

「いいじゃないか、千花ちゃん、やろうよ、やろうよ。妊婦ヌードでデビューする編集者なんて、ほかにいないぞ」

それが問題なのだった。一冊の本にはずっと著者の名前がついてまわる。名刺代わりに一冊というけれど、書き手にとっては一生の問題だ。菜央美がいった。

「その写真も、あまり生々しくないように、千花ちゃんが選んでいいのよ」

自分の本をだす、妊婦ヌードを披露、産休中にもちゃんと仕事ができる……。あれこれと考えすぎて、千花子は気もちが悪くなってきた。

「あの、すこし考えさせてくれませんか」

「なんだよ、のりが悪いなあ」

菜央美が笑って、席を立った。伝票をさっとつかんでいった。

「いいのよ。来月十周年の企画書をつくるから、そのときまでゆっくり考えて。さあ、じゃあ、ランチにいきましょうか」

白いドレスを子犬のように追いかけて一斗が夏の芝を歩いていく。千花子は重いお腹を抱えて、ふたりのあとをついていった。自分の名前が印刷された本。初めての本。千花子は編集者だから、一冊の本をだすのがどれほどすごい出来事か、理解していた。もしかしたら、人生が変わってしまうかもしれない。

自分はあれこれ、これから悩むことになるだろう。それでも、最後にだすこたえは今からわかるような気がしていた。Tシャツの背中に声をかけた。

「ちょっと、一斗。菜央美さんから離れなさいよ。変質者みたいでしょ」

すべてが変わってしまったのは、この子のせいかもしれない。千花子は満月のように丸くせりだしたお腹をなでて、夏の終わりの日ざしのなかを歩いていった。

61

東京の九月は猛暑の夏の続きだった。

節電でエアコンの使用を控えたオフィスに、連日三十度を超える暑さが襲ってくる。「ＥＮＤＬＥＳＳ」編集部でも、男性陣は仕事にならないとみな文句をいっていた。逆に副編集長の芹澤菜央美をはじめ、女性編集者には高めの設定温度が好評である。

千花子はどちらの気もちもよくわかるのだった。

妊娠するまえは、菜央美や未央と同じで効きすぎの冷房が嫌いだった。手足の先は冷たくなるし、空気が乾燥してのどが痛くなる。夏なのにウールのカーディガンを着て仕事をするなんてナンセンスだ。

ところが、臨月間近になると妙に身体が熱くなった。お腹のなかに巨大な湯たんぽでも抱えているようだ。とにかく夏の妊婦はたいへんである。身体は重く、すぐに息が切れる。汗だくでしんどいのに、一方では身体を冷やさないように、産科医や出産経験者には厳しく注意される。

凍らせたジョッキに注いだ冷たいビールは、夫がのむのを見ているだけ。どんなに暑くても、冷房をつけっぱなしで寝るのは禁止。しかもなぜか妊婦は慎ましいファッションでなければならないらしく、肌を露出するような服は売っていない。どうして日本のマタニティファッションは、どれも健全でおもしろみがないものばかりなのだろう。

つぎに妊娠するとしたら、七月八月九月の三ヵ月は避けるようにしよう。千花子は真剣にそう思うほどだった。九月に妊娠すれば、夏まえの六月に出産できる。そのペースなら、日本の夏を見事にスルーできるだろう。妊娠期間が十ヵ月というのは、考えてみればよくできたものだった。

とはいえこの時期、千花子は十分に幸福だった。

体重は十二キロも妊娠まえより増えていた。そんなことは気にならない。もうすぐ出産予定日が近づいてくるし、なにより産休が始まるのがうれしかった。待望の赤ちゃんが生まれるよりも、産休がうれしいというのは冷たい母親のように思われるかもしれない。それほど長期休暇は抜群に魅力的だった。

千花子の出産予定日は十月初旬である。余裕をみて、十日まえから産休にはいると、会社のほうには告げてあった。思えば大学を卒業してから十年以上、千花子は働き続けてきた。出版社の仕事は華やかに見えるが、内実はハードワークである。若い千花子でも疲れは年々たまってくる。年始と夏に一週間ほどの休暇があるとはいえ、半年以上も仕事を休むのは夢のようだ。

最近になって育児休暇をとる男性もぽつぽつとあらわれ始めたけれど、半年以上も、あるいは出産と育児の両休暇をあわせて一年も仕事を休めるというのは、女性だけに与えられた特権だった。

千花子の場合、署名コラムの仕事は休暇中も継続するので、まったくのオフではないけれど、逆にすこしだけ編集部とつながりが残せるのがうれしかった。

もちろん出産も育児もたいへんだろう。

だが、すべての時間を新生児にとられるわけではないはずだ。とくに出産まえの十日間は赤ん坊の世話もしなくていいし、自分の思うとおり自由につかえるはずだった。千花子はそのあいだにやりたいことのリストを制作していた。

まず、ずっと遠ざかっていた映画やコンサートにいく。スタジオの隅には、まだ手をつけていないたまっている本やCDをちゃんとたのしむ。

ウィークデイにゆっくりと服を探す。一斗に頼んで、アウトレットモールにいくのもいい本がひと山になって積まれていた。

いいかもしれない。休日は混雑がひどすぎて、足を運ぶ気にならなかったのだ。

病院で出会ったママ友と情報交換のための食事会を開く。これは出産への不安を解消するだけでなく、連載コラムの取材にもきっと有効だろう。

ほぼ育児用品は購入してあるが、最後に必需品ではなく、自分好みのかわいい服やおもちゃを買いにいくのもいいかもしれない。このごろは自分のためのものを選ぶより、子どもの買いもののほうがずっと気がはいるのだった。

あとはしっかりと運動するのも、目標だった。

この場合の運動はスポーツではなく、とにかく歩くことだった。歩くのは臨月の妊婦にも可能な全身運動で、出産まえには赤ちゃんをおりてこさせるためにも有効だという。よく運動している妊婦は出産後の体重の減少がすみやかで、すぐに元の体重にもどりやすいという赤ちゃん雑誌の記事を読んで、千花子もその気になっていた。

普段は、近くの世田谷公園を二、三周するくらいだが、せっかくの休暇である。さすがに富士山とまではいかなくても、遠足で何度かのぼった高尾山《たかおさん》なら、きっと挑戦可能だろう。あそこなら体調が悪くなってもルートが選べるし、最悪の場合はロープウェイをつかってもいい。

千花子は長期休暇をぞんぶんにたのしむつもりだった。

せっかくの制度だし、せっかくの出産だ。不安がまったくないわけではないけれど、これからやってくることをすべて受けいれて、体あたりでたのしんでいくことにしていた。

三十年以上生きてきたけれど、母になるという経験は初めてだった。

千花子は初体験に好奇心いっぱいだった。

62

仕事の引き継ぎは、九月のなかばにすべて終了した。

担当の著者への挨拶《あいさつ》をすませ、自分のページはほかの編集部員に一時的に割り振ってもらう。ここでも副編集長の菜央美が気をきかせてくれた。後輩の本村をはずして、後藤未央やその他の契約社員を後継に指名してくれたのだ。本村に仕事をわたしたら、あとが気になってゆっくり休むこともできなかった。

千花子の送別会は、九月最後の金曜日、裏原宿のイタリアンで開かれた。有機栽培の野菜がおいしいと評判の店である。さすがに編集者で定刻の七時には、半分も集まっていなかったが、一時間もすると全員が顔をそろえた。

広めの個室には「ＥＮＤＬＥＳＳ」編集部と千花子の同期が集合していた。ワインもまわり、ざわざわと座が熱してきたところで、菜央美が立ちあがり声を張った。

「では、みなさん、二宮千花子さんから、ひと言ご挨拶です」

千花子はアルコールをひと口ものんでいなかった。それでも、多くの人の笑顔に酔ったような気分だった。誰もが産休にはいる自分を祝福して、よろこんでくれているようだ。それはあのがっつき屋の本村さえ変わらない。自分はラッキーで、いい会社にはいったものだ。おおきなお腹を抱えて、誕生日席に立つ。注目がお腹に集まるのがなんだかはずかしかった。

「みなさん、長いあいだお世話になりました。わたしは志パブリッシングに入社して、ほんとうによかったと思っています。素敵な先輩と仲間にかこまれて、雑誌をつくる。それが学生時代から、ずっとわたしの夢でした」

誰かが声をかけた。

「辞める気なのかあ、それは退社の挨拶」

同期で編集希望だったが、広告営業にまわされた市川紳一《いちかわしんいち》だった。今はなんとか折りあいをつけて、がんばっているらしい。ちいさな出版社のちいさな雑誌では、広告をとるのもたいへんだといつもぼやいている。千花子は市川にうなずいていった。

「えー、わたしはがっつり休ませてもらいますが、もりはありません。わたしにとって『ENDLESS』が自分の家なんです。元気な赤ちゃんを産んで、しばらく育児に専念しますが、かならずみなさんのもとに帰ってきます。みなさんも、二宮千花子を忘れずにいてください」

お腹を抱えたまま、深々とお辞儀をした。心をこめて誰かに頭をさげるのは、いい気分だった。菜央美がいった。

『ENDLESS』のような先進的な女性誌を出版しているのに、うちの会社は産休育休制度に関しては、ひどく遅れていました。二宮さんは仕事ができるだけでなく、女性の待遇改善、それはこの会社で働く者すべての待遇改善と同じ意味なのですが、そのことにも力を発揮してくれました。休暇中も人気の署名コラムの執筆は続けてもらう予定です。この連載はうちの社の周年企画として、単行本化も計画しています」

おーっという低い声があがった。無名の書き手が一冊の本をだすのが、どれほどたいへんなことか、出版社の人間はみなよくしっている。形ばかりの編集長、大谷が声をかけてきた。

「二宮さん、遠慮せずに一発あててくれよ。印税はほかの先生方と違って、社と折半だからな」

どっと笑い声があがった。菜央美が白いコットンレースのシャツの襟を立てて、千花子に微笑みかけてきた。

「あれこれいいましたが、わたしたち編集部全員の望みは、千花ちゃんが元気な赤ちゃんを無事に産んで、新しい経験を積んで、また仲間としてもどってきてくれることです。自分の身体も、赤ちゃんもお大事に。未央ちゃん、準備いい？」

後藤未央がさっとレストランの個室を走りでていった。花束をもって、すぐにもどってくる。花はバラではなく、小振りのヒマワリをどっさり束ねたものだった。素朴だが、元気がよくて、輝くように明るい。菜央美がいった。

「花束の贈呈です」

未央が和紙で包まれたおおきな花束をさしだしてくれる。先輩の目を見たら、涙で赤くなっていた。千花子は胸を打たれ、その目を見ただけで自分も涙ぐんでしまった。

「おめでとう、千花ちゃん。わたしもゆっくり産休とれるように、がんばるね」

未央は不妊治療を再び始めたらしい。三十代なかばというのは、そういう年齢なのかもしれない。

「ご迷惑をおかけしますが、あとのことよろしくお願いします。今度、出産祈願のお守り送りますから」

拍手に包まれて、花束を受けとった。ヒマワリは太陽のにおいがした。誰かが写真を撮っているようで、フラッシュが何度も部屋を真っ白に満たした。気分は最高だ。いっぱいくらいならいいかもしれない。

千花子は空いているワイングラスに、自分でよく冷えた白ワインをどくどくと注いだ。未央が目を丸くして見ている。

「いいの、お酒なんかのんじゃって」

千花子は片方の目を閉じていった。

「ええ、いいです。最後の夜だし、お腹も重いし、こんなに素敵な人たちにかこまれて、いっぱいくらいのまなきゃやってられません」

菜央美もやってきた。三人はグラスを高くかかげると、自分たちの雑誌と千花子の子の健やかな成長を願って乾杯した。

63

千花子が産休にはいったのは、出産予定日の十日まえだった。

予定日は十月八日だったので、九月いっぱい会社で働いたのである。臨月のお腹は自分でも考えられないほど、おおきく育っていた。限界までふくらんだ子宮のせいで、ほかの臓器が圧迫されているのだろう。胃はちいさくなっているようで、一度に普通の量の食事をとるのは困難になった。細かく分けて一日五食六食の日が増えていく。苦しいのは食事だけではなかった。なによりも息をするのが重苦しい。したから押されているせいか、どうしても呼吸が浅くなってしまう。肺のすみずみにまで新鮮な空気がまわらない感覚である。太った人がよくぜいぜいとテンポの速い息をするけれど、気がつけば千花子もすこし動くだけで、同じように息があがるようになった。

気になるのは、やはり体重のことだった。

クリニックのおばあちゃん先生にいわれた体重増加のリミットは、七キロだ。千花子は妊娠六カ月で、すでにその制限を超えていた。さらに一カ月あたりの増加量も二キロと決められていて、検診にいくたびに体重を量られてしまう。何カ月か連続で二キロ以上増えたときには、厳しい顔でいわれたものだ。こんなことが続くようなら、強制入院させます。

病気でもないのに入院する？

千花子の怪訝《けげん》な表情を読んで、おばあちゃん先生はいった。糖尿病患者むけの入院プログラムがあるので、そこで食餌《しょくじ》療法をとってもらいます。二宮さん、こっちは本気だからね。来月の体重たのしみにしてるから。

千花子は恐怖に震えあがった。糖尿病患者用の食事は、健康な自分にはとてもたべられたものではないだろう。入院は前回の切迫流産のときだけで十分だった。病室の日々は、退屈で殺風景で気詰まりである。しかも一日ずつ入院費がかかるのだ。産休にはいれば千花子の給料は三分の二に削られる。フリーランスのカメラマンである一斗の収入は、この不況で激減していた。出産がどれくらいの出費になるのか、産後はどれくらい生活費がかかるのか、まだ予想はつかない。ここは節約しておかなければならなかった。マンションのローンもまだまだ二十年以上残っている。

千花子の散歩は朝夕と二回に増やされた。

九月の末とはいえ昼の東京はまだ猛暑で、天気のいい日には気温三十度を超えてしまう。紫外線対策と発汗作用を高めるために、黒いサウナスーツにつば広の帽子とサングラスをつけた千花子の姿は、さわやかな初秋の公園で異様だった。その格好で朝夕一時間ずつ、早足で近所の公園を周回する。まるで罰ゲームのようだ。

出産が無事にすんだら、絶対に散歩なんかしない。汗だくで散歩から帰るたびに、そう決心するのだった。もともと文化系で、身体を動かすのが好きではない千花子には、散歩程度の運動でも苦行である。残暑の厳しいなか、以前より十二キロも増えた体重で早歩きをするのだ。お腹も息も苦しいし、ひざも脚もすぐに悲鳴をあげる。臨月の千花子の運動嫌いにも、それなりの身体的な理由があった。

産休にはいるまえの最後の検診で、体重の増加が四百グラムに抑えられていたときには、思わず狭い診察室で歓声をあげてしまった。やった、これで入院して、まずい食事をたべずにすむ。おばあちゃん先生は、やればできるじゃないの、この調子でとそっけなくいうだけだった。

出産自体にかんしては、千花子はとくになにも考えていなかった。

署名コラムの取材のため、出産体験についてかなりの取材を千花子はすませていた。

お産は重い人も軽い人もいた。軽い人はほんの数十分でつるりとさして痛みもなく産んでしまう。重い人は数日におよぶ激しい痛みと闘い、それでも通常分娩《ぶんべん》は無理だと判断されて帝王切開されてしまったりする。どちらにしても、ひとつだけ確かなことがあった。

出産はひとりひとりがばらばらで、オリジナルな経験なのだ。

実際にそのときがやってくるまで、自分がどうなるのか予想するだけムダだった。多くの女性たちが歴史上、その痛みに耐えて赤ちゃんを産んできた。医療技術の未熟な昔なら、言葉どおり命がけだったことだろう。それでも産み続けてきたのだ。

母は強く、母は偉大だ。

自分もその膨大な人類の歴史の最後にならぶことになる。痛いのが嫌とか、軽くすめばいいとはいっていられなかった。無事にこの子を産むまで、立派にじたばたしてやろう。そう覚悟を固めると、未経験の出産もそう恐ろしくはなくなった。

母のひとりであることに、千花子は誇りをもったのである。

産休にはいって、千花子はひどくアクティブになった。

これまで会社員としてできなかったことを、この機会に全部やってみたかった。編集者はそれでなくても、拘束時間の長い不規則な仕事である。予定日までにするべきことのリストをつくるのは、純粋なおたのしみで、十年ちょっとの給与生活への心地よい復《ふく》讐《しゅう》だった。

まず昼間のデパートやショップで、のんびりと静かに自分の買いものをしたい。

平日午後の映画館や美術館でゆっくりとたのしみたい。

どこかのホテルの最上階のレストランで、昼のコースを頼んでみたい。

いい機会なので、上下巻やシリーズものの長篇小説を読みあげたい。

夕方早い時間から始まるクラシックやバレエの公演に足を運びたい。

手料理のディナーを一斗にたべさせてやりたい。

瓶詰めの保存食や梅酒の漬けこみをしておきたい。

寝室の大掃除と模様替えをしてみたい。

夜の街で翌日のことを気にせず、一斗とデートをしたい。

自分のことばかりになったので、最後に赤ちゃんの足りないグッズや肌着などをそろえておきたい。

とはいえ、経験者に話をきくと、出産後は自分のためにつかえる時間が、すくなくとも三カ月はゼロになるという。出産まえくらい、自分だけのために時間をつかってもいいではないか。あと一週間もすれば、嫌でも死ぬまで母になるのだ。

千花子はリストのひとつひとつを、たのしみながら熱心に片づけていった。間もなくやってくる決定的な経験をまえにして、目のまえにある仕事やおたのしみに集中する。この時期の千花子は妊娠してから、もっとも充実した時間をすごしていたのかもしれない。

64

十月五日の夜明けだった。

千花子は前日の夜遅くまで、一斗と外出していた。下北沢《しもきたざわ》で学生時代の友人が制作にかかわっている芝居を観て、渋谷にもどって中華料理をたべた。締めは南平台にあるワインバーである。一杯だけの約束でシャンパンをのんだら、のどがなるほどおいしかった。赤ん坊を産んだら、絶対にこのシャンパンをボトル一本のんでやる。そういうと、一斗はわかったわかったといって、笑ってうなずいた。

その夜タクシーで自宅に帰りついたときには、深夜をだいぶまわっていた。化粧を落とし、かんたんにシャワーだけ浴びて、眠りに就いたのが午前二時だった。

目が覚めたのは、まだ朝の五時である。

どうしたのだろう。もしかしたら、小学校の二年生のとき以来久々のおねしょをしてしまったのかもしれない。おへそまである妊婦用のショーツが冷たかった。寝室のカーテンをすこし開けて、外をのぞいてみるとよく晴れた明けがたの空だった。今日も引き続き暑い一日になりそうだ。

千花子は一斗を起こさないように、そっとベッドを抜けだし、お手洗いにいった。ショーツをおろして、便座に腰かける。やはりクロッチの部分が濡《ぬ》れていた。量はそれほどではないけれど、かすかに赤く染まっている。これは破水なのだろうか、それとも出産のおしるしだろうか。未経験の千花子にはまったくわからなかった。冷たいショーツをはく気になれずに、ひざまでずりさげたままクローゼットにいき、新しいものとはき替えた。今のところ、お腹の張りも痛みもまったくない。

一斗はうっすらと口を開き、くしゃくしゃの髪で眠っていた。安心する顔ではあるけれど、百パーセントイケメンなんかではない。千花子は手を伸ばして、夫の肩を軽くゆさぶった。薄目を開けた一斗にいう。

「ねえねえ、なんだかわたし破水したみたい」

つぎの反応は予想外で、千花子のほうがびっくりしてしまった。一斗は横になったままの格好で、三十センチも跳びあがった。マットレスに着地したときには、なぜか正座している。

「破水？　ほんとに」

そういわれると千花子にも確信はなかった。

「……破水だと思うんだけど、違うかも……おしるしかもしれない」

ベッドのうえで腰立ちになって、一斗が叫んだ。

「どっちにしても、もうすぐ生まれるってことなんだろ。なにしてるんだ」

「えっ」

この人はなにをこんなにあせって怒っているんだろうか。意味がわからない。

「助産院に電話して、今すぐいくっていうんだ。それと早く着替えて」

一斗は寝巻き代わりのTシャツと短パンを脱ぎながら、クローゼットに移動した。外着のTシャツとジーンズを逃亡犯のように素早く身につけ、ぼさぼさの髪をキャップに押しこんだ。

「ほら、こっちの準備はだいじょうぶ。千花ちゃん、急いで」

ショーツが濡れたくらいで、出産の予兆はまるで感じられなかった。それでも一斗のあせりが伝染して、千花子も不安になってくる。目覚まし時計を見ると、まだ五時半だった。カーテンがうっすらと明るくなっている。こんな時間に迷惑かもしれないが、量はすくなくとも、突然の破水だとしたら恐ろしかった。

千花子が電話をかけると、三回目のコールで若い女性がでた。

「はい、バースハウス・きずなです」

「八日に入院予定の高部千花子ですが、今朝方ちょっと破水してしまったみたいで」

若い助産師はわずかも動揺していなかった。

「ああ、そうですか。では、ちょっと診てみますか」

面倒なら別にこなくてもいいという雰囲気だった。ここで引きさがるわけにはいかない。

「はい、診てもらうだけでも安心なので」

「陣痛はありますか」

「いや、そちらのほうはぜんぜんなんですけど」

「わかりました。光世さんが七時にこちらにくるので、その時間にいらしてください」

よろしくお願いしますといって、千花子は通話を切った。受話器に耳を寄せていた一斗がいった。

「なんだよ、七時って。こっちは一刻を争ってるのに。破水したんだぞ、まったく」

まだ一時間半もある。しかたがない。シャワーを浴びて、朝ごはんの用意をしよう。

千花子がバスルームにむかおうとすると、一斗はばたりとベッドに倒れこんだ。

「どうしたの」

夫が羽根枕を抱いて怒っていた。

「そんなに時間があるなら、もう一度寝る。なんだよ、心配して損した」

まったくこんなときでも、男というのは子どもで、頼りにならないものだ。早朝の寝室は秋の気配だった。すこしだけ空気が肌寒い。シャワーのまえにホットミルクを一杯のんでおこう。

千花子はお腹を抱えながら、ミルクが沸くのを待った。

こうなったら、できるだけ早く産んで、カフェインとアルコールを解禁したい。

千花子の場合、たべものよりもコーヒーと酒への飢えが強かった。

下腹部についたゼリーをぬぐうウエットティッシュが冷たかった。

超音波画像診断装置はお腹の外と膣《ちつ》のなか、いろいろな角度から赤ちゃんの様子を撮影した。冷たいゼリーはプローブを密着させるために欠かせないのだという。

そこはバースハウス・きずなの地下にあるちいさな診察室だった。階上では朝ごはんの準備がすすんでいるのだろう。味噌汁《みそしる》のいい匂いが流れてくる。きずなの代表、今岡光世が超音波の画像を見ながらいった。

「別に悪いところはないようね。あのね、たまにあるんだけど、針でつついたくらいのちいさな穴ができて、羊水が漏れだしたんじゃないかな。お腹の赤ちゃんには異状はありません」

千花子が返事をするまえに、一斗がいった。

「よかったあ。破水したってきいてから、心配で心配で」

この人はなにをいっているのだろう。あのあと遅刻しそうな時間まで、だらしなく二度寝していたくせに。千花子はいった。

「そうなんですか。安心しました。じゃあ、今日はどうしたらいいんですか」

「おうちに帰ってもらったほうがいいわね。無理な運動をしなければ、普通に生活してだいじょうぶ」

ここはブランド産院でも、都立の大病院でもなかった。自然派でハンドメイドの感じが強い街の助産院である。出産もカジュアルなのだろう。光世は長袖《ながそで》の麻の白シャツのうえに刺し子のベスト、というよりちゃんちゃんこを重ねている。髪はウーマンリブが華やかだったころに流行《はや》ったきつめのソバージュだ。カルテになにか記入しながら、バースハウスの代表がいった。

「破水よりもね、ちょっと気になることがあるんだ」

またも千花子よりも早く、一斗が身をのりだしてきた。

「なんなんですか、先生」

ちらりと光世が一斗を見た。

「わたしは別にお医者さんじゃないから、先生はよしてね。あくまで出産する女性のお手伝いをする助産師よ。まあ、どんなに立派な病院だって、それ以上のことは実際にはできないんだけどね」

千花子も不思議に思い、質問した。

「じゃあ、なんて呼んだらいいんですか」

にっと笑って、代表がいった。

「うちでは、先生も代表も先輩もダメ。普通に光世さんでいいのよ。話がそれたね。気になるっていうのは、まだぜんぜん子宮口が開いてないことなんだ。それとあなたは子宮口が硬そうなんだよね」

千花子はだんだんと嫌な気がしてきた。

「光世さん、それ、どういうことなんですか」

「そうだね、まだお産って感じじゃないってことかな」

そうか、まだまだなのか。千花子は開き直ったような気分になった。本格的に破水したり、陣痛が十分間隔になったりしたら、嫌でも入院だ。予定日の八日まで、せいぜい自分の時間を有効につかおう。とはいってもさすがに外出は不安なので、のちのちのコラムの資料として今朝からのことをメモして、あとはたまっている映画のDVDでも観ることにしよう。入院すれば、しばらく自宅に帰れない。掃除をすませ、そのあいだに必要なものを買いそろえておかなくては。

「わかりました。じゃあ、帰ります」

千花子は服を直して、さばさばと診察台から立ちあがった。一斗は不安げな顔で、千花子と光世を交互に見ている。

「なにかもっとほかにきいておかなくちゃいけないこと、ないのか」

にこにこ笑って、光世がいった。

「ほら、案ずるより産むが易しっていうでしょう。あのことわざは絶対に女がつくったって思う。パートナーのあなたは、そんなに心配しなくてだいじょうぶ。ほら、奥さんがこんなにやる気になってるんだから」

事実、そのときの千花子は闘志満々だった。雨がふろうが、空が落ちてこようが、地震がこようが関係ない。どんな障害ものり越えて、立派に赤ちゃんを産んでみせる。お腹の子の母親は、わたしひとりきりなのだ。負けるものか。

だが、千花子はそのとき、陣痛の痛みさえ未経験だった。

続く三日間、泥沼のような消耗戦を闘うことになるのだが、その時点では未来は不確定な灰色の霧の彼方《かなた》だった。千花子は一斗が運転するRVでマンションにもどる途中、池尻のベーカリーに寄って、シナモンロールとクロワッサンを買った。

一斗は昼まえに、撮影の打ちあわせに外出した。仕事は夕方には終わるという。千花子はその午後、ひとりでラブコメディとスプラッタの映画を観ながら、好物のシナモンロールをみっつ、カフェインレスのハーブティで平らげたのだった。

65

それは遠くから雷鳴がとどろくようなかすかな痛みだった。

痛みというのは正確ではないかもしれない。張りとか、こわばりとか、ひきつれるような感覚のほうが近いだろう。つぎの日の夜明け、千花子は下腹部の違和感とともに目覚めた。すぐに下着に手をあてて確かめてみる。冷たくはなかった。昨日のように羊水は漏れていない。赤ちゃんを包む三重の膜にちいさな穴が開いて、羊水漏れを起こすことはめずらしくないという。理由もわからずに開いた穴は、理由もわからずに閉じてしまったのだろう。自分の身体とはいえ、母体というのは不思議なものだった。専門の産科医や助産師にもわからないことがいくらでもある。

「どうした、だいじょうぶか、千花子」

一斗が眠そうに声をかけてきた。まだ寝室は夜のように暗い。

「ううん、なんでもない。破水してないか心配したけど、だいじょうぶだった」

「そうか、よかった」

ひきつれるような痛みがお腹の奥で起こった。

「ちょっとぴりっとするんだけど、だいじょぶだと思う」

千花子はあれこれと出産本を読んで学習していたので、陣痛とはもっと痛みが激しいものだと思っていた。そういえば、助産師の光世さんも子宮口がぜんぜん開いていないといっていた。本番までまだ数日はかかるかもしれない。

「そっか、じゃあもうすこし寝るよ」

そういうと同時に一斗は寝息を立てていた。夫というのは、妻の痛みにまったく関心をもたない生きものだ。千花子はお腹の違和感を無視して、もう一度眠りについた。夢の中身は忘れてしまったけれど、妙に重苦しい夢を立て続けに何度も見た。


朝は、いつもの朝食だった。

バターつきトースト、手でちぎった簡単サラダ、ハムエッグに缶づめのコーンポタージュ。あとは一斗のコーヒーと自分のハーブティである。出産を直前に控え、千花子はもうダイエットしていなかった。体重を量られることもなければ、糖尿病患者向け病院食つきの強制入院の恐れもない。出産にはどれくらい体力が必要なのかわからないので、しっかりと朝食を平らげる。

一斗も胸がすくような食欲を見せていた。この人はなぜか仕事がない日のほうがよくたべるのだ。撮影がある日は、それがどんなにちいさな仕事でも、緊張して食が細くなる。フリーのカメラマンだから神経は図太いように思われるけれど、実際には案外繊細で気弱なところがあった。

「コーンスープのお代わりあるかな」

なめるようにきれいになったスープ皿をもって、一斗がそういった。前髪が寝癖でおかしな方向にはねている。

「もうないよ。お代わりするなら、自分で新しい缶を開ければ」

一瞬考える顔になった。食欲も家計と手間には勝てないのだろう。

「じゃあ、いいや」

「これからしばらくは、暮らしを切り詰めるからね」

「はいはい、わかりました」

一斗は食事を終えると、歯も磨かずに自分のノートパソコンを開いた。仕事で一日中カメラをいじっている癖に、この人の趣味は中古カメラなのだ。フィルム式のめずらしいカメラを集めたサイトをつぎつぎとのぞいている。千花子はため息をついて立ちあがった。臨月をむかえてから、両手で自分のひざを押すようになった。勢いをつけないと、身体が重い。

「ネットばかり見てないで、なにかしたら」

キッチンで皿洗いをして、ワンルームのスタジオに掃除機をかけ始めた。千花子の朝の日課である。それにしても、産休にはいってからはほとんど毎日一斗といっしょにいなければならなかった。千花子に編集の仕事があるうちは、平日はほとんどすれ違いで、休日だけ顔をあわせていればよかった。今後出産をすませたら、半年もずっと家にいることになる。そのあいだ毎日のように夫のずぼらな一日を見ることになるのかと思うと、ぞっとした。

一斗は背中を丸めて、パソコンをのぞきこんでいる。Tシャツの腹をかいて、あくびをした。掃除機をかける千花子の手が、つい荒っぽくなった。スタジオの隅においてある照明用のバッテリーにごつごつとあたる。

「おいおい、商売道具なんだから気をつけてよ」

千花子は返事をしなかった。その代わりにさらに勢いよく掃除機をつかう。ごしごしと無垢《むく》のパイン材の床から汚れをかきとるようだ。そのとき、鈍い痛みがお腹の奥で生まれた。

「痛っ」

「ほら見ろ、赤ちゃんがもうすこしやさしくだってさ」

歯も磨いていない寝癖男に、そんなことをいわれたくなかった。千花子は黙って乱暴に掃除しながら、なぜか壁の時計を見た。お腹が張っている。

朝八時四十二分。

千花子は黙々と家事を片づけたが、気になってその時間をテーブルのうえのメモ帳に書きとめておいた。その時点でも、陣痛がきたとはまったく考えていなかった。

66

メモ帳の数字は、午後にかけてだんだんと伸びていった。

三十分間隔くらいだったものが、二十五分、二十分とあいだが短くなってくる。強い痛みではなかったけれど、鈍感な千花子も一斗といっしょに近所のカフェにランチにでかけるころには気がつき始めた。もしかしたら、これは陣痛なのかもしれない。

カフェはエスニック料理の店で、一斗はパイナップルいりの豚肉チャーハン、千花子は鶏肉のフォーを頼んだ。十月のはじめで、オープンテラスの風が心地よかった。お腹の張りが治まっているあいだは、普段とまったく体調に変化はない。デザートをすませたところで、千花子は携帯電話を開いた。こんなときに頼るのは近くの夫より、仲が悪くてもやはり出産経験のある母親だ。

「もうそろそろ出産でしょう。もうすこしまめに連絡しなさい。お父さんも心配してるわよ」

清子にいきなり小言をいわれた。確かに電話さえあまりかけていなかった。千花子はあっさりといった。

「ごめん、それよりお母さんのときは、陣痛ってどうだった？」

「えっ、どっちのとき」

千花子には弟の真樹夫がいる。バイトではなく正社員の仕事を探しているらしいが、うまくいっているのだろうか。

「出産って、毎回違うの」

「それはそうよ。あなたのときはたいへんな難産で、真樹夫のときも覚悟していったんだけど、あっさり四時間くらいで生まれたから」

「難産って、どれくらいかかったの」

質問するのがだんだんと怖くなってきた。

「そうね、あなたのときは三十五時間だったかな」

オープンのテラスで、千花子は叫び声をあげた。あやうく透明なスープが残ったボウルに携帯電話を落としそうになる。

「……三十五時間」

「ほんとうにたいへんだったんだから。お父さんは仕事で病院にこられなかったから、わたしひとりでがんばったのよ」

父らしい話だった。エリート官僚はひどくいそがしい。もっともあの人のことだから、たとえ暇があっても子どもの出産に立ち会うことなどないだろう。めまいがしそうだったが、千花子はいった。

「陣痛はどうだった」

「わかんなかった。お母さんの場合は陣痛がひどく弱くて、自分でもぜんぜんわからなかったの。病院にいったときには、どうしてこんなにぎりぎりまで自宅にいたんですかって怒られたもの」

千花子は手元にもってきたメモ帳を見返した。やっぱりあれが陣痛だったのだ。間隔はすでに二十分を切っている。光世には十分間隔になったら、産院にくるようにいわれていた。もしかしたら、数日後どころか今日にも出産があるかもしれない。

「そうだったんだ。わたし、陣痛が始まってるかもしれない」

清子がのんびりという。

「だいじょうぶよ。母親になるなら、誰でもとおる道なんだから。産院にいくことになったら教えて。お父さんといっしょに顔を見にいくから」

「わかった。じゃあね」

なぜか、胸がどきどきしてきた。三十五時間という苦痛の長さを想像するとぞっとしてしまう。千花子は夫に手を伸ばした。

「ちょっと手をにぎっていてくれない」

一斗はなにもきかずに手をにぎってくれた。日本の男はこんなときでも、外では照れて手をとってくれないことが多い。一斗は合格だ。

「どうしたんだ、千花子」

「あのね、出産って遺伝することが多いみたいなんだ。母親が安産なら、娘も安産になる可能性が高いの。うちのお母さんは、すごい難産だったんだって」

ぎゅっと手をにぎり締めてくる。

「そうだったのかあ。でも、千花ちゃんは元気に生まれてきたんだよな」

千花子は弱々しくうなずいた。

「そうね、三十五時間もかかったみたいだけど」

「うわっ、丸一日以上か。たいへんだな」

「出産の立ち会いをするんでしょう。あなたも最後までつきあうんだからね」

盛んに一斗はなにかを計算しているようだった。

「どうしたの」

「いや、バッテリーとメモリーカードがもっとたくさん必要だなと思って」

一斗はスチルカメラマンなので、出産の場面をムービーではなく写真に撮りたいという。まったくいい気なものだった。こんなに近くで毎日いっしょに暮らしていても、人間は自分のことばかり考えるものだ。

秋風が吹いて、テラスの日よけを揺らした。千花子は自分の身体を抱いた。ぞくぞくと理由のわからない震えが走る。

「さあ、帰って準備しよう。さっき陣痛が始まったって話してただろ。いつでもバースハウスにいけるように準備をしておかなくちゃ」

千花子は自分の入院準備はすませてあった。夫のほうは簡単な着替えとあとはほとんどカメラ機材だけだろう。一斗は伝票をとると立ちあがった。

「いこう。もしかしたら、今日ぼくが父親になるかもしれないなんて、すごく変な感じだな」

さっさと先にレジにむかってしまう。千花子は遠ざかる一斗の背中を見つめながら、震えていた。そのとき初めて、身震いの理由がわかった。

自分は出産という未知の体験が怖くてたまらないのだ。妊娠出産本を多数読んで、知識は豊富だった。出産経験者や産科医に取材して、さまざまなケースについても学んでいる。けれど頭で覚えるのと自分で実際に経験するのは、まったく別なのだ。誰でもやっていることだから、だいじょうぶと自分にいいきかせてきたけれど、直前になって急に怖くなってきた。ほんとうにわたしは痛みに耐えられるだろうか。ひどく無様なところを、助産師さんや一斗に見せることになるのではないか。もし、なんらかの問題が発生して、うまく赤ちゃんが生まれてくれなかったら。あるいは赤ちゃんに障害や病気があったら。

医療はずいぶん進歩しているけれど、最後に無事生まれてくるまで、赤ちゃんも母親も予断は許されなかった。

どうしよう、どうしたらいいんだろう。

千花子は世田谷公園の緑をのぞむカフェのテラスで、ぎゅっと強く自分の身体を抱き締めていた。深呼吸をしてみたが、不安な心は晴れない。一斗はレジで顔見しりの店員となにか談笑している。早くこちらにもどってきてほしかった。

そのとき初めて、千花子のお腹にずしんと響く痛みが走った。もう遠い雷でも、ただの張りでもなかった。巨人が千花子のお腹を丸ごとつかんだような重い痛みだ。

これがほんものの陣痛の始まりなのか。

千花子はひとりぼっちで、これから始まる恐ろしいひと幕の予感に震えていた。

67

カフェから自宅に帰るまで、普段なら十分足らずの距離なのだが、その日の千花子は途中で何度か休みをいれなければならなかった。いきなり襲ってきた陣痛が激しかったせいと、痛みがないときでも自分の身体の変調が不安でたまらなかったからだ。

世田谷公園近くの交差点でガードレールに腰かけていると、一斗が心配そうに背中をさすってくれた。秋の日ざしが明るい昼さがりで、一見すると仲のいい夫婦の麗しい光景に見えるかもしれない。けれど、千花子の背中は冷や汗に濡《ぬ》れていた。

「だいじょうぶか、千花ちゃん」

夫に負担をかけたくなくて、千花子は無理をしていった。

「うん……なんとか」

「助産院にいったほうがいいんじゃないかな」

それなら昨日診てもらったばかりだった。バースハウス・きずなの代表・今岡光世からは、もうすこし自宅で様子を見るようにいわれていた。入院は陣痛の間隔が十分を切るくらいになってからでいい。赤ん坊などワインの栓でも抜くように、すぽんと早く生まれてしまったらいいのに。

「ダメだよ。むこうだっていそがしいんだし、また追い返されて終わりだもん」

千花子は編集者という仕事をしている。光世にも何度か自然分娩《ぶんべん》の取材を申しこんでいた。あれこれと出産の深い話をきいておいて、いざ自分の番になると泣き言をいうわけにはいかなかった。女のプライドだってある。

「そういえば、光世さん、いってたなあ」

「なんだっけ」

「妊婦はともかく歩けって」

千花子も思いだした。妊娠中だけでなく、出産のときにも歩け。歩くのが、妊婦の仕事だ。とにかく下半身をつかうことが、出産をスムーズにさせるらしい。

「なんだったら、これから世田谷公園を二、三周してから、帰ろうか」

千花子は一斗の顔をにらみつけた。

「鬼っ」

一斗はにやにや笑っている。急に憎らしくなって、ジーンズの太ももをたたいた。ぱしりと小気味いい音がする。

「痛いな」

「わたしは、その千倍も痛いんだからね」

千花子は片手でおおきなお腹を抱え、残る手でガードレールを押して立ちあがった。暑い。十月なのにまだ三十度近くあるのではないだろうか。お腹のなかにはもうひとつ、千花子とは別な命の熱が燃えている。残暑の妊婦は、ひどくしんどかった。

68

午後になると一斗は仕事の打ちあわせにでかけてしまった。

弱く冷房をいれた自宅スタジオで、千花子は横になって身体を休めていた。カフェで突然襲われたような強い陣痛は、いつのまにか遠ざかってしまった。下腹部と腰とお尻《しり》、全体に骨がきしむような痛みがあったのだが、気がつくとうとうとしている。陣痛の間隔を記録することも忘れてしまった。

目を覚ますと、西日がななめにさしこんでいた。千花子ははっと気づいた。陣痛がなくなっている。このままでは、何日もかかってしまうかもしれない。またあの痛みがやってくるのが恐ろしくて、ひとりで外出する気にはなれなかった。

そこで、千花子は三十畳以上はある広い板張りのスタジオをうろうろと歩きまわることにした。運動不足の熊のようだ。妊婦がこれほど運動を必要とするなんて、想像もしていなかった。たいていのドラマや映画では、優雅にソファかロッキングチェアに腰かけて、赤ちゃんのための編みものでもしながら、微笑んで出産日を待っていた気がする。

まったくお芝居なんて大嘘だ。

千花子はスタジオを十周するたびに、メモにバツの字をつけていった。たぶん一周で二十メートル以上はあるだろう。五十周で一キロだ。せめて、三、四キロは歩いておきたかった。あまりに歩くのに退屈すると、テーブルに手をかけて光世に教わった妊婦スクワットをしてみる。こちらのほうは、十回もやるとひざと太ももががくがくと震えた。体重は妊娠以前より十二キロ強は増えている。足腰への負担は計りしれない。

千花子の自宅内ウォーキングが一時間半を経過したころ、歩いていると腰の奥のほうからずしんと痛みがやってきた。ひとりきりだったので、千花子は大声をあげた。

「痛っ、たた、たた」

玄関で鍵《かぎ》の開く音がする。一斗ののんびりした声が廊下から響いてきた。

「ただいま、どうしたんだ？　暗いのに、明かりもつけないで」

ぱちりと壁のスイッチをいれる音がして、白熱電球の明かりがともった。このスタジオでは一斗の撮影のためもあって、LED電球はつかっていない。光が冷たいのだと、カメラマンの夫はいう。

「笑ってるの、それとも泣いてるの」

一斗がこちらを見て、不思議そうな顔をしていた。千花子は泣き笑いの表情で、中腰でテーブルにつかまっていた。

「両方だよ。陣痛がこなくなって、あせってたんだ。そのメモ、見て」

バツ印で埋まったメモ帳を指さした。

「なんだ、これ」

「バツひとつで、ここを十周なんだよ」

一斗は急いでバツを数え始めた。

「そうしたら、また陣痛がやってきてくれたの。ああ、よかったと思ってたら、うれしくて泣けてきた」

単細胞で感動屋の一斗が感極まったようにいった。

「よかったなあ、ほんとに。ちゃんと水分は補給してるのか。ほら、おみやげ買ってきたよ。フルーツヨーグルトだ」

千花子はつわりがひどかった春先を思いだした。あのころはひどくにおいに敏感になって、なにもたべられなかった。このフルーツヨーグルトだけでしのいだ日が何日もあった。

「それとも、冷蔵庫にしまっておこうか。陣痛で食欲なんて、ないもんな」

「待って、いっしょにたべようよ。わたし、すごくお腹空《す》いてるんだ」

一時間半も重い身体を引きずって歩き、カフェインレスのハーブティしかのんでいない。千花子はテーブルに皿とスプーンをならべた。一斗の買ってきたのは三つ。そのうちふたつを千花子がたべて、残りが一斗の分になった。ヨーグルトのうえにのる好物のメロンと山形産さくらんぼ（アメリカンチェリーではいけない）を、一斗は千花子に譲ってくれた。

これから、また怖い夜がやってくる。いったいいつになったら、陣痛は十分間隔になり、子宮口は開くのだろうか。そういえば、陣痛が遠のいていたときの間隔は、二時間以上である。千花子はデザートをたべ終えると、一斗にいった。

「ごめん、食器はこのままでいいから。わたし、もうすこし歩くね」

「わかった。あと片づけは、ぼくがやるから、千花ちゃんはがんばってくれ」

なんだかほんとに体育会系のトレーニングのようだ。出産は身体を酷使する肉体的な経験のようである。千花子はCDラックからテンポのいい音楽を選び、行軍でもするように、フローリングのスタジオをぐるぐると歩き始めた。

69

陣痛一日目の夜は、何度かうとうとしただけで夜明けがやってきた。

陣痛の間隔は縮まったかと思うと延びて、ときに痛みが弱まり、きちんと記録もとれないほど遠ざかってしまう。これがほんとうに出産を告げる痛みなのかと、自分でも不思議に思うほどだった。陣痛がひどく微弱な妊婦もいると、千花子も妊娠出産本で読んでいたけれど、いざ自分の番になると不安でたまらなくなる。

千花子のとなりでは、一斗が平気で眠っていた。秋になっても蒸し暑い夜だった。一斗は寝巻きのTシャツをめくり、三十歳をすぎてすこし丸くなった腹をだしている。結局、人には他人の痛みは感じられない。それは毎日顔をあわせ、いっしょに暮らしている夫婦でさえ変わらなかった。

千花子はつい一斗のお腹を平手でたたいてしまった。ぱちんっ。小気味いい音がする。

「うっ、なんだ。もう朝か」

寝ぼけた顔だけ起こして、一斗がそういった。

「まだ朝まで時間あるよ。もうちょっと寝たら」

一斗に起きられて、あれこれとうるさくなるのが嫌だった。こんなときでも朝ごはんのおかずはなんだと質問するのが夫という生きものである。千花子は夜明けの薄暗いベッドを抜けだし、リビングにむかった。いつでも病院にいけるように、おおきなバッグに入院セットは準備してある。やることがなにもなくて、カフェインレスのハーブティをのむと、もう何度目になるかわからないバッグの中身の点検を開始した。

学生時代に好きだった音楽をかけて、スタジオのなかをぐるぐると歩きまわり、ときどき弱い痛みがやってくると、腕時計を確認して時間を手帳に記していく。よく晴れた十月の夜明けに、ひとりでそんなことをしている自分がおかしくてたまらなかった。

千花子のお腹は出産日を控えて、限界までふくらんでいたので、食欲はほとんどなかった。胃が押しあげられて、いつも満腹状態のような感覚だ。それでもなにもたべずにいたら、エネルギー切れと貧血で倒れてしまうかもしれない。かりかりに焼いて四つに切ったトースト（イチゴジャム、ハムとチーズ、はちみつなど味はいろいろ）やフルーツ類をつまんでいた。もし妊娠していなかったら、ダイエット食にぴったりの分量とカロリーだった。これだけしかたべられないのに、体重はお腹の赤ちゃんの分もふくめて、もう十二キロも増量しているのだ。女性の体重にとって、妊娠は不可解な悲劇だった。なにをどれだけたべても、たべた分の倍のカロリーが身につく感じである。

「よう、お腹はだいじょうぶか」

自分もTシャツの腹をかきながら、一斗が寝室からやってきた。

「おはよう。あんまり変わらないみたい。陣痛らしきものはあるけど、なんだか治まってきたというか」

「ふーん、じゃあ生まれてくるのまだなのかなあ。千花ちゃん、今日の朝ごはんは？」

予想どおりのうんざりする質問だった。千花子は無言で自分のたべ残しのトーストとフルーツを示した。陣痛で苦しんでほとんど眠れなかったのに、熟睡した一斗のために新たな料理をつくるなどごめんだ。

「あーはいはい」

こちらの機嫌を読んだようだ。一斗があきらめてテーブルにむかった。冷めてぼそぼそとしたトーストをかじり、冷蔵庫からだした牛乳をのんでいる。

「あなた、今日の予定は」

フリーランスの一斗はスケジュールが急変することがあった。その日の朝、あるいは夜中に電話がかかってきて、二時間後にはどこかのスタジオで撮影を開始していることもある。

「今日は今のところフリーだよ。千花ちゃんの産院にもつきあえる」

問題はバースハウス・きずなだった。女性の身体に宿った生命力を最大限に生かして、やさしい自然分娩《ぶんべん》をおこなう。コンセプトは気にいったが、代表の光世をはじめとして、妊婦にはぜんぜんやさしくなかった。前回はまだまだ時間がかかるといって、追い返されている。つぎにあそこにいくときには、絶対にそのまま入院し、スムーズな出産というコースにしたかった。とぼとぼと歩いて帰るのはうんざりだ。それに自分がちょっとしたことで大騒ぎする面倒くさい妊婦に見られるのが絶対に嫌だった。

70

その日の朝から夕方にかけてが、千花子の記憶している妊娠中でもっとも長い一日だった。リスのようにすこしずつ食事をとりながら、ひたすらスタジオの周回を続ける。いったい何時間歩き続けたのか、自分でもよくわからなかった。一斗はネットで自分の好きな中古カメラやレンズをあさっている。

千花子は強くなったり、遠ざかったりする陣痛に悩みながら、周期を記録していった。半日をかけて、最初は二十五分ほどだった間隔がじりじりと短くなっていった。一斗は人の気もしらないで、寝そべってカメラをいじったり、午後の韓流《ハンりゅう》ラブコメディを眺めたりしている。ときどき千花子が陣痛に苦しんでいると、子犬のように寄ってきて形だけ背中をさすってくれた。午後遅くなって、テレビのニュースを見ながらおざなりに背中をマッサージする一斗に叫んでしまった。

「その気がないなら、背中なんてさすらないでいいんだからね」

休んでいてもしかたない。千花子はテーブルを離れると、再び出産にはベストの運動だというウォーキングを開始した。手をおおきく振り、かかとから着地して、つま先でしっかりと地面を蹴《け》る。胸を張り、姿勢はできるだけよく。三十畳以上はあるリビング兼スタジオを三周したときだった。

「千花ちゃん、ちょっとこれ見てみろよ」

一斗がメモ帳をもって騒いでいる。まったくこちらはいそがしいのに、なんだろうか。テーブルにもどると、一斗はミミズがのたくったような数字の列を示した。すべて、痛みと疲れにもうろうとしながら、千花子自身でメモしたものだ。

「この時間の間隔なんだけど」

妊婦特有の息切れとともに千花子はいった。

「……それが……どうしたの」

「ちょっとまえから十分間隔を切ったり、延びたりしてる」

出産間近の緊張と睡眠不足のせいで、頭がちっともまわらなかった。一斗の手から再生紙のメモ帳を奪うと、数字を読んでいった。確かに一斗のいうとおり、午後四時をすぎたあたりから、陣痛の間隔が伸び縮みしながら十分を切りだしている。

「うわー、神さま」

千花子はメモ帳を胸に抱えて、天をあおいだ。安心しすぎて、涙がにじんでしまう。これで光世がいっていた助産院への入院の条件が満たされたのだ。

もうひとりで不安に苦しむ必要はない。何百何千という赤ちゃんをとりあげたプロのところにいける。そうすれば、一斗にもこんなにつらくあたることはないだろう。千花子はぴょんと小躍りして、驚いた顔をしている夫に抱きついた。

「やったー、これでようやく入院できるよ。今、電話するから、あなたも準備して」

「はいはい」

どうせ荷物といっても、かんたんな着替えと立ち会い出産のときに撮影するためのカメラ機材一式くらいのものだろう。それでもまだ準備は十分ではなかったようで、一斗はカメラバッグを開いた。

このつぎにこの部屋に帰ってくるときには、お腹はぺったんこで、赤ちゃんといっしょなのだ。千花子は祈るような思いで、バースハウスの番号を選んだ。

71

「そうそう、確かにこんな部屋だった」

一眼レフカメラのファインダーをのぞきこみながら、一斗がそういった。バースハウス・きずなの二階に三部屋ある部屋のひとつだった。広さ六畳ほどの洋室である。千花子は荷物をおくと、ダブルベッドにそっと腰を落とした。今は痛みが治まっているが、下腹部の異物感は相当なものだった。半年分の便秘という女性タレントがいたけれど、千花子の感覚では巨大なスイカのような硬くて重い球体が、お腹のなかに滞留しているようだ。こんなものが果たして、あんなに狭い道をとおってでてくるのだろうか。

一斗はおかまいなしでシャッターを切っていた。床はフローリングで、えんじ色のカーペットが敷かれていた。隅のほうに染みが残っているのが、生活感があって逆によかった。まさかどこかの妊婦が破水した羊水の染みではないだろうが、少々汚してもかまわないという気分になる。

「ちょっとうるさい。静かにしてくれない」

一眼レフの巨大なレンズをむけられて、千花子は腹が立った。いくら趣味と仕事がカメラとはいえ、こちらは命がけの出産が迫っている。

「おお、そのちょっと怒った顔がいいな。千花ちゃん、もう一枚」

この人はただのカメラバカだった。母親にとって初の出産であるのと同じように、カメラマンとして初の出産立ち会いだ。初めてだらけの被写体である。大目に見てやるしかないのかもしれない。

「写真撮りたいのはわかるけど、ちょっとは気をつかってよね」

ファインダーから目を離し、一斗が口をとがらせた。

「千花ちゃんだっていってたじゃないか。連載コラムを本にするときは、おれの写真をつからって。こっちは自分が撮りたいから撮ってるだけじゃない。千花ちゃんの初めての本の読者のために撮ってるんだぞ」

そんなことはわかっていた。けれど、お腹も腰も痛くて、肩が凝っているときに写真など撮られたら、誰でも腹が立つ。

「うるさいなあ。主役はこっちなんだからね。ちょっとは気をつかってよっていってるだけでしょう」

そのときこつこつとドアをノックする音が響いた。一斗がさっと移動して、ドアを開いた。面倒だったが、ベッドで上半身を起こした。戸口のむこうには、金髪の外国人が立っている。もう秋なのに短パンと半袖《はんそで》のTシャツ一枚だった。外国の人はすね毛も金色なんだ。千花子はおかしなところに感心する。

「こんにちは。ランディ・モラーツだよ。おとなりに越してきたので、挨拶《あいさつ》にきたよ」

金髪の男がにこにこ笑っている。いきなりおおきな声をだした。

「ムコウサンゲンリョウドナリ。これであってるかな」

引っ越しの挨拶のことだろうか。千花子は噴きだしそうになった。一斗はびっくりしたようである。

「あっ、高部一斗です。よろしくお願いします」

外国人の夫のうしろから、小柄な女性が顔をのぞかせた。

「千鶴《ちづる》・モラーツです。こちらに着いたばかりなので騒々しいとは思いますが、よろしくお願いします」

黒髪のショートボブが似あうかわいらしい人だった。千花子と違って、産科医の体重制限をきちんと守れたようだ。お腹は丸々と突きだしているが、首筋や脚などはほっそりとしている。

千花子はベッドに腰かけたまま頭をさげた。

「高部千花子です。こちらこそ、よろしく。もしかしたら、赤ちゃんの誕生日は同じになるかもしれないですね」

ランディが妻の肩を抱いて、全開の笑顔になった。

「そうなったら、素敵だね。一生の友達になれるかもしれないよ」

一斗がカメラをかまえていった。外国人なまりのインチキ日本語のイントネーションである。

「わたーしは、プロのキャメラマンです。お近づきのしるしに、一枚、プリーズ」

千花子はあきれて記念写真を撮る夫を見つめていた。

「あの、高部さんは普通の分娩室をご希望なんですよね」

水泳が得意ではなく、顔を水につけるのも苦手な千花子は水中出産を選んでいなかった。この人はきっとあのジャクージバスに似た浴槽がある分娩室をつかうのだろう。

「モラーッさんは水中出産を選んだんですね」

「そのとおりでーす。水中でつるんと赤ちゃんを産むですよ」

金髪の夫がそういうと、千鶴がTシャツの裾《すそ》を引っ張った。

「そんなにかんたんにはいかないわよ。お邪魔だから、そろそろね。失礼しました」

ドアが閉まるまで、ランディは手を振り続けている。しかたなく千花子は無理やり笑顔をつくり、手を振り返した。一斗は撮ったばかりのとなりの夫婦の画像を確認していた。分娩室《ぶんべん》が暗いので、趣味のフィルムカメラでなく、今回はデジタル式を選んでいる。ただし交換レンズは家にあるものを、ほとんどカメラバッグに詰めこんできたようだ。

「おもしろい人たちだなあ」

一斗とランディ、どちらのほうがのんきで鈍感なのだろうか。千花子は心のなかでため息をついた。


個室に入院用の荷物をおき、パジャマに着替えて休んでいるとインターホンで診察室に呼ばれた。二階から地下まで二階分の階段をおりるのが、ひどくしんどかった。途中の踊り場でひと休みして、息を整えなければならない。

診察室では光世が白衣で待っていた。千花子が挨拶をしようとすると、先にいった。

「はい、お疲れさま。そこに横になって」

診察用の寝台に腰かけ、ゆっくりと身体を倒していく。ここの助産院のいいところは、産婦人科のように足をかけて固定するようなものものしい診察台ではないことだった。どこの病院にでもあるフラットな寝台である。横になったままで、パジャマのパンツと妊婦用のショーツを脱いだ。光世の手袋をつけた指先がはいってきた。一斗はカメラをもって足のほうにまわろうとする。

「ちょっと、あなた」

撮影は分娩室にはいってからの約束だった。

「悪い、悪い」

一斗が頭をかいている。ベテランの助産師はちらりと下腹部に目をやっていった。

「うーん、まだ二センチちょっと、三センチはないかなあ。まだまだかかりそうね、これは」

「はあー、そうですか」

落胆の声が漏れてしまう。ここまできたら、もうさっさと産んでしまいたかった。ぺたんこの平らなお腹が懐かしい。それに出産をすれば、体重は一気に五キロは落ちるだろう。

「高部さん、もうすこし歩いてみようか。このバースハウスのご近所でもいいし、なんなら地下から二階のお部屋まで二十往復とかでもいい。もっと歩かないとダメね」

もうききあきた言葉だった。あまり太らないように体重をしっかりと管理しろ。あとはとにかく歩け、歩け。それが妊婦への二大アドバイスだった。千花子は元気なく返事をした。

「わかりました。じゃあ、ご近所を」

あの狭い階段を往復するなど、ごめんだった。第一、足元がふらついて転げ落ちたりしたらどうなるのだろう。それとも少々の打撲くらいは出産間近の赤ちゃんはだいじょうぶなのだろうか。一斗がいきなり大声をあげた。

「よーし、晩めしまでずっと散歩するぞ」

光世が笑って一斗を見ている。千花子ははずかしくてたまらなかった。寝台をおりて、服を整えていると、光世がいった。

「うちのバースハウスが自然分娩なのはわかってると思うけど」

「はい」

なんのことだろうか。この助産院が陣痛促進剤をつかわず、会陰切開も、剃毛《ていもう》もしないことはすでに話をきいていた。

「それでね、ひとつだけ選んでもらうことがあるんだ。それは浣腸《かんちょう》なんだけど」

忘れていた。一斗の目がきらりと光ったようだ。

「あのね、そういうことも自然じゃないから、しないという妊婦さんもうちには多いのよ。出産のときは、もう全力でいきむから大のほうをしてしまうこともある。水中出産のときなんかは、赤ちゃんの横に浮かんでたりね。もちろん、うちのほうではぜんぜんかまわないのよ。すぐに片づけるし、別に自然なことだから」

あのジャクージで産まなくてよかった。千花子はしみじみとそう思った。助産師さんに見られるのは別にかまわない。だが、浣腸ときいて目を光らせるような夫にうんちを見られるのは、一生の後悔となるだろう。

「浣腸、お願いします」

「そう、はいはい」

千花子は一斗がわずかに肩を落としたのを見逃さなかった。まったくとんでもない人だ。


バースハウスの夕食は、午後五時半からだった。

千花子と一斗は夕食までに二時間近く世田谷の住宅街をいっしょに歩いている。散歩というような生やさしいものではなかった。いつ生まれてもおかしくない巨大なお腹を抱えて、ときに陣痛の痛みをガードレールに座って耐えながらのウォーキングだ。静かな山の手の散歩が日本アルプス登攀《とうはん》のようだった。

夕食は栄養士の資格をもつという若い助産師の手料理で、みそ汁と野菜の煮つけと旬のサンマのチーズ焼きというメニューだった。病院の百倍はおいしい。なにより病人むけの薄味でないのがよかった。考えてみれば、臨月の妊婦は別に病人ではないのだから、あたりまえだ。これから一世一代の力仕事が待っている。食事がおいしくて口にあうのは、ありがたいことだった。

一斗は夕食の途中で、ごはんとみそ汁のお代わりをするために階下にあるキッチンにいった。しばらくして帰ると、メインのサンマをもう半尾分小皿にのせている。顔を崩して笑った。

「ラッキー、あと一匹分残ってた。キッチンでランディと会ったよ。あいつもごはんのお代わりにきてたんだ。ふふふ、あいつ外国人なのに焼魚が好きで、サンマは腹側がいいっていうんだよ。見ろよ、これ」

小皿のうえにはとろりと溶けるチーズがかかったサンマの腹身がのっている。

「ジャンケンで勝った。幸先《さいさき》いいな、モラーツ家と出産予定日は同じだけど、うちのほうが先に生まれるかも」

「あっ、そう」

つきあっていられなかった。ジャンケンで難産か安産かが決まるのなら、後だしでずるをしても絶対に勝ってやる。男たちの相手をしても意味がない。千花子は夕食をきれいに平らげると、先にベッドに横になった。

その夜、陣痛は近くなったり、遠ざかったりした。

近いときは間近にきく花火のように身体の奥までずしんと痛みが響く。だが、いったん遠くなると晴天の春の雷のように地平線のはるかむこうからごろごろと鈍い痛みのこだまだけを感じるのだった。痛みのひどいときには、一斗が背中をさすってくれた。助産師がやるようには気もちもよくないし、楽にもならないのだが、黙って三十分もさすってくれると、それだけで文句なしの夫のような気がしてくるのが不思議だった。

真夜中をすぎて、千花子はとうとうと眠りに落ちた。ひどく芯《しん》の疲れる浅い眠りだ。

一斗は低くいびきをかいている。見慣れない天井が落ち着かなかった。ベッドのマットレスも自宅のものに比べるとやわらかすぎだ。

階段を歩くもの音で目を覚ましたのは、午前三時すこしまえだった。朝の六時にかけた目覚ましの針までは、だいぶ時間がある。一階の玄関と地下におりる階段がやけに騒々しかった。女性の叫び声がきこえる。

「すぐ分娩室に連れてきて」

助産師の切迫した声が階段を響きのぼってくる。千花子は恐ろしい病院の夜を思いだした。同じ病室にいた西岡弓佳が突然の流産で赤ちゃんを失った夜だ。思いだすだけで、胸とお腹がきりきりと痛くなる。

一斗はまったく気づかないようだった。寝息を立てたままだ。千花子はそれから赤ちゃんとお母さんが助かりますようにと祈った。五分ほどすると、赤ちゃんの元気な泣き声がきこえた。もう生まれてしまったのだろうか。

階段をあがってきた足音が千花子の個室のドアのまえでとまった。

「お騒がせしました。無事に生まれました。元気な女の赤ちゃんです」

若い助産師の声だった。到着から出産まで、流行《はや》りの歌の一曲分ほどしかかかっていない。声を殺して質問してみる。

「どんな状況だったんですか」

暗い扉のむこうから声がする。

「寝ていたら、いきなり破水したそうです。お母さんは足のあいだにバスタオルをはさんで、うちにきました。もう頭が半分のぞいていたそうです。おやすみなさい」

「あっ、はい。おやすみなさい」

若い助産師がとなりのモラーッ家にいって同じことを伝えている。突然破水して、赤ちゃんの頭が半分でてきてしまう。難産も恐ろしいけれど、スピード出産もそれはそれで恐ろしいことだった。自分ならきっとパニックになったことだろう。二時間も苦しい散歩をさせられたけれど、こうして助産院で出産を待つほうがいい。

それにしても、一斗の神経の太さはあきれるほどだった。千花子と助産師の会話などまったく耳にはいらないようだ。寝返りを打つとき、つま先がお腹に当たりそうになって、思い切り千花子は夫の足を払いのけた。


記念すべき朝は陣痛から始まった。

目を開くまえから、下腹部というより骨盤全体にきしむような痛みを感じる。目覚まし時計で計った陣痛のペースは六分間隔ほどで、千花子は痛みの合間にトイレと洗顔をすませ、手早く朝食をとった。じりじりと到着を待ったが、今岡光世は十時ごろにようやく出勤してきた。

診察室では前日と同じように子宮口の様子を内診された。光世はこともなげにいった。

「ああ、もう七センチくらいに開いてるわね。破水したら、すぐに生まれるんじゃないかな。お昼ごはんが終わったら、分娩室《ぶんべん》にはいりましょうか」

「やったな、千花ちゃん」

一斗が先に返事をしていた。千花子には分娩室という言葉が光り輝いてきこえた。出産に至る長い旅路で、ようやくたどりついた助産院の、それも最後の部屋なのだ。分娩室をでるときには、すでに妊婦ではなく母になっているはずだった。千花子の全身から力が抜けていく。光世には感謝の気もちしかなかった。なぜか涙さえにじんでくる。

「はい、がんばります」

千花子は光世の生徒にでもなった気分だった。ここは一番自然に近い方法で、赤ちゃんを産む助産院だ。最後までひとりの女性として、それは同時にこの星のうえで生きる人類の一員としてという意味でもあるけれど、自分に与えられた新しい命を産み落とすという務めを全力で果たそう。千花子は武者震いしながら、一斗に背中を押されて階段をのぼった。

昼食は半分残してしまった。

すこし緊張していたのかもしれない。千花子は助産師に手伝ってもらい、折り紙細工のような短い丈の浴衣《ゆかた》に似た服に着替えた。ガウンを羽織って、個室をでる。一斗はマスクと帽子をつけて、首から一眼レフをさげていた。マスクをはずして、隣室のまえでいった。

「ちょっとランディに挨拶《あいさつ》していくよ」

こつこつとノックする。ドアは内側に爆発するように開いた。

「はい。準備できてます。いつでもいけるよ」

千花子は一斗と目を見あわせて、噴きだしてしまった。背の高いランディはサーファーがはくようなひざまである水着姿だった。上半身は速乾性のノースリーブシャツで、頭には水中メガネをつけている。

「なんだ、助産師さんじゃないのか」

流れるような日本語だった。学生時代から十年も日本で暮らしているらしい。

「それよりその格好はなんなんだよ」

一斗は友人のような口をきいた。額にあげた水中メガネをさして、ランディはいう。

「ああ、これですね。ぼくはわが子がイルカの赤ちゃんみたいに水中で生まれるところを目撃したいのです。水にもぐって、ちゃんと見ようと、準備してきました」

おもしろい人だった。ランディの個室をのぞくと、床は畳敷きだった。ベッドではなく布団が敷いてある。千花子たちが洋室を選び、モラーツファミリーが和室を選ぶ。どの文化圏の人間も、自分たちとは異なるところに価値を認めるものだ。千花子はすーすーと風とおしのいい出産用の服を着て、不思議な思いにとらわれていた。千鶴が布団で身体を起こしていった。

「わたしもお昼から、おとなりの水中分娩室です。おたがい、がんばりましょうね」

陣痛のせいか、顔が青白く、額には汗で前髪が張りついていた。だいぶやつれているように見える。考えてみれば、自分も同じような顔をしているのかもしれない。だいたいこの数日、化粧さえしていなかった。汗だくのすっぴん顔で世田谷を散歩していたのだ。臨月でなければありえない。

「うん、千鶴さんもね。お先にいってきます」

千花子はよろよろと階段にむかった。つぎにここをのぼるときは、母なのだ。そう思うと、長い階段もまったく苦にならなかった。

分娩室はうなぎの寝床のように奥ゆきのある造りだった。

地下室のせいか、天井は高くない。照明も落としてあって、穴倉めいた神秘的な雰囲気だ。奥の左手には硬いマットレスのベッドがひとつ。清潔なシーツがかけられている。千花子はまずそこに横になった。若い助産師がついていてくれる。タオルケットをかけながらいった。

「この分娩室は防音になっていますし、地下室だから、どんなに叫んでもだいじょうぶです。つらかったら、自分の身体に素直になって、思い切り声をあげていいですよ。なにかあったら、ボタンを押してください」

ナースコールのコードがベッドの枕元に伸びていた。一斗はベッドの脇に折りたたみ椅子をおいて腰かけている。

「またあとで顔をだしますから」

助産師がいってしまうと急に心細くなった。残されたのは、いつものように一斗と自分だけだ。陣痛の間隔はもう五分を切っていた。痛みが激しくなると横むきになって、一斗に背中をむけた。プロのように上手ではないが、一斗はさっして背中をさすってくれる。

「おれたち、やっとここまでやってきたな」

薄暗い洞窟《どうくつ》のような分娩室だった。なんだか自分たちがアダムとイブになって、これから人類初の出産をするようだ。

「ねえ、千花ちゃん、産んでくれって、ぼくがいったのがプレッシャーだったんじゃないか。生まれたら、生まれたでたいへんだろ。東京だと保育園探すのもたいへんだし、深夜の残業なんてできなくなるしさ。どうしたって収入は減るよな」

背中をさする手が速くなった。この人は不器用だが、いつも一生懸命だった。

「一斗は赤ちゃん好きなんだよね」

しばらく返事がなかった。

「うん、千花ちゃんに話あわせてたけど、ほんとは好きだよ。自分の子だったら、さらに千倍かわいいだろうと思う」

千花子には痛みのせいで余裕はなかった。そのときに感じたままを素直に口にした。

「だったら、わたしはいいよ。あなたのために赤ちゃんを産めるの、うれしいもの」

一斗が背中に額を押しつけてきた。声を殺して泣いているようだ。千花子もぐっときてしまった。横をむいていると涙がこぼれそうだったので、天井を見あげた。板張りの天井には黄金色のフックが数十個もさげられていた。それぞれの妊婦が自分の好きな場所で出産するために、産み綱をさげた跡だ。それが満天の星のように頭上に広がっている。

穴の空いた分娩用の椅子は部屋の隅におかれていた。この部屋では妊婦が望むまま、どんな形でも、どんな場所で産んでもいいのだった。横になっていても、四つんばいでも、立っていても、座っていてもかまわない。ベッドで産むのも、床で産むのも、椅子で産むのも自由だ。千花子は意識が遠くなるほどの痛みのなかで思った。

この人と、お腹のなかの赤ちゃんと、そして自分自身のために、しっかりと産もう。失敗した二宮家とは違う新しい家族を、自分たちの手でつくるのだ。

千花子のラマーズ法の呼吸にいっそう力がこもった。

「千花子さん、一斗さん、がんばれですよ」

ランディが廊下で叫んでいた。

「ランディ、千鶴さん、がんば」

涙声で一斗が叫び返す。となりの水中分娩室の扉が開く音が、洞窟にも響いてきた。

おかしなことに全力で産む覚悟を固めたとたんに、出産の兆候が遠くなっていった。

数日まえからよく起きていたのだが、陣痛の痛みが遠ざかっていく。前夜よく眠れなかった千花子は痛みが薄くなると、自然に居眠りをしてしまった。何度目かに気がつくと、となりで一斗も寝息を立てている。揺り起こして声をかけた。

「今、何時？」

腕時計を見て、一斗がいった。

「うわっ、もうすぐ五時だ。すぐに晩めしの時間だな。なんか、よく寝た」

陣痛はほとんど感じなかった。お腹には痛みというよりも、強い圧迫感がある。五時ちょうどに光世がやってきた。ゴム手袋をして、千花子のなかを調べる。

「子宮口はもう九センチくらいまで開いてるなあ。あともうすこしっていう感じなんだけどなあ。とりあえず、たべられるようなら、夕食とりましょうか。おにぎりとみそ汁を用意させるわね」

分娩《ぶんべん》室でたべる塩むすびとシジミの赤だしは、びっくりするほどおいしかった。食後は自分の足で洗面所にいき、また分娩室にもどった。痛みもあまりないし、破水するような前兆も感じない。なぜか赤ちゃんはこの世界にでてくる作業を、勝手にひと休みしてしまったようだ。

しばらくして、となりの部屋からくぐもった叫びがきこえた。傷ついた獣が吠《ほ》えているようでも、地鳴りのようでもあった。これが小柄な千鶴があげている叫びなのだろうか。雄叫《おたけ》びのあいまに、ランディの声がきこえる。がんばれ、もうちょっと、千鶴。

千花子と一斗は息を殺して、隣室の出産の実況に耳を立てていた。一瞬、誰の声もきこえなくなる。バースハウス全体が静寂に包まれたようだった。つぎの瞬間、盛大な赤ん坊の泣き声がきこえた。

「千鶴さん、やったね」

千花子がそういうと、一斗が時計を確かめた。

「六時十七分、無事出産って感じだな。おとなりは六時間がかりか。まあ早くも遅くもないってところかな。うちもゆっくりがんばろう」

「ありがとう、一斗」

千花子もまったく同じ気分だった。あせることはないが、早く産んでしまいたい。けれど、その夜は完全に陣痛がどこかにいってしまった。子宮口は開き、赤ちゃんがしたにおりてきている感覚はあるのだが、そこで停滞してしまったようだ。何度目かの内診のあとで、光世がいった。

「これは長期戦になりそうね。今夜は泊まりこむから、ぞんぶんに出産をたのしんでごらんなさい」

ありがたくない言葉だった。だが、千花子は一斗といっしょにつぎの朝まで切れぎれの苦しい眠りをとった。

翌日の昼すぎまで、陣痛はかえってこなかった。

光世によると、陣痛の周期は人それぞれで、体力に応じてきちんと母体を休ませるようにできているという。千花子の場合も、今のところ陣痛は微弱だが、必ず強い収縮と陣痛がくるはずだ。

全開の痛みは昼食後にやってきた。低く唸《うな》っていた程度だった声が、前夜の千鶴のように獣じみてくる。千花子は初めて叫び声をあげてしまった。一斗の手では痛みがおさまらなかった。強くたたくように助産師に背中をさすってもらうと、すこしだけ楽になる。一斗は汗だくで吠える千花子を、感度をあげたデジタル一眼レフで狙っている。千花子はドーナツのように座面に穴の開いた椅子に座り、産み綱をにぎってみた。どうもしっくりとこない。硬い床で四つんばいに挑戦した。やはりダメだ。結局はベッドにもどり、嫌いだった分娩台に固定されたような格好に、最終的には落ちついた。

頭痛がひどいとき、よく頭が割れるようだというけれど、陣痛の痛みは骨盤が左右に裂けて、尾てい骨が後方に折られるような痛みだった。ラマーズ法と雄叫びを交互に繰り返すしかできることはない。

「あーっ」

情けない声をあげたのは、失禁してしまったと思ったからだった。この分娩室にはいってから、もう丸一日以上が経っている。助産師はいなかった。

「これ、おしっこ？」

痛すぎて、自分ではよくわからなかった。

「いや、なんか海の匂いがする。破水したんじゃないか。ちょっと光世さん、呼んでくる」

千花子もあわてていた。ナースコールを忘れて、分娩室をでていく一斗の背中に叫んだ。

「早く呼んできて、赤ちゃん生まれちゃう」


千花子の予想に反して、赤ちゃんはなかなか生まれなかった。

光世はすぐにやってきた。すこし遅れて、一斗ももどってくる。カメラのメモリーカードをとりに部屋にいってきたという。千花子の耳元でいった。

「ランディのとこの赤ちゃんは、元気な男の子だった。頭も背中も茶色の毛がふさふさだ」

どうでもいい情報などいらなかった。こちらは痛みが全開なのだ。蛇口から水がほとばしるどころではなかった。金属の蛇口が破裂する勢いで、骨盤が割れそうになっている。

「はい、楽に息をして」

光世のマッサージは別格だった。若い助産師とそれほど異なるとは思えないのに、痛みが半減する。こういうのをゴッドハンドというのだろうか。すくなくとも陣痛のあいまに、きちんと自分の頭でものごとを考えられる状態にしてくれる。

そこからの数時間が千花子の痛みの絶頂だった。産道が硬いせいか、とがった頭がのぞいているが、赤ちゃんはなかなかでてこようとしない。痛みで見た幻覚のなかで、千花子は原稿に赤字をいれ、写真を選んでいた。場所は「ENDLESS」編集部である。しかも、自分は裸で視線をさげて、脚のあいだを見ると赤ん坊が顔を半分のぞかせていた。恐ろしくて悲鳴がでてしまう。

「だいじょうぶか、がんばれ、千花ちゃん」

一斗が遠いどこかで叫んでいた。出産はこんなに苦しくて、痛いのか。千花子はそのとき、母の清子に感謝した。この痛みに耐えて、自分を産んでくれたのなら、もうすこしやさしくしてもいいかもしれない。痛みがひどすぎて、拳《こぶし》をにぎってしまった。壁を思い切り叩《たた》こうとしていると、一斗がいった。

「よせよ、よそさまの壁に穴を開けるくらいなら、ぼくの胸をなぐれ」

千花子はなんとかにぎり締めた拳を開いた。

痛みは高低の波になって、押し寄せてきた。

低い波では人間らしい気もちになれるが、高い波にはすべてをさらわれた。自分がどういう人間であるかなど、気にしてもいられなくなる。自意識など完全に蒸発してしまう。これはこれで得難い経験だ。痛みが引いていくと、悔しまぎれにそんなことを思ってみる。

時間の感覚は完全にうしなわれた。今が昼なのか、夕なのか、夜なのかもわからない。永遠に続く痛みの果てに、光世が叫んでいた。

「赤ちゃんの頭が抜けた。肩がでるよ」

そのとき、千花子は身体のなかで骨盤が開く音をきいた。ぐりんと骨が鳴って、確かに腰の骨が平らに開いたのである。巨大な熱の塊が身体の中心を抜けていく。

「おめでとう、元気な男の子よ」

光世が赤ちゃんをとりあげ、タオルで身体をぬぐっている。モータードライブのシャッター音がやかましかった。一斗がファインダーに目を押しつけながら叫んだ。どうして、この人は写真を撮りながら泣いているのだろう。

千花子のなかにあったのは、疲れや痛みを超えた圧倒的な安心感だった。新しい命が無事、この世に生まれ落ちる。それも一斗と自分の子だ。人間はすべて、この苦痛と感動とともに生まれたのだ。どんなに偉い人も、どんなに悪い人も、どんなに素敵な人も、そうでない人も、こうして母をとおしてやってくる。不思議なことに、千花子は赤ちゃんを産んだというより、ひとつの世界を丸々産んだ気がした。

「やったな、千花ちゃん。よくがんばった」

手際よく光世がへその緒を切った。裸の赤ちゃんを千花子の胸のうえにのせてくれる。赤ちゃんは泣いていた。震えていた。鉛筆の芯《しん》のように細い指をにぎり締めていた。これでようやく終わったのだ。千花子の目にも涙があふれた。

もういきむことも、呼吸法を気にすることもないのだ。千花子が気を抜いていると、光世が手術用の手袋をはめていった。

「お疲れさま、じゃあ、残りをきれいにしますよ」

手をいれられ、胎盤をはがされた。あの痛みに耐えた千花子も予期せぬ最後の激痛に絶叫した。赤ちゃんは驚いたようで、びくりと身体を震わせる。千花子はそれでもなぜか自分が笑っていることに気づいていた。確かに痛みは激しいけれど、それがどうしたというのだ。この子は元気にこの世界にやってきてくれた。

「赤ちゃんって、ほんとに赤いんだな。それになんというか、全体にふやけて、白く粉を吹いているというか。サルの干物を水に浸《つ》けて、もどしたというか」

「もう黙って。ねえ、今、何時」

「夕方六時。すこし休んだら、晩ごはんにしよう。お腹空《す》いてないか」

分娩室《ぶんべん》にはいってから、三十時間だった。笑ってしまうような難産だ。千花子は自分のお腹を見た。小山のようだった腹が平らにしぼんでいる。それがなんだか淋《さび》しかった。しゃがれた声で笑うといった。

「ちょっと空いたかも。一斗もお疲れさま」

「こっちの疲れなんて、千花ちゃんの千分の一だよ」

当然だ。千花子は黙ってうなずき、眠っている赤ちゃんの背中をなでた。

処置が終わり、着替えをすませると、千花子は一斗に支えられ分娩室をでた。

赤ちゃんは助産師に抱えられていってしまった。このバースハウスでは今夜から添い寝が始まる。栄養満点で免疫効果も高いという初乳をあげるのがたのしみだった。廊下のベンチでいっせいに人が立ちあがった。母の清子が叫んだ。

「よくがんばったわね、千花子」

なぜ、ここにいるのだろうか。千花子は驚きながらも、母への感謝を伝えたかったが、もう力が残っていなかった。一斗が支えてくれなければ、その場にへたりこんでしまいそうだ。弟の真樹夫が笑っていった。

「これでぼくもとうとうおじさんだね。お疲れ、千花ねえ」

結婚するといっていた年上の彼女との仲はどうなっているのだろうか。今度ゆっくり話をききたかった。最後に父の由紀夫が厳しい顔でつぶやいた。

「すまなかったな、千花子」

こんなときにこの人はなにを謝っているのだろうか。千花子は深く追及しないことにした。今はもうすべてがどうでもよかった。父には父の人生があり、自分には自分の道がある。許すことも、許されることも必要ないのだ。一斗が耳元でいった。

「千花ちゃんには黙ってたけど、破水したときこっそりお母さんに電話したんだ。いろいろあったかもしれないけど、やっぱり家族だから。ちゃんと赤ちゃんが生まれそうだということだけはしらせておこうと思って。怒ってる？」

千花子にはおおきな声をだす力がなかった。ささやくようにいう。

「怒ってないよ。ありがとう」

千花子はバースハウスの階段を見あげた。この助産院にはエレベーターがない。出産したばかりの母親も、地下から二階まで自分の足でのぼらなければならない。そうだ、自分はもうあの子の母親だった。息は苦しく、足はふらついてしんどかった。けれど自分はもうひとりではない。文句などいっていられない。

千花子はやわらかなベッドにむかって、母親としての最初の一歩を踏みだした。

スペシャル座談会
働くママとリアルな話を六十分

働く女性は何に悩み、それをどう乗り越えて出産に踏み切ったのか――。石田さんが四人の女性に、その本音をうかがいました。

●座談会参加者
Aさん　フリーライター。三十歳で結婚し、三十三歳のときに第一子を出産。
Bさん　料理研究家。二十九歳で結婚し、三十六歳のときに第一子を出産。
Cさん　営業職。三十一歳で結婚し、人工授精を経て三十三歳と三十六歳のときに出産。
Dさん　編集者。二十八歳で結婚し、現在第一子を妊娠中。（七ヵ月）

石田　赤ちゃんを産むっていうことに関しては不安はなかったですか？　お金もそうだし、こういう日本みたいな社会で子どもを産んでしまって大丈夫なのかな、とか。

Dさん　出産後も仕事を続けられるかっていう不安がいちばん大きかったですね。旦那《だんな》は子どもをほしがっていたのですが、私はなかなか踏み出せずにいました。幸い、今働いている会社は出産や育児に関する制度が整っているので思い切れました。

Bさん　私は病気をしていたので、子どもはずっとできないだろうと思っていたのですが、ある日突然、先生に「子どもを作って大丈夫です」って言われたんです。その一言で子どもがほしいっていう気持ちが一気に頂点に登りつめちゃったんですよ。で、旦那にそれをそのままぶつけたので引かれてしまい、その距離を縮めるのに苦労しました。

石田　そういうとき、男の人って弱くなるよね。そのテンションの壁はどうやって乗り越えたんですか？

Bさん　ずっと引きっぱなしでしたね。私がもう強引に襲う……じゃないですけど（笑）、たとえば「きょう、排卵日だから……いってらっしゃい」みたいな感じを出すと、一応は早く帰ってきてくれるんですけど……。

石田　それはね、男にはプレッシャーだよ。

Bさん　いつもは日付が変わらないと帰ってこられないくらい忙しいんですけど、そう言うと一応早く帰ってきてくれるんです。でも……。

石田　そういうのって自然な盛り上がりみたいなものが欠かせないじゃない。

Bさん　そうですよね。でも、付き合って十年、結婚して六年も経っていたので、なかなか盛り上がりを作るのは難しくって。

石田　十年以上つきあっていて、「きょう排卵日だ」って言われて早く帰ってきてさ、いきなりその気になれる男の人はある意味スーパーマンだよね。もう、それはできたら尊敬するよ。

Bさん　言ってる私もそうだったんですけどね。なんか、二人ともへんに改まってしまって……。それで、人工授精のことも考え始めたタイミングでの妊娠だったので、三カ月目になるまで妊娠したことに気がつかなかったんです。子どものことは諦《あきら》めて、今まではより仕事に力をいれていこうとしていたときでもあったので。

石田　なんかそういうのありません？　よし、これから仕事を頑張るぞ、みたいなときに限って妊娠するという。でも嬉《うれ》しかったでしょう。彼は喜んでいました？

Bさん　それはもう。たぶん、いろんな解放感もあって（笑）。

Cさん　私は四歳と一歳の子どもがいるんですが、結婚したとき私は三十一歳で彼は三十五歳。すぐに作ろうという話をしていたのですが、なかなかできなかったんですよ。そのまま二年ぐらい経ってから病院で調べたら、「旦那様はよくないですね」という話に。もう人工授精に踏みきるしかなかったのです。

石田　彼の反応は？

Cさん　けっこう潔かったですね。一人暮らしをしていたときに四十度の熱を出したらしいんですよ。そのときに、「将来、お子さんを作りたかったら検査でもして……」と言われたのに、忘れていたんです。そういうこともあって「このまま諦めてもいいけど、トライしてみるか」って。

石田　いくらくらいかかるものなの？

Cさん　病院によるんですけど、一回失敗したので、一人目のときに百二十万円くらい。

二年半ぐらい励んだのにできませんでしたという証明が出ると保険適用になるんですけど、私の場合、年齢的に待てなかったのもあって。で、「もう実費でいきましょう。三回トライして駄目だったら車一台買ってすぐに事故ったと思って諦めましょう」って決めて。

石田　そういうふうに前向きにスパッと切り換えられたっていうのはご主人も偉かったねえ。お金の割り切り方も偉いと思うな。

Cさん　結局、三回トライして二人産まれました。

Aさん　私は子どもができなくて悩むことはなかったですね。結婚二年目でできました。ただ、結婚するまで十一年ぐらいつきあっていたので、二人の生活ももうすっかり落ち着いてしまって。子どもができない人がけっこういるから、できたら産むし、できなければこれからも二人で楽しめばいいよね、っていう感じで話をしていたらすぐにできました。

石田　妊娠中にいちばん楽しかったことは？

Cさん　産休に入ってから産むまでの、自由になる時間っていうのが、仕事をしていたので嬉しかった。一人目のときの、明日《あした》から産休ってなったときのあの解放感はたまりませんでしたね。美術館に行こうとか、あの映画を観るんだとか考えて。でも、産休に入って四日で生まれてきちゃったんですよ（笑）。二週間ぐらいは遊ぶ気でいたのに。

Aさん　私は、妊娠七カ月で行った高速道路の地下トンネル計画見学が楽しかったですね。

石田　あのさ、何で？（笑）高速道路に乗ってどこか旅行に行ったのかなと思ったんだけど。

Aさん　遠くは行けないけど都内、都心だしいいかなと。たまたま抽選で当たったんですよ。で、もう行っちゃえと思って、地下四十メートルくらいまでもぐって。今思えば妊婦はやらなそうなことが、やりたかったんだと思います。みんなどん引きしてましたけど。

Dさん　私の場合、結婚後しばらくは、出産後も仕事を続けられるかどうかっていう不安があったから積極的に作りたいとは思っていなかったんですけど、妊娠してからはもういつも楽しい。体の変化も楽しいですし、お腹にもうひとつの命があると思うと幸せな気持ちになります。

石田　旦那さんはやさしくなった？

A・B・Dさん　本人は気を遣ってるつもりなんだけど、こっちから見るとそんなに変わってない。

Cさん　妊娠期間も八カ月とかあるので、お腹がでてきていちばんしんどくなった頃には男性も慣れちゃうんですよね。もうすぐパパになる自分っていうのに慣れてしまう。だから、いちばん体が動かない時期には、もうちょっと助けてよっていう不満はありましたね。

石田　で、それぞれ出産のときを迎えるわけですけれど、どうでした？

Bさん　楽しかったですね。破水から始まってしまったんですけど、促進剤を打って一時間で分娩室《ぶんべん》に入り、そこから約三時間で産まれました。母親と旦那が外で待ってたんですけど、「声が何にも聞こえないけど大丈夫？」って言って耳をドアに付けていたみたいです。

Cさん　私も軽かったです。一人目が三時間半で、二人目は一時間十分ぐらい。

石田　痛みはどうでした？

Cさん　その時は痛いですけど、忘れちゃいます。もう完璧《かんぺき》に忘れてしまうので二人目を作れるんですよね。ただ、二人目のときに分娩台に上っていざ産まれるってなったときはすごい後悔しました。そうだ、こんな痛かったんだって。

石田　でも、その痛みも、産んだあとは忘れちゃうんでしょう？

Cさん　忘れちゃいますね。

Aさん　出産を経験すると、いろいろどうでもよくなる。

Cさん　そうそう。痛みだけじゃなく、いらないことは忘れるようになりましたね。

石田　それは生きてく上ではものすごく強い力だよね。だってみんな、くだらないことでたくさん悩んでるんだから。産んでみて、「ああ、なるほど」って思ったことってないですか。

Bさん　思っていたよりも、生まれてすぐオギャーって泣かないんだなぁと思いました。

あと、自分の子どもを最初に見たときになんて言うのか考えてたんですよ。「やっと会えたね」とか言うのかなって。でも、実際に私が言った言葉は、「気持ちいい」だったんですよ。なんか、胎盤と子どもが一緒にスポンって、バスケットボールのパスをするみたいな感じで出たので。で、そのあと慌てて「やっと会えたね」って言ったんですけど。

Cさん　二人目のときに先生にお願いして胎盤を見せてもらったんです。私の父はガンで亡くなったのですが、胎盤が、父の肝臓にできていたガンとすごく似ていて。そのとき口がすべって、「肝臓ガンの患部を取られて見せられた時にすごい似てますけど、赤紫色のカリフラワーみたいですね」って言ったら、その場にいた旦那はそれからしばらくの間カリフラワーが食べられなくなってしまいました。

石田　もうショック……後産は肝臓ガンに似ていると。

Aさん　私、胎盤は見ていないんですけど、胎盤だか羊膜だかが「中で粉々になっちゃいました」みたいなことを言われて、じゃあ今から取り出しますよって、ゴム手袋をはめた手を突っ込まれて……。

石田　来た来た！　怖いのが来た！　出産ホラー話が来た！

Aさん　出産より痛かった。出産のときはけっこうおとなしくしていたんですけど、すっかり気が抜けていたこともあって、もうウギャーッていう感じで。

石田　でも、やっぱり産んだあとのほうが大変でしょう？

Aさん　そうなんですよ。当たり前なんですけど、産んだらすぐにお世話が始まるっていうのにびっくりしましたね。なんか私、その日の夜は夫とふたりで乾杯！　みたいなイメージだったんですよ、何でかよくわかんないですけど。

石田　アハハハ、ごめん、それなに？　ワインとかで乾杯するの？

Aさん　シャンパンで。でも、すぐに母乳をあげるので、ほうじ茶とかしか飲めなくて。

Cさん　私は、一人目のときの第一声は「お腹が空《す》きました」です。圧迫していたものが出るので、お腹が空くんですよね。産まれたのが朝の八時十一分だったので、「この時間だと朝食は出るんでしょうか」って。

石田　ロマンチックな感じがなくていいねえ。ところで、職場の人は出産に理解があったんですか？

Cさん　あまり前例がない会社だったので、周りは戸惑っていましたね。課長職だったので部下もいましたし。ただ、上場してる会社だったので、建て前上動かなきゃならないのでやってくれました。

石田　もうね、建て前でいいからちゃんとやってほしいよね。

Cさん　そうですね。だから上場しててよかったっていうのはありました。ただ、二人も産んでいつまでも時短で働いているわけにはいかないんですけど、就業時間が十時から六時なんですよ。そうすると保育園に迎えに行く時間が厳しいし、六時過ぎぐらいに子どもにご飯を食べさせてあげたいので、九時〜五時で働かせてもらえるよう交渉して、制度を作ってもらいました。

石田　それは、素晴らしい。あとに続く女の人にも役に立つことだからね。

Cさん　それから管理職でも産む人が出てきて、今は管理職の女性で子持ちが二人います。でも、私は二人目を産んだときに管理職ははずされちゃいました。子どものことが理由じゃないとは言われましたけど。

Aさん　私はすでにフリーランス五年目ぐらいだったので、半年ぐらい働けないからお金がなくなるし、仕事もなくなるかもっていうぐらいでした。復帰後に戻ってこなかった仕事もありましたけど、逆に今では「出産経験がある人」指定の仕事をいただいたりもしていますね。

石田　最後に、子どもを作ろうかなって迷っている人へのアドバイスはありますか？

Cさん　私自身は子どもを産んですごくよかったですけど、たとえば部下とか後輩とか得意先のクライアントから相談されたら、自分と旦那《だんな》でよく相談しなさいと答えます。決してキャリアが止まらないなんてきれい事は言わないし、絶対に止まるし、制約ができるし、子どもは熱を出すのも待ってくれないし、何もかも待ってくれない。自分の人生の中で広がりがあるけれど制約もものすごくあるから、本当によく相談して、相手と自分の気持ちを確認してから決めるべきだ、と。今作るのが流行《はや》ってるから作るとかいうものでもないですし。

Aさん　私も子どもがいる人生といない人生って、どっちがいいってものでもないと思うんですよ。だから、やみくもに勧めようとは思わない。でも、迷ってる人っていうのはやっぱりほしい気持ちがあるんだと思うんです。だから迷う。なので、迷ってる人に訊《き》かれたら、「まあ産んでみたらいいんじゃない」って言うと思いますね。

解説　陣痛待ち人への応援歌

博報堂リーママプロジェクト　田《た》中《なか》和《かず》子《こ》

まず、『マタニティ・グレイ』本文を読まれていない方は、この解説は是非本文を読んだ「あと」にご覧になられること。所謂《いわゆる》「ネタバレ」が満載なので。

「石田衣良《いしだいら》さんの小説が文庫本になるので、その解説を書いてみませんか？」そんな依頼がぽん！と降ってきた。以前『リーママたちへ』という働くママへの讃歌《さんか》を著した本を出させていただいた時のママ編集者さんからの電話だった。驚いたというより、全く文芸とは関係の無い道を歩んでいる身分としては一瞬関連が分からず「は？　私が？もう一度言ってくださる？」と聞き直す程であった。

しかし、内容が「キャリアウーマンが出産を経て変わっていく様子を綴《つづ》っている小説なので」と聞いて「なるほど、なるほど。リーママプロジェクトなどと称して、働くママの代表格に見られたな。自分に何が書けるものなのか想像つかないが、男性作家が書いた妊娠本とやらを拝読いたそうか」と、かなり上から目線でお引き受けした。

そして読ませていただいて、まぁ、この主人公の三十代女子にイライラさせられること！　イケてるおしゃれな雑誌の編集者、旦那《だんな》は稼ぎは悪いが横文字職業のフリーランス・カメラマン、東京の中でもおしゃれ地区とされる閑静な住宅街に、これまたおしゃれなマンションを購入しおしゃれづくしを手にしている。そして、そのスタイルを崩すような子どもなど邪魔だと思っている。しかもいい歳して親とは一方的に疎遠な状態。おしゃれ生活とは十年以上絶縁している生活感丸出しのわたしからしたら非常に苛立《いらだ》たしい。社会が自分だけで回っているような顔をして。何なんだ、この大人になり損なったような我儘《わがまま》娘。働く母の敵のような女子ではないか。

そんな主人公、千花子《ちかこ》が妊娠し、今まで懸命に創り守ってきた「おしゃれ生活」が崩れる危機に直面する。内心ちょっとだけ「ざまぁ見ろ」と呟《つぶや》いたことを皆様には密《ひそ》かに告白しよう。あなたのおしゃれ生活は、誰かの懸命に生きようとする努力の上に成り立っているのよ、と。

しかし、徐々に千花子の苦悩が私自信の経験と重なっていく。職場の「おめでとう」の言葉の裏に丸見えの言外のホンネ。「あぁ、戦力外になるわけね。次の人探さなきゃ」口元は笑みを浮かべているが、笑っていない目。気を遣っているふりだけされる毎日。

そんな周囲の反応に、心から祝えない自分を見つける。赤ちゃんって祝福されるものじゃなかったか。妊婦は神聖な存在ではなかったか。聖母神話はやはり神話でしかない、大昔の話だったのか。「子は宝」ではなかったか。少子高齢化の現代日本では妊婦はマイノリティなのである。ましてや働きながらの妊婦は尚更《なおさら》である。こんなに母親になることが肩身が狭く、出産を迎えることがこんなにも不安だらけな社会は日本くらいではなかろうか。

リーママプロジェクトは博報堂の有志ママで始めた活動である。社内にとどまらず様々な会社のママたちとのランチタイム交流会「ランチケーション®」を推進し、ママ同士の対話の中から働く意味、育てる意味を見出《みいだ》し、ノウハウを共有し、笑顔になって次世代につなげようという、地道なプロジェクトである。

そんな働くママだけが集まり、ママ同士のぶっちゃけトークができる場に初めて訪れるママさんの多くは最初不安げな表情で現れる。このまま働き続けていいのだろうか？子どもを預けてまで続ける仕事だろうか？　会社に認められている感じがしない。やっぱり辞めてしまおうか。他の会社のママはどんな気持ちで働いているのだろうか？

そこに博報堂の元気なママたちが「こんにちは〜〜‼」と入っていく。「生きてるだけで、儲《もう》けもの！」「諦《あきら》めるは明らめる」「ママ、かわいいお顔して」「仕事は大変だけど、仕事が無かったらもっと大変」「ママ、かっこいいよ」「あなたがイキイキとしていることが子どもを育てる」ママを元気にする様々な言葉を交わし合ううちに、すっかり笑顔で冗談も飛ばせるようになり、上司の愚痴も明るく「子どもも上司も育てるものですよね！」と言い放てるようになる。

大した工夫も無い活動だが、ママ同士で励まし合わないとやっていけない程、不安が多く、産み育てることに確信を持てないのかもしれない。だから人が集まってくる。リーママプロジェクトのメンバーも初めから笑顔だったわけではない。不安と疑念が頂点に達した時に、たまたま集まったらすっきりした。そんな単純な活動である。でも、仲間を見つけて一人じゃないと分かることが今の日本の母親たちには一番必要なのかもしれない。

子育てすることが、人様の「迷惑」になってしまうようになったのはいつからなのか。こと、働きながらの子育ては企業の効率経営とは全く異なる力学が働くため、非効率分野として押し殺されてしまう。そんな中でママたちはいつしか、子どもの話を職場ではしなくなってしまう。妊婦アピールにならないように、耐え忍ぶ悪阻《つわり》。心にしまっているうちに、なにやら後ろめたい秘密のような気分になる。その負の感情は帰宅した瞬間に断ち切れるものではなく、子育ての現場にも持ち込まれていってしまうのが怖い。

「産みたくて産んだんだから、育てるのもあなたの責任でしょ。」

『マタニティ・グレイ』の主人公、千花子の言動が癪《しゃく》に障ったのは、千花子が妊娠出産を経験するまでの行動が、少なからず私の妊婦期前の心情と重なっていたからかもしれない。今妊娠する必要は無い。まだまだやりたいことがある。否、もっと妊娠に対して否定的な感情を私は持っていた。こんなに大変そうな子育てを敢《あ》えて「引き受ける」必要は無い。少子高齢化社会の「王道」、すなわち子どもを育てない生活を歩んだ方が百万倍楽なのは明白なのである。

そんな中で、偶然であれ望んだことであれ、出産を迎えるのは本当に、本当に不安と孤独との戦いだ。「輝く女性」とか「子育て支援」とか「一億総活躍」なんて謳《うた》われているが、現実は逆風の嵐だ。ただでさえ初めての妊娠出産は不安だらけ。自分の身体が次にはどんな試練を受けるのか知らされないままXデーをジリジリと待つようなものである。

祝福されて待つXデーならば、臨月間近からヒリヒリしていれば良いかもしれないが、白い目でずっと睨《にら》まれたまま過ごす十ヵ月を果敢に歩む働く妊婦は、精神的な陣痛にずっと耐えているようなものだ。同じ経験をした先輩ママの一人でもいてくれたら、かなり状況は改善するが、共感し合える相手がいない場合は本当に苦しい。その孤独に耐え、なんとか産む日まで忍ぼうとしている女性には、是非千花子を心の友人として迎え入れてもらいたい。彼女の苦しみが、あなたの働く妊婦としての歩みに少しだけ勇気をくれるから。だから、この作品は「陣痛待ち人への応援歌」なのである。

千花子が働く妊婦の本当の味方へと転じたのは、やはり、自分自身が切迫流産の危機に瀕しながら、入院先の同室のベッドにいた「西岡さん」の流産を目の当たりにした時からであろう。命を預かっている重みがやっと千花子の心にズシンと届いたのである。子育てをしていると、子どもの育ちを祈るような気持ちで見守ることしかできない瞬間が何度となく訪れる。それは日々の小さなことから、大きな壁にあたった時も、祈りは同じである。今日も元気に学校に行っておいでと、後ろ姿を見送る時。ひとつひとつの幼いチャレンジに小さな胸で挑もうとするのを傍らで応援する時。そして、本当に命の無事を祈る時。西岡さんの涙を見ながら、自身の腹に宿ったモノは自分しか守ることができない、自分とは別の「命」であると実感した時、千花子は母になったのかもしれない。人は一人では産まれてこないし、一人で産み切ることもできない。喜びも悲しみも分かち合いながら、必死に産み、体当たりで育てるのである。人に頼り、感謝を表しながら、命を預かる。きれいごとなんかここには無い。

命を預かるとは尊い美しいことではあるが、一人で背負うには重すぎる。その重圧に耐えられなくなりそうな、ギリギリの状態が母たちに強いられてはならないと思うのである。昔から女性はみんなやってきたのだから、あなたも一人で育てなさい、と突き放すのではなく、私も同じ道を通ったのだからこそ、あなたの苦労が分かると言いたい。一緒に歩んでいきましょう、と。子育て世帯がマイノリティとなりつつある社会だからこそ伝えなければいけないことがあるはずだ。

この本に出会うことができた日本中の千花子たちよ。あなた方は未来を創るという偉業を行っていると、自身を大いに誇りに思ってよい。自然を母に例えたり、女性を太陽になぞらえたりするが、本当に私たちは不思議な身体をもらったものだ。妊婦になるまで、わたしは男性と同じように歩んでいけると根拠無く確信していた。しかし、日に日に大きくなるお腹を抱え、赤ん坊の胎動を感じるうちに自分が哺乳類《ほにゅうるい》だ、動物だ、女なのだと思い知った。最初は周囲の理不尽や悪阻に耐えながらの仕事に「なんで、わたしばかり辛《つら》い思いをしなければならないのか、なぜ女だけ」と自身を半ば呪ったりもしたが、その子を産み、助産師が産まれたての赤ん坊を胸の上に置いてくれて、今までお腹の中で感じていた赤ん坊の動きや重みに直接触れた時、心から女性に産まれてよかったと思った。

今は、自分が女性として生きていることを素晴らしいことと思っている。女性であることを自分でも認め、その上で、社会に出て男性と共に働き、パートナーともうまくやっていけたらいい。夫婦も二人三脚、社会も二人三脚。

共に育て、共に働く社会を目指したい。

それにしても、千花子の出産シーンのドキドキ感は真に迫った。これは非常によく書かれている。石田氏は「擬似出産」でも体験したのか?! (「擬似出産」などあるのか知らないが）わたしも第二子は千花子のように三十五時間余りかかったので、尚更そのイライラ感、ヘロヘロ感が思い返せてしまった。それまでの仕事でのつらいことや憤りなどもうどうでも良いくらいに、早く産ませて！！！　と叫びたい最後の瞬間。

この命に比べたら仕事など、なんと小さなことか。人間は企業の利益創出のために産まれたのではない。幸せになるために産まれてきた。わたし自身ができるのは祈ることくらいかもしれないが、すべての赤ん坊に祝福されて産まれてきて欲しいと願う。そのためにも、すべての妊婦が讃《たた》えられて欲しい。

と、ここまで偉そうなことを書いてしまったが、素直な読後感はお腹がすく本である、ということ。千花子が無事出産し、私も無事読み終わり、非常にお腹が減った。一緒に力んでいたのかも。そういえば、最初の子は出産後が朝食だった。美味《おい》しかったなー。また産むなら、やっぱり朝食前を目指そうか。

本書は、二〇一三年二月に角川書店より刊行された
単行本を、加筆修正し文庫化したものです。
初出…『小説 野性時代』二〇一〇年三月号～二〇一二年十二月号。連載時タイトル「GROWING UP WITH A BABY」
「スペシャル座談会　働くママとリアルな話を六十分」は、文庫化にあたって『小説 野性時代』二〇一〇年三月号より再録いたしました。

マタニティ・グレイ

石《いし》田《だ》衣《い》良《ら》

平成28年 1月25日　初版発行

発行者●郡司 聡

発行●株式会社KADOKAWA
〒102-8177　東京都千代田区富士見2-13-3
電話 03-3238-8521（カスタマーサポート）
http://www.kadokawa.co.jp/

角川文庫 19555

印刷所●旭印刷株式会社　製本所●株式会社ビルディング・ブックセンター

表紙画●和田三造

ISBN978-4-04-103801-7　C0193

角川文庫発刊に際して

角川源義

第二次世界大戦の敗北は、軍事力の敗北であった以上に、私たちの若い文化力の敗退であった。私たちの文化が戦争に対して如何に無力であり、単なるあだ花に過ぎなかったかを、私たちは身を以て体験し痛感した。西洋近代文化の摂取にとって、明治以後八十年の歳月は決して短かすぎたとは言えない。にもかかわらず、近代文化の伝統を確立し、自由な批判と柔軟な良識に富む文化層として自らを形成することに私たちは失敗して来た。そしてこれは、各層への文化の普及滲透を任務とする出版人の責任でもあった。

一九四五年以来、私たちは再び振出しに戻り、第一歩から踏み出すことを余儀なくされた。これは大きな不幸ではあるが、反面、これまでの混沌・未熟・歪曲の中にあった我が国の文化に秩序と確たる基礎を齎らすためには絶好の機会でもある。角川書店は、このような祖国の文化的危機にあたり、微力をも顧みず再建の礎石たるべき抱負と決意とをもって出発したが、ここに創立以来の念願を果すべく角川文庫を発刊する。これまで刊行されたあらゆる全集叢書文庫類の長所と短所とを検討し、古今東西の不朽の典籍を、良心的編集のもとに、廉価に、そして書架にふさわしい美本として、多くのひとびとに提供しようとする。しかし私たちは徒らに百科全書的な知識のジレッタントを作ることを目的とせず、あくまで祖国の文化に秩序と再建への道を示し、この文庫を角川書店の栄ある事業として、今後永久に継続発展せしめ、学芸と教養との殿堂として大成せんことを期したい。多くの読書子の愛情ある忠言と支持とによって、この希望と抱負とを完遂せしめられんことを願う。

一九四九年五月三日

角川文庫ベストセラー

角川文庫ベストセラー

再生　石田衣良

平凡でつまらないと思っていた康彦の人生は、妻の死で急変。喪失感から抜けだせずにいたある日、康彦のもとを訪ねてきたのは……身近な人との絆を再発見し、ふたたび前を向いて歩き出すまでを描く感動作！

親指の恋人　石田衣良

純粋な愛をはぐくむ2人に、現実という障壁が冷酷に立ちふさがる――すぐそばにあるリアルな恋愛を、格差社会とからめ、名手ならではの味つけで描いた恋愛小説の新たなスタンダードの誕生！

ラブソファに、ひとり　石田衣良

予期せぬときにふと落ちる恋の感覚、加速度をつけて誰かに惹かれていく目が覚めるようなよろこび。臆病の殻を一枚脱ぎ捨て、あなたもきっと、恋に踏みだしたくなる――。当代一の名手が紡ぐ極上恋愛短篇集！

TROISトロワ　恋は三では割りきれない　石田衣良　佐藤江梨子　唯川恵

新進気鋭の作詞家・遠山響樹は、年上の女性実業家・浅木季理子と8年の付き合いを続けながら、ダイヤモンドの原石のような歌手・エリカと恋に落ちてしまった……愛欲と官能に満ちた奇跡の恋愛小説！

ひと粒の宇宙　全30篇　石田衣良他

芥川賞から直木賞、新鋭から老練まで、現代文学の第一線級の作家30人が、それぞれのヴォイスで物語のひだを情感ゆたかに謳いあげる、この上なく贅沢な掌篇小説のアンソロジー！

角川文庫ベストセラー

リリイ・シュシュのすべて　岩井俊二

カリスマ歌姫、リリイ・シュシュのライブで殺人事件が起きる。サイト上で明らかになった、その真相とは？　ネット連載した小説をもとに映画化され、話題を呼んだ原作小説。

誰もいない夜に咲く　桜木紫乃

寄せては返す波のような欲望に身を任せ、どうしようもない淋しさを封じ込めようとする男と女。安らぎを切望しながら寄るべなくさまよう孤独な魂のありようを、北海道の風景に託して叙情豊かに謳いあげる。

ワン・モア　桜木紫乃

月明かりの晩、よるべなさだけを持ち寄って躰を重ねる男と女は、まるで夜の海に漂うくらげ――。どうしようもない淋しさにひりつく心。切実に生きようともがく人々に温かな眼差しを投げかける、再生の物語。

ナラタージュ　島本理生

お願いだから、私を壊して。ごまかすこともそらすこともできない、鮮烈な痛みに満ちた20歳の恋。もうこの恋から逃れることはできない。早熟の天才作家、若き日の絶唱というべき恋愛文学の最高作。

一千一秒の日々　島本理生

仲良しのまま破局してしまった真琴と哲、メタボな針谷にちょっかいを出す美少女の一紗、誰にも言えない思いを抱きしめる瑛子――。不器用な彼らの、愛おしいラブストーリー集。

角川文庫ベストセラー

クローバー　島本理生

強引で女子力全開の華子と人生流され気味の理系男子・冬治。双子の前にめげない求愛者と微妙にズレてる才女が現れた！　でこぼこ4人の賑やかな恋と日常。キュートで切ない青春恋愛小説。

波打ち際の蛍　島本理生

DVで心の傷を負い、カウンセリングに通っていた麻由は、蛍に出逢い心惹かれていく。彼を想う気持ちと不安。相反する気持ちを抱えながら、麻由は痛みを越えて足を踏み出す。切実な祈りと光に満ちた恋愛小説。

白雪堂化粧品マーケティング部　峰村幸子の仕事と恋　瀧羽麻子

峰村幸子が新卒で入社した白雪堂。技術力が高いこの会社だが、30年間売り続けてきた看板ブランドの売上げは右肩下がりで……あたりまえの日々が愛しくなる、好感度ナンバーワンのお仕事小説。

あなたがここにいて欲しい　中村　航

大学生になった吉田くんによみがえる、懐かしいあの日々。温かな友情と恋を描いた表題作ほか、「男子五編」「ハミングライフ」を含む、感動の青春恋愛小説集。

僕の好きな人が、よく眠れますように　中村　航

僕が通う理科系大学のゼミに、北海道から院生の女の子が入ってきた。徐々に距離の近づく僕らには、しかし決して恋が許されない理由があった……『100回泣くこと』を超えた、あまりにせつない恋の物語。